追心者

HEART TRACKER

老十三　著

目錄

楔子

特情０８絕密

聽著錄影機裡不斷傳出「嗡嗡」的聲音，李瀚心裡不知怎麼，開始緊張起來。錄影帶裡的內容很快顯示了出來，李瀚的手心已經有些發汗，螢幕呈現一種黑白的狀態，就像是二十世紀初的那種黑白相片。

畫面被王允定格了，黑白的畫面上彷彿有一個虛影，看不出是人還是什麼，也看不出具體年代，虛影像是在吃著什麼東西，動作有點急切，很激動的樣子，有點像餓狼撲食。李瀚重新打量錄影機上的畫面，年代久遠的黑白畫面，看不出是人是鬼的虛影，侷促的空間，讓他漸漸感覺全身的雞皮疙瘩都起來了，莫名的壓力彷彿要將他的心臟從胸膛裡擠壓出來。

這台錄影機是王允剛剛從舊貨市場挖回來的，所以機身上還滿是灰塵，裡面不斷發出一些「哧哧」的噪音。不知道是不是因為緊張，王允不小心按到電源鍵，螢幕一下子就黑了，再打開的時候，錄影機卻讀不到錄影帶，連模糊的黑白畫面也沒了。

李瀚忙了半天，手心裡全是汗，甚至連後背的衣服都微微汗濕，卻依然沒有任何進展。王允將錄影帶再次裝進去，也許因為他更熟悉這台錄影機，也許是剛才李瀚的努力終於有了效果，王允只是拍了兩下，寂靜無聲的黑白畫面、模糊不清的虛影，便再次呈現在螢幕上。

這次的畫面有了一點點變化，剛開始，畫面是白色的，帶著些黑點，想來應該是帶子上的廢片。王允還是不斷拍打著錄影機，畫面上的黑點也開始有規律地跳動起來。黑白的畫面大概持續了五分鐘，螢幕上卻依然沒有任何變化。

李瀚有點著急了，手心裡的汗也更多了，不知道是這台年久失修的錄影機的問題，還是錄影帶本身的品質就不好，這樣的黑白畫面根本不能給他們帶來任何有用的資訊。正當他擔心錄影帶後面的內容還能不能播放出來的時候，一行字在螢幕上一閃而過。王允愣了一下，停住手，將畫面慢慢往後退，把那行字倒了出來，最後將它定格在螢幕上。

這是一行極為潦草的漢字，看起來應該是手寫的，李瀚雖然一時沒看出來寫的是什麼，但還是看出這應該是一句嚴厲的警告，末尾醒目的驚嘆號讓他心裡為之一顫。之後，黑色的字跡漸漸變得清晰起來：「特情08絕密*工程部隊」。「絕密」兩個字讓李瀚剎那抬起了頭，身為鑑識學的高材生，他自然知道「絕密」這兩個字的嚴肅性。國家祕密等級一般分為祕密、機密、絕密，而絕密是最高等級，不知道這卷模糊不清又歷經多年歲月的錄影帶，到底埋藏著怎樣的祕密。「工程部隊」這個詞聽起來非常奇怪，可能是沿用了以前的名稱，至少他在C市從未聽過這種名稱。更令他奇怪的是，這一行字看起來還是手寫的，不像是電腦打字，反而像是拍完了，再寫到錄影帶上，而後每十年再翻錄一次。那行字很短。李瀚猜想，這應該不是說，這是一卷絕密錄影帶，你沒有權利觀看之類的，它一定蘊含了其他資訊。因為它很短，而且只是寫在錄影帶上，在螢幕上顯示的時間不超過一秒，不等別人意識到的時候，就已經過去了。

李瀚跟王允打了個招呼，王允立刻反應了過來，又開始重複剛才的動作，接著拍打錄影機。幾秒之後，畫面再次回到之前觀看的地方，兩人再次屏住呼吸。

「絕密」兩個字讓李瀚漸漸覺得呼吸都有點困難。他想到了一些可能，但都是臆測。

連續出現的畫面長短不一，除了那個模糊的虛影瘋狂吃東西的畫面，其餘都是零散的資料，之後就是漆黑一片。可以確定的是，那漆黑的畫面裡其實是有內容的，可能是當時拍攝光線不足或年代太過久遠，讓人根本看不清楚是什麼，只是偶爾閃過的一些白點，讓李瀚知道錄影帶的內容還在繼續。

兩個人安靜了足足十幾分鐘，王允看了李瀚一次又一次，卻始終沒有說話。李瀚一直沉浸在自己的思考裡，眉頭緊緊地皺著，坐在沙發裡的身體一動不動。錄影帶的品質不高，看起來年代又很久遠，綜合分析，這卷錄影帶應該拍攝於二十世紀。可能是因為當時技術和設備的限制，畫面一直晃動得很厲害。又經過了歲月的洗禮和多次的翻錄，所以很多畫面早已模糊不清，連聲音都沒有，不知道它本來就是部默片，還是因為錄影機的音響壞掉了。唯一值得慶幸的是還能看清楚一些東西，勉強能分辨出裡面的山石和人物。顯示出來的內容很少，也很簡單，一開始沒有任何鋪陳氣氛，側重於表現裡面的細節和人物。

錄影機上顯示出來的第一段畫面就是那個虛影在瘋狂地吃著什麼東西。

第二段畫面是白天，能看到晴朗的天空，有十幾個人在搬運東西。鏡頭拍攝到一個女人，還沒等他們看清女人的身高和長相，鏡頭就又轉掉了，改成拍一個年輕人。這樣來回重複了好幾次，畫面不斷切換，給人一種很急促的感覺，也使得這卷錄影帶顯得更加神祕，更加令人疑惑。畫面中的年輕人像是在講解什麼。因為沒有聲音，李瀚也不知道他到底說了什麼。漸漸地，連嘴型都變得模糊起來。接下來，鏡頭自上而下拍攝，依稀能看到一路上的山石、河流……

接下來錄影機的螢幕裡就是一片雪花，等再次出現畫面時，已經變成了黑夜，所有人都隱沒在黑暗中，圍著一個火堆。所有人都低頭不語，身形隨著攝影鏡頭不斷晃動，看起來極為疲憊。這些畫面看起來似乎沒有什麼意義，再往後就是一些碎石，還有一些躺在地上的人，似乎跟吳離暴力殺人一點關係也沒有。之後，鏡頭不再抖動，李瀚看到畫面上出現一張男人的臉，讓他心裡有點發毛。那個男人一副披頭散髮的模樣，臉上掛著笑，神情中透著一種說不出的怪異。他穿著軍裝大衣，突然就跪了下去，頭直直地磕在地上，再也沒有站起來，他全身有點抽搐，彷彿是受了驚嚇，又彷彿是在哭泣。鏡頭像是被人固定在了這裡，停留了很長時間也沒有其他畫面出現。李瀚看了看王允，意思是錄影帶是不是播放完了。王允搖搖頭，指了指螢幕上的時間，大概還有一分鐘。這時，畫面終於有了變化，一個女人走進鏡頭。這個女人談不上漂亮，身材修長，也穿著軍裝大衣，鏡頭拍到了她的臉。李瀚感覺她的表情同樣有些怪異，可是又不同於剛才那個男人的感覺。他的腦海中閃過一些奇怪的想法，但還沒等他細想，這個女人的畫面又一閃而過，那個跪著的男人和站著的女人都消失了，螢幕又重新回到漆黑的狀態。李瀚覺得這幾段畫面處處透著不尋常，可是又遲遲抓不住關鍵點。

畫面已經停止了，螢幕上的時間也顯示播放完畢，王允剛想倒回去再看一遍，螢幕突然再次亮起。李瀚看到鏡頭晃動得厲害，像是被人打倒了，一個光球出現在畫面上，有臉盆那麼大，光球裡好像有什麼東西在不斷湧動。他不明白那是什麼。太陽？又或者是月亮？

畫面再次定格，還是那個女人的臉，卻讓李瀚第一次感覺到了恐懼，以至於他不敢直視。

良久，王允才輕聲問道：「你覺得這卷錄影帶跟那件兇殺案有沒有關係？」

李瀚沒說話，他不知道該說些什麼，他腦子裡一片空白，根本不知道該如何反應。他低著頭指了指螢幕，聽到「啪嗒」一聲關掉錄影機的聲音，這才張了張嘴巴：「應該沒關係。」

王允坐回李瀚身邊，沒有吭聲。他深吸了一口氣，努力讓自己的情緒平靜下來。

「難道吳離還有前科？」李瀚試探性地問了一句。如果這些畫面都是真實的，那吳離可能真的有犯罪前科。李瀚越來越懷疑，畫面裡那個吃東西的人就是吳離，而他吃的東西是……

「看樣子應該是幾十年前的事了，即使有案底也不好查。」李瀚點了點頭，錄影帶裡的內容應該發生在二十世紀七、八十年代，就算有案底也不好查，需要動用大量的人力物力。

第一章

風雨欲來

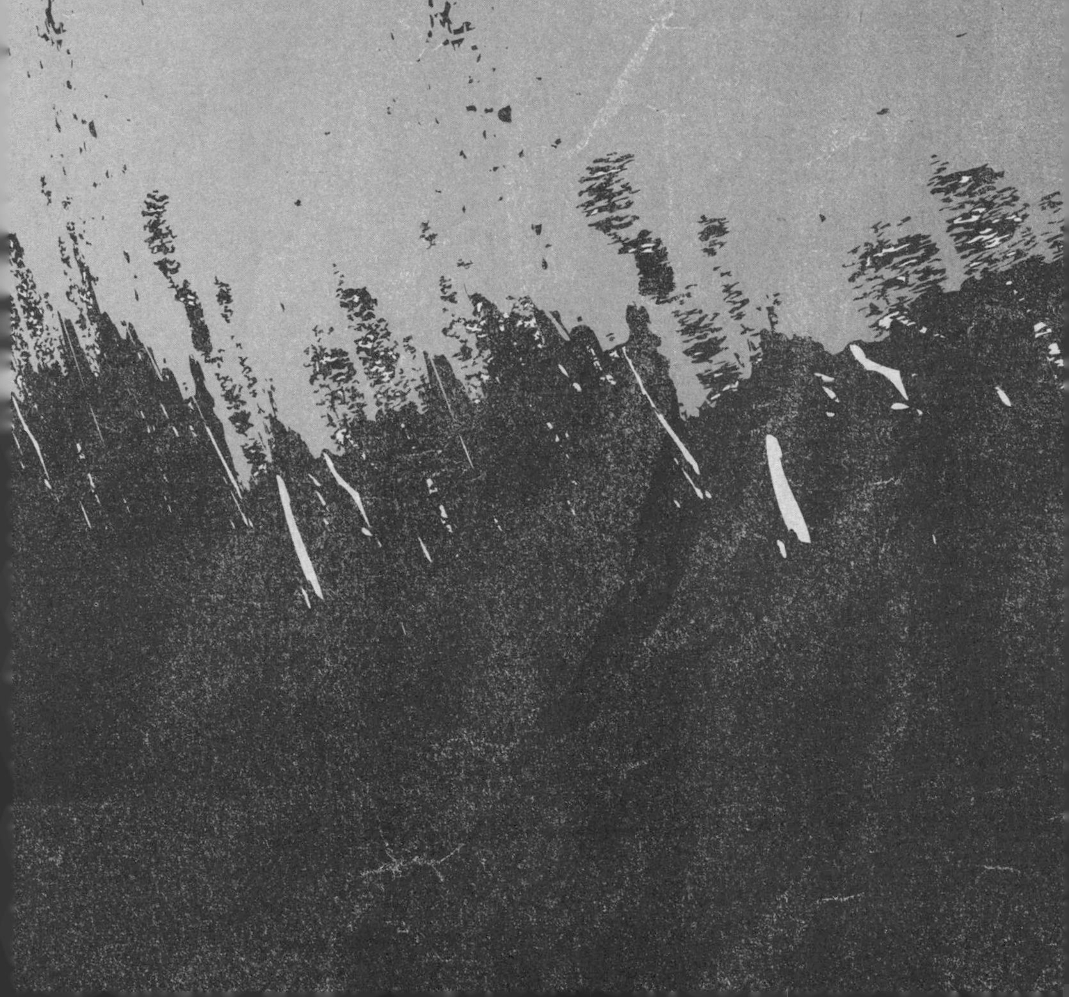

C市，銅鑼區。眼前是一棟老式結構的磚混矮樓，以前是某機械廠的員工宿舍。在福利分房的年代，這棟樓算是當時少有的多層建築，只不過時過境遷，城裡的高樓越蓋越高，越建越多，這棟聳立了三十年的老樓就顯得很是破敗。案發現場位於三樓的三〇二室，已經被先前趕到的員警們封鎖了。雖然警戒線早早地拉了起來，可樓前依然圍滿了人，幾個技術人員和法醫正忙著拍照、驗屍、勘驗現場，樓內顯得擁擠不堪。一個先到現場的員警告訴王允，這是一間出租房，死者獨居多年，是一個典型的單身漢。屍體頭朝南腳朝北，呈仰臥狀，頭頸處被人用利器砍傷。「怎麼樣？」王允拍了拍一個法醫的肩膀問道。

「死因是機械性死亡，兇器應該是一把生鏽的菜刀，已經被勘驗組的人收起來了，據現場偵查的情況來看，推測死亡時間不超過五個小時。」「也就是說死亡時間是凌晨五點左右？」「對。」

王允點了點頭，轉身對李瀚說：「過來啊。」李瀚下意識地點點頭，邊走邊環視上下。昏暗骯髒的走廊、面色凝重的警員、法醫手裡冰冷的器械、樓下醒目的警戒線，以及面前散發著濃重血腥味的屍體，一時間讓他胃裡翻江倒海，扶著牆就吐了起來。李瀚知道自己早晚有一天會親眼見到這樣的凶案現場，可是他沒料到會這麼快，也沒有料到自己會這麼丟臉。要冷靜，不能影響判斷，李瀚暗暗提醒自己。作為鑑識學的高材生，這個時候，李瀚絕不允許自己丟臉。「你被嚇到了？」他的耳邊響起王允有些不耐煩的聲音。

他強忍著噁心，慢慢靠近眼前這具屍體。男性，年齡五十歲左右，上身是一件汗衫，滿是烏紅的血跡。面部扭曲，屍斑融合成大片，出現全身屍僵，嘴唇已經開始皺縮。挑開他的眼皮，角膜混濁，確認已經死亡至少四個小時以上。法醫正在仔細勘驗男屍脖頸處的創口，小心扯動著被切開的皮膚和肌肉組織，最後在肌肉組織中成功提取出少量鐵鏽。

「兇器確定是現場的那把菜刀。」一個年輕的法醫說。

王允盯著他，幾秒鐘後忍不住開口問：「就這些？」「對，就這些。」年輕的法醫自信地回答。王允嘆了口氣，顯得有些失望。從現場遺留的那把生鏽菜刀來看，確實是兇器無疑，殘留在死者脖頸處的鏽跡也可以證實這一點，但在菜刀上並未採檢到任何指紋。另外，屋內整潔而不亂，表明兇手並未與被害人有過激烈搏鬥。

「小子，你看出什麼來了嗎？」王允轉而看向李瀚。

李瀚蹲下身去，戴上手套，小心翼翼地將菜刀從證物袋裡取出來，放到被害人的脖頸處。

菜刀上血跡斑斑，甚至有一些卷刃的現象，按理說這是兇手在砍向被害人的脖頸時，刀口自然微微卷起，然而一旁的地板上卻有著幾道不起眼的溝壑，應該是利器砍向地面時留下來的痕跡。雖然那些淺淺的溝壑已經被凝固的血液覆蓋，但是地面上那微微的凹陷卻是無法掩蓋的。

「能借你的鑷子用一下嗎？」

眼前的年輕法醫顯然沒有想到李瀚會忽然提出這個要求，顯得有些手足無措，鑷子順勢從他手裡掉到地上。李瀚拿著鑷子，將地上凝固的血液一點點地撥開，漸漸露出帶著新色的溝壑來。李瀚指了指死者的姿勢，又揮了揮菜刀，王允立即明白了他的意思。

「你是說兇手故意砍了地面幾刀？」

「對，從死者死亡時右手在其身下，可以推測死者被砍傷後，未死前曾有翻身的舉動，但是兇手並未追著砍，而是在原地砍了幾次地面後再次行兇。」

一旁蹲著的年輕法醫小聲嘀咕道：「那也有可能是兇手在砍死被害人之前，失手砍到了地面上啊。」

王允冷著臉說：「屍體的血跡全部流向死者的右側，而左側的血跡只可能是死者第一次被砍傷時留下的。」

年輕法醫低著頭不再說話，王允繼續看著李瀚：「小子，你繼續。」

「兇手為男性，年齡在四十五歲至五十五歲之間，身高不會超過一百七十公分，不太講衛生，身體羸弱，並且是個左撇子。」王允盯著李瀚，問：「就這些？」「就這些。」

王允微微皺起眉道：「身高、體重可以從現場的腳印推斷出來，年齡也相差無幾，但兇手不太講衛生，還有是左撇子好像跟本案無關吧？」

「你們看死者的面部、頭髮都很乾淨，唯獨衣服上留下了一些污漬，而室內並沒有任何打鬥的痕跡，表示這些污漬很可能來自死者與兇手的身體接觸。還有，死者脖頸上的致命傷並不是一條平的直線。假設我是兇手，站在被害人的左側，用右手拿刀砍死被害者，那麼刀口應該是向下傾斜才對，而死者脖頸的切口明顯是向上傾斜，所以兇手只可能是個左撇子。」李瀚說道。

「你說得都很對，可是不太講衛生，又是一個左撇子，這樣的人並不少。」王允說道。「另外，我感覺這個人精神上有些問題，至於是什麼問題，我不能肯定。」

「傻子都能看出來這個人精神有問題，不然在這大白天揮刀砍人，不是變態是什麼？」年輕法醫嘟囔道。

「變態跟精神障礙是兩回事，兇手應該屬於後者。」

王允若有所思地點了點頭，立刻吩咐手下的警力開始在全市調查患有精神障礙、不太講衛生又是左撇子的人。而李瀚卻愣在原地，心裡久久不能平靜。

一個有精神障礙並失去自控能力的嫌犯暴力入室殺人——這是李瀚對這起案件的分析。然而兇手並非死者的熟人，體格看起來也並不屬於強壯的類型，他是怎麼做到令死者乖乖引頸受戮的呢？

死者租屋處的門窗並沒有任何被破壞的痕跡，一個陌生人是如何順利進入屋內並說服死者自願被殺害？為什麼兇手會在死者翻身之後繼續砍地面，而不是立即上前繼續砍殺？

「在想什麼？」王允遞了一根煙過來。

李瀚回過神，接過煙，搖頭說沒事，就一個人往死者家裡的廚房走去。廚房的煤氣灶旁擺著一個木製刀架，一共有四個位置，上面插著水果刀、剔骨刀、削皮刀，加上之前的那把菜刀，均是鏽跡斑斑，證實菜刀確實是兇器無疑。

屋內的足跡顯示兇手目的明確，進入屋子後徑直到廚房拿刀，沒有多走一步，這樣頭腦清晰的人為什麼會在殺死死者時刀碰到地面，並且連續朝著地面揮了三、四刀？難道他在殺人的時候恍神了？

李瀚搖了搖頭，這絕不可能！一般殺人犯在殺人時不可能恍神，而且死者試圖翻身逃走，做最後的抵抗，兇手總不能是故意向地面揮刀嚇唬被害人吧？

唯一合理的解釋就是兇手的精神狀況可能很糟糕，砍擊地面的行為帶著些猶豫的味道。

隨後的走訪和追蹤並沒有獲得更多有效資訊，兇手似乎躲起來了，佈置的天網也沒有發現任何可疑人員，王允顯得有些喪氣。

「這裡有一卷錄影帶，有些奇怪，你可以叫人去查一下。」李瀚從滿是灰塵的窗臺上拿起一盒錄影帶，遞給王允。王允接了過來，馬上就吩咐相關技術人員拿去分析。

王允指揮手下將屍體運回警局。回到辦公室後，他一根煙接著一根煙抽著，桌上擺著死者的資料：張衛國，男，五十二歲，機械廠退休員工，未婚。據死者的鄰居透露，死者為人和善，並未與人結怨，可以排除仇殺；死者感情生活單調且單身多年，可以排除情殺。但就是這樣一個人卻忽然在家中被害身亡，而且看起來還是自願被殺的。

傍晚時分，王允抽出煙盒裡的最後一根煙在桌上戳了戳，抬眼才發現李瀚還在辦公室裡坐著。

王允整理了一下情緒，說：「今天謝謝你的幫助，梁教授的得意門生確實不一樣，以後有需要會再聯繫你的。」

李瀚站起身：「我們最好不要再見面了。」

「哦？」

「我們再見面的話就意味著又有人死了。」

李瀚轉身出去。

第二章
死亡校慶

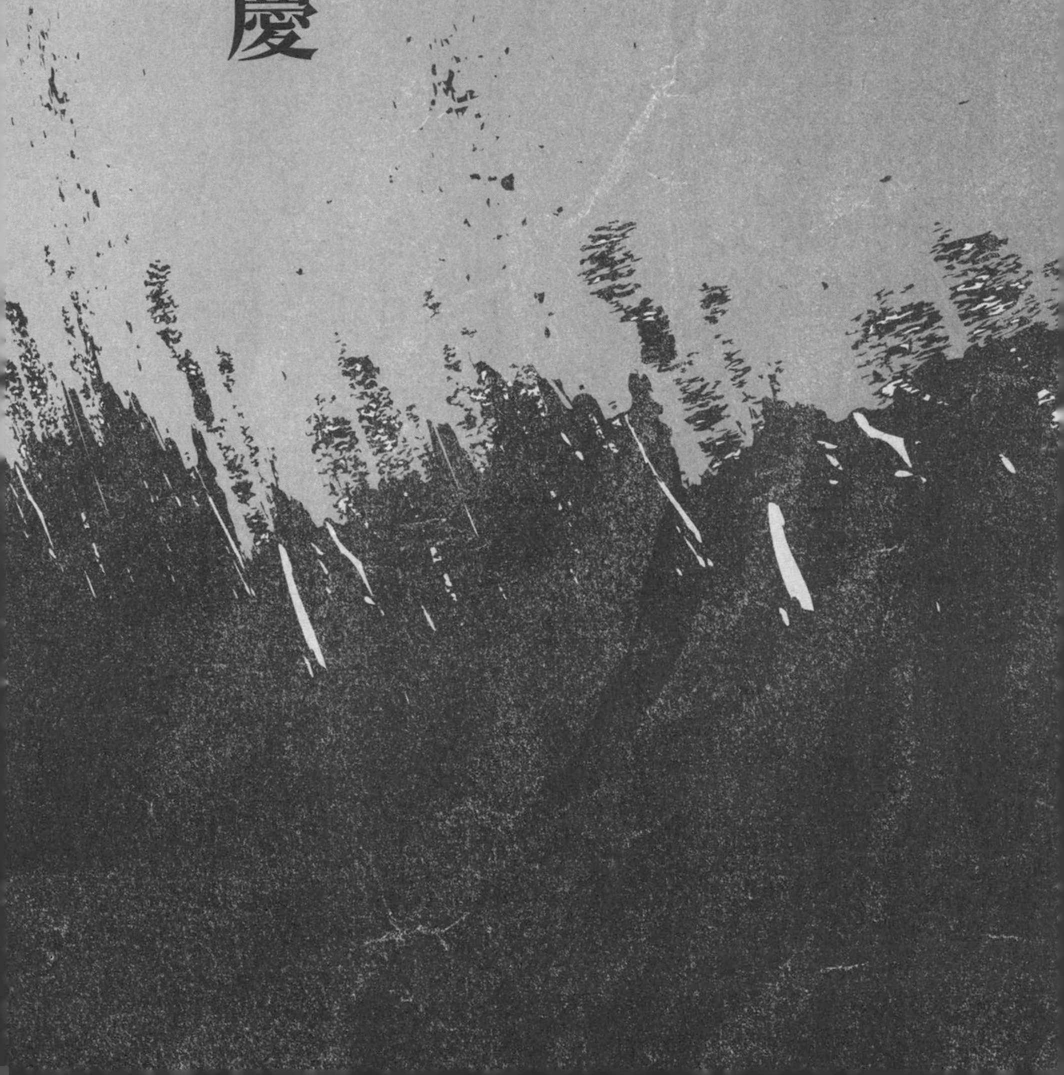

時間：一個月前。

六月炙熱的陽光籠罩著整座城市，熱浪席捲城市的每個角落，被曬得有些發軟的柏油路開始散發出一些刺鼻的氣味，偶爾飛馳而過的幾輛汽車也跟怕燙著似地很快消失。此時是一天中最熱的時候，幾乎所有人都躲在樹蔭下不肯露出半個腦袋。

男人從街角的陋巷裡疾步走了出來，不時張望著人群和疾駛而過的車輛。

黑色的風衣與周圍的短袖襯衫顯得格格不入，但他並不在意，任憑汗水從額頭、鼻尖滲出，眼鏡從鼻樑上滑落之後被再次扶起，他朝著另一個陋巷走去。他走到一個社區門口，停下來摘掉眼鏡，環視了一圈。周圍寂靜無比，一輛賣冰棒的小車停在巷口，旁邊坐著一個老頭正無精打采地看著報紙，一隻小狗趴在他的腳下，瞇著眼睛打瞌睡。男人確認沒人注意到自己，便飛快地竄進社區裡。走廊裡的陰涼讓他緊張的情緒有所緩解。他小心翼翼地上了二樓，在一扇鐵門前停了下來，剛想抬手敲門卻又突然停住，屏住呼吸再次張望四周。許久，他輕輕敲門。一個有些陰柔的聲音從屋裡傳出來：「誰啊？」

男人沒有吭聲，又輕輕敲了兩下門。過了幾秒鐘，屋內的人輕輕地說：「自己進來吧。」

這是間一房一廳的房子，陳設極為簡單，一張沙發、一個茶几、一台電腦。男人進了屋，自顧自地坐了下來。房間的窗戶緊閉，一個女人從沙發上坐起身，向男人笑了笑：「怎麼樣，還是覺得有些緊張嗎？」男人不作聲，環視著屋子。「不用看了，這是特地為你換的，綠色的牆紙能讓你放鬆下來，這樣有助於你的恢復。」

男人愣了一下，隨即脫下外套，用一張衛生紙擦了擦額頭上的汗水，眼睛有意無意地瞄了一眼牆角處的風扇。女人輕笑一聲，溫柔地說：「打開吹一會吧，你呀，就是太緊張了。」

男人走過去打開風扇，扇葉嘎吱嘎吱地轉動了起來。

「它又來找我了。」

女人似乎沒有聽見，把玩著手裡的木偶玩具。男人更加緊張了，他伸手抱著風扇一動不動，直到風扇發出啰啰的響動才回過神來。

「它又來找我了。」

女人抬起頭看了他一眼，向沙發左側挪動了幾下，騰出一個位置，輕聲說：「把風扇定住，坐過來吧。」

男人僵硬著身子，緩緩挪到女人的身邊坐下，手放在自己的大腿上，顯得手足無措。他的眼睛瞪著面前的茶几，左手不自覺地開始抖動起來；他試圖用右手按住左手，卻抖得更加厲害。

女人拿著木偶，用木偶的左手不斷地拍打著自己的手心，說：「那就殺了它。」

男人像是受了刺激，雙手抓住自己的頭髮，面容扭曲，他將頭埋進大腿之間：

「啊——」男人的這副樣子女人並不驚訝，也不感到害怕。她小心翼翼地撫摸著男人的頭，低聲說：「這麼多年了，它既然還不走，那就殺了他，殺了他，殺了他……」

許久，男人的手垂了下去，像是失去力氣一般，雙眼隨著腦袋緩緩抬起，泛著一些凶光，他嘴裡喃喃自語著：「老蔡、小賈、大周，這不能怪我了，誰叫你們不放過我呢？」

女人將手裡的木偶提了起來，微微一笑，拿起茶几上的畫筆將木偶的衣服塗成黑色，然後將它放到男人的面前：「記住了嗎？」

男人瞳孔一縮，拳頭緊握，他瞪著眼前的木偶，僵硬地點了點頭：「殺了他！」

時間：張衛國被殺後。

C大是李瀚所在的師範大學。到了夜晚，燥熱的天氣終於有一絲涼意，學生們顯然很喜歡這種微涼的愜意，一個個都不再如往昔那般死氣沉沉，反而有些精神抖擻。現在是晚上七點整，距離校慶晚會只剩不到一個小時。

校方本來打算明天晚上舉辦校慶晚會，但有幾個老頑固堅持要今晚舉行，迫於無奈，校方只得在今晚八點整舉行校慶晚會。學生們高興得不得了，整整一天的課都上得心不在焉，猜想著晚會上有什麼精彩的表演，又或者可能會見到自己暗戀的人。

李瀚穿著拖鞋，披著毛巾，端著臉盆在人群中穿梭，除了淡淡的煙味以及隨處可見的垃圾之外，他並沒有感受到任何的節日氣氛。按他的話來說，百年校慶跟他沒什麼關係，他只是一個過客而已。

台下的賓客和學生越來越多，主持人破天荒地拿了一個銅鑼出來敲了幾下，示意台下的賓客和學生們安靜下來：「下面有請我們最為敬愛的周桐周校長來致詞！」

「同學們好……」

李瀚看了看臺上穿著一身黑色西裝的校長，頓感無趣，拎著臉盆回了宿舍。原以為宿舍裡只有他自己，沒想到還有一個。「老二，你怎麼不去校慶？」

「有什麼好去的，還不如再複習兩本書，馬上要考試了呢。」李瀚笑了笑，將毛巾掛在繩子上，坐到老二旁邊，一看就笑出了聲：「老二，你看這些書，準備去考什麼試，男優海選嗎？」老二笑著說：「你懂什麼，這叫人體藝術，有字有畫的，總比我們的教科書強吧？」

李瀚拿出一袋泡麵，拎起水壺的時候，怒氣就湧了上來。五分鐘前他剛裝了一壺熱水，下樓一趟再回來就沒有了！難道水壺自己漏了不成，但周圍也沒有水漬啊！

「那個，老三啊，你壺裡的開水我拿去洗腳了，你也知道你二哥我一週沒洗腳了，味道有些熏眼睛，熏壞了我的眼睛沒事，熏壞了你們，那我的罪過就大了！」

李瀚白了他一眼，沒說話，扯開泡麵的包裝袋，準備揉碎了直接乾吃，老二湊過來說：「我這裡還有點水，不熱，三十幾度的，你要不要？」

李瀚反手將老二按在床上，用力一按他膀胱的位置，就聽見老二求饒道：「非禮啦！殺人啦！大哥，你再按我就尿出來了！」「臭小子手真壞，我差點被你按出尿來了。不要就不要嘛，我自己留著！」

「你還不趕緊去上廁所，待會憋不住了可別怪我。」李瀚說。

「再等一下，你是不知道這書有多好看，而且我現在尿感不強烈，不急。」

李瀚笑著鬆開手，拿起桌上的書丟給老二，自己繼續揉泡麵。

漸漸地，一切歸於平靜，老二的鼾聲響了起來，或許是看書看累了，他已經睡著了。

李瀚關了燈，盯著手機上的照片，陷入沉思。

照片上是白天的凶案現場，被害人張衛國靜靜躺在地上，眼睛圓睜著，透過螢幕盯著李瀚。李瀚忽然覺得自己忽略了什麼重要的細節。他雖然是師範大學的學生，學的卻是鑑識學。白天時他分析了現場的痕跡，卻沒有分析死者以及兇手的心理。鑑識學大致分為現場鑑識學和鑑識心理學，而鑑識心理學是其中最關鍵的部分。

李瀚有些後悔，既然現場沒留下太多的物理痕跡，那就應該分析心理痕跡，可是他疏忽了。正當他拿起電話準備打給王允的時候，寢室的燈忽然亮了……

王允趕到C大的時候，已經是晚上十點。

屍體位於C大體育館看臺二樓，技術部門的警官已經忙碌起來，兩個拍照，一個勘驗屍體。屍體呈仰臥狀，頭東、腳西，從穿著和面部看，年齡在五十至六十歲，死亡時間為兩個小時以前，死因是顱腦損傷以及大面積內臟破裂導致的內出血。

王允冷著臉道：「辛苦了。」

法醫點了點頭，說：「現場人員太多，痕跡已經被破壞，沒有勘驗價值。推測是從那裡摔下來的。」法醫指了指看臺旁的高樓。

王允遞了一根煙過去，轉身朝看臺旁的高樓走去。

這座高樓就建在看臺旁邊，一共六層，而死者顯然是從頂樓上摔落致死。站在頂樓的邊緣，王允有些頭暈。這裡的視野最好，可以看到整個體育館以及校慶的舞臺，但這裡也最為危險，圍欄不過一米五左右，高度應該在二十米左右。

死者名叫周桐，男，五十六歲，是C大現任校長，湖南人。據現場人員描述，死者生前正在主持校慶晚會，致詞後說要上廁所，就離開了校慶舞臺。

死者去廁所的事得到多名現場人員證實，而疑點在於在體育館一樓本來就有廁所，死者卻堅持跑到二樓上廁所，最後又離奇地出現在頂樓，並墜樓身亡。王允分析了當晚的情況，認為很可能一樓廁所不夠用，故死者才去了二樓上廁所，而最後出現在頂樓，顯然是有人叫他上去的。當晚體育館內人員複雜，混亂不堪，且館內並無監視器，死者身上也並未檢查出其他傷痕和指紋，身上財物總計一千零二十二元，分毫未少，所以不可能是謀財害命。死亡時間是晚上八點左右，死因為顱腦損傷和內臟破裂出血。王允反覆看了幾次初步調查結果，認為死者一是可能死於自殺，二是可能死於意外墜樓，後者的可能性比較大。

據死者妻子表示，死者為人和善，並未與人結怨，基本上可以排除仇殺。

警戒線周圍並沒有多少人，學生和來觀看校慶晚會的社會人士早已一哄而散。王允吩咐手下的人清理現場，並將屍體運回警局進行解剖，看看他胃裡、呼吸道裡有沒有別的什麼東西，比如常見的乙醚以及市面上能輕易買到的毒藥。

案子初步認定是跳樓自殺，這對員警來說，只能算是普通案件。一般來說，跳樓的人都會本能地保護自己的頭部，或者是伸手向下，阻止下降。不管是哪種情況，死者的雙臂都會遭受嚴重的傷害。當然，如果死者掙扎，可能會腿部先著地，造成腿骨斷裂或骨盆碎裂。這些只需要帶回去詳細驗屍就能真相大白。

王允想了很久，終於還是拿起手機，準備撥號的時候又停了下來；他決定親自走一趟，去找上次那個給了他很大幫助的學生——李瀚。李瀚到現場後看見的第一個畫面是周校長慘死的模樣。就在法醫準備動手將周校長的屍體運回去的時候，被李瀚制止了：

「叫你的人先別動。」

王允趕緊讓手下的人都散開，讓李瀚去看看，或許還能有別的發現，這也是他為什麼要親自去找李瀚。面前的這個年輕人雖然還只是一個學生，但王允心裡清楚，他雖然涉世未深，但對鑑識學的造詣已經到了很深的層次，絲毫不遜於局裡的警官。

李瀚忍著噁心看了看屍體，將死者的頭撥弄到了左邊，隨後望著高樓的頂樓出神。他不由自主地往頂樓走去，每走一步他都會停下來看看走廊，直到走到頂樓的邊緣這才停了下來。

「怎麼樣，有發現嗎？」王允跟在他身後問道。

李瀚不說話，站在上面看下面的屍體，他閉上眼睛，腦海裡極力還原當時的經過。在百年校慶這個特殊的時刻殺死校長，簡直是猖狂至極！

王允一把拉住李瀚，急道：「你幹什麼？再往前一步，你也會掉下去！」

李瀚睜開眼睛，笑了笑，這才發現自己半個身子已經探到圍欄外面。他的腦海裡不斷出現死者一個箭步衝上前，然後縱身跳下去的情景，但他總是看不清死者的身後是否有一雙推動的手——那是一個盲點。

半個小時以後，李瀚收回心神，轉身叫下面的技術人員上來收集指紋，看看有沒有新的發現。

指紋主要由汗水、油脂、膽固醇、氨基酸、蛋白質組成。這些物質會隨時間逐漸消失，因此只要鑑定指紋內化學物質的比例，就能推算出指紋存在了多久。此外，鑑定過程也會把指紋所在地的溫度考慮在內，因為溫度會影響指紋化學物質的退化速度。

技術人員一共採檢到了兩百多個有效指紋，其中圍繞事發處圍欄的一共有六十多個，分別來自不同的人。要從這裡面找出兇手的指紋，幾乎不太可能。「他可能是自願跳下去的。」李瀚望著圍欄上一個並不起眼卻很整齊的腳印說。

王允顯然有些吃驚。「自願」這個詞是他最希望聽到的。自願等同於自殺，這是結案的關鍵證據，他可不想在一件兇殺案還未查清之前再發生一起兇殺案。

距離退休只剩一年零十天了，他不想在自己的職業生涯中留下任何遺憾。王允臉上的愁容舒展開來，還沒來得及問李瀚其中的細節，他的奢望就被打破了。

「他是自願跳下去的，但他當時也許並不知道自己這樣做會死去，而且兇手可能是兩個人。」

「兇手」這兩個字讓王允的心裡一緊，那一絲奢望立刻被心裡的煩躁掩蓋：「你說清楚點，什麼自願不自願的，又什麼兇手，哪裡來的兇手？」李瀚有些吃驚地看著王允，他沒想到剛才還安靜待在一旁的王允會忽然失去耐心。

「我……我是說讓你分析一下。」王允自知失言。為了掩蓋尷尬，他遞了一根煙給李瀚。「除了這個腳印，還有別的什麼發現嗎？」

李瀚回過身去看周圍的環境，除了一些可樂瓶及零食袋，他注意到頂樓邊緣散落著一些東西，起初他以為那是什麼膨化食品的殘渣，仔細一看才知道竟是麥粒。

就在這時，警官小陳忽然跑了過來，說：「我們找到了兩個目擊證人，是一對情侶。當時他們在頂樓的走廊裡親熱，校長上樓的時候撞見了他們。」

「目擊證人已經被我們控制了，不過……」

「不過什麼？」王允急道，臉色有些難看。

「精神狀況不是很好。」小陳低聲道。

「有目擊證人就好，至少可以回答不少問題。」顯然，王允關心的並不是他們的精神狀態，而是他們能起到的作用。「把他們帶過來問問。」

遠遠地，李瀚看見小陳帶著兩個人過來，一男一女，看著員警的表情都怯生生的。王允讓小陳和另一個趕來的員警看著現場，他和李瀚兩個人帶著目擊證人到一樓的看臺席上坐了下來。

「沒什麼大事。」王允讓自己的語氣盡量變得輕鬆起來。「就是把你們之前看到的事複述一遍。」

那個女生轉過頭，緊張兮兮地看了看身邊的男生，似乎在等他開口。那男生咬了咬嘴唇，問：「這事不會連累到我們吧？」

「不會的，你配合員警把事情講清楚就好了。」李瀚在一邊提醒道。那男生偏頭看了他一眼，像是得到某種保證一樣，開口道：「校長是自己跳下去的，我們都看見了。」

「說具體一點，他在什麼位置跳的？怎麼跳下去的？當時你們在哪？把你記得的都說出來。」王允一下子急了，一連串的問題脫口而出。那個女生嚇得後退一步，顯得更加拘謹了，男生小聲地安撫著女生。

李瀚拉拉王允，讓他平靜一點，對那個女生說道：「妳別怕，有什麼說什麼就是了。」

「好吧。」男生低聲道，眼睛有點迷離，像是在努力回憶。片刻之後，他描述道：「我們今天本來是被安排在頂樓上準備到時候放鴿子的，見周圍沒人，準備親熱一下，誰知道我們遇到了校長，我當時臉都紅了，校長卻跟沒看見我們似的，徑直走到了圍欄旁。」

男生頓了頓，繼續說：「我想著都被發現了，還是老老實實回去守著鴿子，可是剛轉身的時候就聽見校長咕咕叫了起來。」

「你確定那是你們校長的聲音？不是鴿子？」王允打斷了他的話。

「我確定，那不是鴿子的聲音，是校長的聲音。我當時好奇，就上去看了看。校長當時蹲在地上，手裡抓著一把麥粒。他將籠子裡的鴿子全都放了出來。那些鴿子看見有吃的也沒飛走，就圍在校長前面，等著他餵食。過了有十幾分鐘吧，樓下就有人敲鑼，鴿子全都被嚇飛了。校長忽然站起身追到圍欄邊，站到圍欄上，一下子就跳下去了。當時我們覺得挺好玩的，以為是有什麼特殊的節目，也沒在意，誰知道他就摔……」

「你說他拿麥粒餵鴿子？怎麼就好玩了？」王允問道。

「他在校慶這麼忙碌的時候，還特意跑到頂樓來拿麥粒餵鴿子，本來就有點奇怪，而且我看他蹲在那些鴿子中間，一邊撒麥粒一邊咕咕叫，然後他往哪裡走，那些鴿子就跟著他去哪裡，感覺他也是一隻鴿子一樣。」

「他走路都是蹲著跳著走，跟那些鴿子一樣……像是中邪了。」一旁的女生補充道。

「那他跳樓是怎麼跳的？」李瀚問。

「那些鴿子被驚飛了，他就站到圍欄上，也就一、兩秒的時間，他把手舉起來，好像要飛的樣子，然後整個人就掉下去了。」男生接著說。

死者在死前餵鴿子？李瀚覺得這是一個疑點，一般來說準備自殺的人都會瞻前顧後猶豫很長時間，怎麼還會有心情餵鴿子？而且用來放飛的鴿子一般是不與人親近的，他是怎麼讓那些鴿子跟著他走的？李瀚越想越覺得詭異，自殺的人一般成功率都並不高，絕大部分人都會最後放棄，很少有人會這麼果斷。

「死者跳樓前行為還有沒有其他異常，或者說身上有沒有什麼傷口之類的？」王允問。

「應該沒有，我看他挺正常的，不像是身上有傷的樣子。」那個女生低聲道。

「他跳樓的方向跟鴿子飛走的方向是一樣的。」那個男生接話道。

王允點了點頭，拉著李瀚就往圍欄方向走。他們仔細查看一番後，發現確實沒有打鬥的痕跡，又折返回去觀察一些零星散落著的麥粒，得出結論，這兩個人應該沒有撒謊。

「對了，校長餵鴿子的時候又上來兩個人，是一男一女，兩個人都包得緊緊的，戴著鴨舌帽和墨鏡，看不清到底長什麼樣子。他們看著周校長，卻是背對著我們。後來那個女的好像把墨鏡摘下來，然後周校長就僵著站了好一會。我們原本以為這兩個人是校長祕書什麼的，可是後來看校長跳下去，他們不僅沒上去攔，似乎還一起笑了幾聲。對了，我手機上還有他們的照片。」

李瀚的心一下子緊張了起來，看來他猜得沒錯，這絕不是意外，而是一場謀殺！藝術謀殺！

拿過男生的手機，王允端詳了許久，才皺著眉遞給李瀚，說：「這照片太模糊了，而且背光，根本看不清楚，只能送回去讓技術部門的人試著處理一下了。」

李瀚看了一眼也表示根本看不清，他取出手機裡的電話卡還給男生，就將手機遞給一邊的警官。

事情到了這裡，似乎所有的線索都再次中斷了，只留下一張模糊不清的照片。

這件事還有其他外力，這是李瀚的第一感覺。

「我們可以回去了嗎？」那個男生有些怯生生地開口問道。

王允應了一聲。

疑點一下子多了起來，甚至李瀚對自己的想法也變得不確定。一開始，他覺得這是一場華麗的謀殺，但又覺得更偏向於自殺。

C大校長死亡的消息不脛而走，在整個校園裡鬧得沸沸揚揚，有人說是自殺，有人反駁說是謀殺，還有的甚至說是情殺，由此牽連出一系列怪事。比如有人檢舉校長周桐生前包養情婦，有人檢舉周桐生前貪污受賄，還有人檢舉周桐涉黑。這些事中只有包養情婦屬實，這樣的事實無疑又在死者家屬的心口上捅了一刀。

周桐的情婦名叫海燕，一個道道地地的無業人員，二十六歲，身高一百五十五公分，案發時她正在零點酒吧跟男人廝混。當王允找到她的時候，海燕如實交代了吸毒的事情，懇求王允不要告訴她的父母，她保證不會再犯。王允皺著眉將她送去勒戒所強制戒毒，但並沒有告訴她周桐已經死亡的事。

又一條線索就此中斷。

照片解析的結果令人失望，因為背光，只能看到兩個模模糊糊的背影，長相和穿著根本看不清。

李瀚看出老二這幾天的心情很不好，上課的時候經常一個人坐在最後一排，望著窗外發呆，下課時也全無反應，彷彿聽不到下課鐘聲。回到寢室也不愛理人，不時在紙上寫寫畫畫，連最愛的「人體藝術」書也不怎麼看了。李瀚問他怎麼了，他也不願意回答，每天就是坐到電腦桌前，看著一些無關痛癢的網頁。

有一次，李瀚趁著老二不注意，站到他的身後，觀察他看的網頁，起初的確是一些新聞類的網頁，看不出什麼端倪，後來老二的滑鼠停留在了靈異頻道。猶豫了很久，他點了進去。

李瀚心裡猜測，大概是因為校長周桐的死。

老二和周桐算是遠房親戚，當初老二考大學的成績不理想，是周桐牽線幫忙，以特招生的名義將老二帶進學校，這才讓老二順利上了大學。

據老二講，當時他的父母大費周章才跟校長周桐搭上關係，後來也證實他們家跟周桐家確實是遠房親戚。周桐沒有拒絕幫忙，極力圓了老二的大學夢，這對當時的老二來說算是天大的喜訊，因此老二一家一直都非常感激周校長。

周桐死後的第七天，李瀚在學校打完籃球，準備回寢室的時候被老二叫住了。老二淚眼婆娑，還沒等李瀚問什麼，就自顧自地說道：「我應該去校慶的，這樣他也許就不會死。他一直說想找我聊聊，但我就是沒去。校慶前一天，他又打電話給我，我藉口說生病了，在醫院，他還說等忙完校慶就來看我，沒想到他就……他就……」

李瀚一時間手足無措，這傢伙平時沒心沒肺的，李瀚還是第一次看見他哭。李瀚拉著他到操場的臺階坐下，不知該說些什麼，只能拍拍他的肩膀，算是安慰。老二將頭埋到大腿間，肩膀一聳一聳的，他哭了很久才平復，抬起頭，紅著眼眶說：「老三，你相信這世界上有鬼嗎？」

李瀚這才注意到老二的左側放著一個黑色袋子，裡面香蠟紙錢一應俱全，甚至還有一張黃色的辰州符。

「不是吧，老二？」李瀚極力想讓自己平靜下來。

「我也不想這樣，但是我能有今天，全是因為他。他這樣不明不白地走了，我覺得自己總得做點什麼。這幾天我一直無法安心，如果當時我去參加校慶，會不會就是不一樣的結局？」老二低下頭，顯得有些失落。

「那你想怎麼樣？你是想今晚去……祭拜他？」

「對！今天是頭七，按照我們老家的傳統，他的亡靈是要回來的。我在網上找了個大仙，跟他買了……請了這些東西，希望送他最後一程。」

「我怎麼記得老人都說死人頭七應該是回自己家去看看啊？」李瀚想了想問。

老二愣了一下，說：「是，也許他順路就會去體育館看一看，畢竟那是他死的地方，對吧？」他抓住李瀚的胳膊，說：「在我們寢室我跟你關係最好（李瀚心想自己怎麼不知道？）今晚你願意跟我去看看嗎？」

見李瀚不說話，老二繼續說道：「老三，你也知道我膽子小，你是我們寢室裡膽子最大的，你就跟我去吧？」（李瀚心想：我半夜都不敢起來上廁所，膽子大？我怎麼不知道？）

「二哥，人死不能復生，我們也是受過高等教育的人，鬼神之說，實在是無稽之談……」

「你去還是不去呢？」老二打斷了李瀚的話，眼神有些複雜，盯著李瀚。

看著老二紅紅的眼眶，李瀚一下就心軟了。他點頭同意。他想，要是自己不去，老二晚上真的出了什麼事，那就不好了；或者老二自己不敢去，回寢室之後還是之前那副模樣，更悲劇。

按照李瀚的計畫，晚上九點左右由他進入體育館打開廁所的窗戶並蹲在廁所裡，確保窗戶不會被清潔人員關上，等十點半體育館關門的時候，他再出來，然後兩個人再翻窗戶進去。老二的計畫是直接拎著東西進去，李瀚則覺得拎著黑色袋子進入體育館一定會被查的。最近校長死了，每個人的神經都有些緊繃，到時候一定會穿幫。

晚上十點半，兩人順利地翻越窗戶進入體育館並關上窗戶，蹲在廁所裡，以免被值班老師發現。半個小時後，老二就有些堅持不住，廁所是蹲式的，不像馬桶還可以坐著，他的腳早已經麻掉了。

「老三，要不我們現在就去燒紙吧，我……」

「現在才十一點，值班老師都還沒睡，你現在出去不是自尋死路嗎？」

老二聽到「死」這個字，臉色就是一變，蹲回廁所不吭聲了。李瀚有些過意不去，遞了一根煙給他，說：「你別想了，到時候紙一燒他在下面也就安息了。」

李瀚說完這些，自己都感到有些吃驚。他一直是無神論者，現在說這種話，總感覺彆扭。

一個小時悄然而過，李瀚小心翼翼地從廁所裡伸出腦袋，往值班室的方向一瞄，燈已經關了，時間正好是晚上十二點！

老二不由分說，三步併成兩步往看臺二樓周桐摔死的地方走去，李瀚緊跟了上去。

老二已經哆哆嗦嗦地開始燒紙，嘴裡念叨著一些他跟周桐的往事，比如上學、談話、校慶之類的，後來覺得不對，又拿出手機，照著什麼東西念起來，跟佛經一樣，聽得李瀚一陣頭大。李瀚嘟囔了幾句，就睡著了。

也不知過了多久，李瀚被老二推醒了。

「你燒完了？」李瀚揉著眼睛，不耐煩地問。

「還沒呢，這裡一點動靜都沒有，是不是我們走錯地方了？」

李瀚搖搖頭：「沒錯的，是這個地方。」

老二顯得有些猶豫，指了指旁邊高樓的頂樓：「我的意思是校長雖然是死在這裡，但他是從上面摔下來的啊。」

李瀚不想做無謂的爭辯，跟著老二往旁邊高樓的頂樓走去。

真的有鬼？

老二跟李瀚站在頂樓的入口處，看到圍欄邊站著一個人，模模糊糊地有一個紅點，應該是點著了一根煙。

這時，老二忍不住有些顫抖，哆哆嗦嗦地說：「周校長，真的……是你嗎？」

對面的黑影動了一下，隨後丟掉手裡的煙頭，朝李瀚兩人所在的位置猛衝過來。老二尖叫了一聲，嚇得李瀚魂飛魄散，但他很快反應了過來，這不是周桐的鬼魂，而是一個人！

「跑！」李瀚喊出這一聲的時候，老二已經倒在地上，蜷縮著身子，嘴裡呻吟著，不知道是什麼情況。

那人踩著老二的身體，直奔李瀚而來。一時間李瀚也不知道哪裡來的勇氣，一腳踢了出去。那人身子一歪並未倒下，還「咯咯」地笑了兩聲，拍了拍自己身上的灰，低聲說：「你死定了！」

與此同時，值班室的燈亮了起來，那人不做停留，越過李瀚下了樓，消失在暗夜裡。

等老二被送進醫院的時候，已經是半夜兩點。

老二腹部被刺了一刀，但對方並不想殺死老二，否則現在這裡躺著的就是一具冰冷的屍體。老二堅持說自己是想燒紙寄託對校長的哀思，值班人員當然不信，旁敲側擊地說有些犯罪分子，就喜歡在殺人後返回現場清理痕跡，同時還報了警。

老二氣急敗壞，忍著傷口裂開的危險，叫道：「我不是殺人犯。那裡確實有個人，那個人才是罪犯！你們不去追真的罪犯，跑來問我是怎麼回事？再不去就晚了！」

值班人員沒有理會老二，守在了病房門口，靜待員警過來。

「是我連累你了，對不起啊，不過那個人真的有可能是兇手，老三，你應該主動找員警說清楚。」

李瀚看了看老二身上的繃帶，說：「你先安心養傷吧，我會處理的。」

王允連夜趕了過來，見到李瀚的時候有些意外，這個平時理智聰明的人，竟然會跟別人一起搞這種燒紙錢的把戲。

「你小子也信這一套？」王允的語氣裡帶著些戲謔。

「我？還不是老二這小子。」李瀚跟王允站在病房外，李瀚透過玻璃看了看病床上的老二，將晚上的事說了一遍。當說到神祕人的時候，被王允打斷了：「你說那是個女人？」

「對，女人，身高大概一百六十公分，不算強壯，熟悉C大的環境，身上用的是古龍香水，應該……」李瀚沒有繼續說下去。

「就是說有可能是情殺？會不會跟之前的那件殺人案有關？」

李瀚搖搖頭，說：「這個我還不能確定，也許兇手殺死張衛國的時候留下的是假鞋印，比如故意穿了大幾碼的鞋子，或者用了別的什麼手段，也有可能兇手本來就是兩個人。當然，也有可能是無關的兩起案件。」

王允心想這話說了跟沒說一樣，現在已經死了兩個，傷了一個。想著想著，他的眼睛忽然亮了起來，看著李瀚，低聲說：「小子，你說有沒有可能兇手就是你們宿舍的這個老二，今晚來的人只不過是他故意安排的？」

李瀚白了王允一眼，說：「在你眼裡，除了你自己其他人都是殺人犯吧？」

王允摸摸鼻子，不吭聲，抽著悶煙。

許久，李瀚說：「跟我去現場看看吧，也許會有別的發現也說不定。」

李瀚想了想，為了證明老二不是兇手，所以他決定走一趟，免得這個刑警隊長再疑神疑鬼。

C大體育館高樓頂樓，淩晨四點，燈火通明。

經過技術人員的努力，採集到了一些完整的鞋印以及煙頭，不過在煙頭上並未蒐集到任何指紋和 DNA，疑似是嫌疑人用了過濾煙嘴或手套。

他們在監視器錄影中看到了那個在黑暗中奔跑的女人，是朝著一樓的女廁跑去了。王允果斷拉著李瀚去了女廁，發現一個窗戶被打開，上面有一些腳印。但當他們再查看街道監視器時，這個女人已經消失得無影無蹤……

第三章

兇手歸案

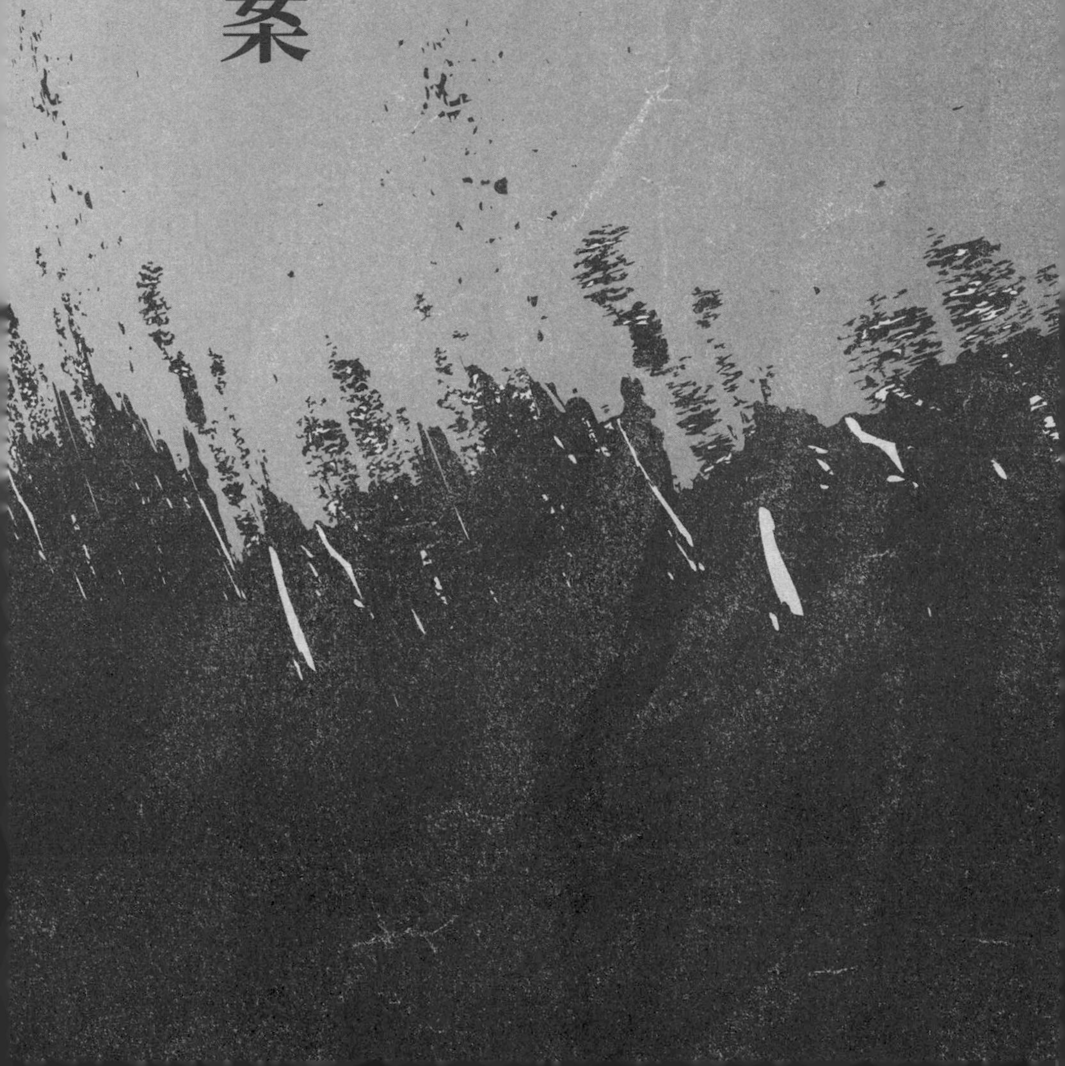

一週前。

午休時間，圖書館的走廊裡靜悄悄的，顯得漫長無比。

男人整理了一下自己的衣衫，彷彿下定了決心似地疾步走到一扇門前，他朝左右看了看，並沒有發現其他人，望著門上的標誌——心理諮詢室，他深呼一口氣，抬手敲門。一下，兩下，不急不緩的敲門聲在走廊裡顯得格外刺耳。男人冷汗沁出，臉上的表情說不出是放鬆還是緊張。他搖了搖頭，心想那件事已經過了三十多年，又有誰會知道，自己何必那麼緊張。

他回不來了。

地質探勘工程部隊的檔案早已經淹沒在歷史的洪流中，沒人會在意當年發生了什麼事。男人已經決定了，在校慶之後便會離職，回家反省這些年的對與錯，他想用餘下的人生來為自己懺悔和贖罪。

門一直沒有開。男人轉身要走，斜對面的一扇門卻忽然開了，一個女人走了出來：「你，你找梁教授？」

男人顯然被嚇了一跳，他指了指梁教授的辦公室，卻說不出話來。

女人走到男人面前：「梁教授不在，你找他有什麼事嗎？」

「我……沒事！」

「有事就要說出來，一直憋著會憋出病來的。」女人漫不經心地說著。

男人打量著眼前的女人，許久才從嘴裡吐出幾個字來：「我有的時候會感到害怕，或者說是恐懼。」

女人似乎得到了自己想要的答案：「很多人都會感到害怕，不過得具體看是什麼情況。能不能告訴我，你具體在怕什麼？」

男人緊閉著嘴，低聲說：「它。」

女人顯得有些疑惑不解：「他（她）？」見男人不說話，女人微微一笑。「你可以克服的，比如你可以想像一下最可能的危險情況，讓它在你的腦海裡不斷出現，漸漸地，你就不會怕了。」

「不！我不要！」男人猛地抓住自己的頭髮，像是受了什麼刺激，半晌才抬起頭，看著眼前的女人，他眼神怨毒地問：「你到底是誰？」

女人並不害怕，輕笑著說：「三十二年都熬過來了，還會怕嗎？」

男人像瘋了一樣跑回自己的辦公室，緊閉著門，額頭上的汗水不斷沁出，渾身止不住地哆嗦著。他知道，它回來了。

C市刑警大隊會議室。

死者共有兩人，一號死者名為張衛國，男，五十二歲，未婚，某機械廠退休工人。案發前兩天，他剛辦完退休手續。從現場情況及屍檢報告來看，死者在案發當天被人用乙醚迷暈，隨後被襲擊頸部致死。初步推斷，兇手並未與被害人有過搏鬥；兇手作案手法殘忍，疑似精神狀態異常。

二號死者叫周桐，男，五十六歲，已婚，家住C大員工宿舍。案發當天死者正在主持C大百年校慶，據死者妻子董青表示，案發前死者疑似患有焦慮症，時常一個人發呆、抓頭、酗酒。校慶前，死者稱將在校慶後辭去校長一職，原因不明。死者很可能是被兇手擊破心理防線，自己跳下高樓，摔落致死。兇手在死者死後一週返回凶案現場，疑似清理證據或感受氣氛。對C大附近學生及社會人士走訪中，得到一些有價值的線索。死者生前曾用麥粒餵食鴿子，並跟隨鴿子一同躍出圍欄，疑似精神狀態異常。

在長達兩個小時的激烈討論之後，依舊沒有什麼清晰的思路。散會後，王允正要離開，趙局長叫住了他：「老王，你留一下。」

有些發福的趙局長端著茶杯，揮手示意王允坐下，遲疑了一下，問：「聽說你讓一個C大的學生幫忙破案？」

「對，這個人是梁教授推薦的，據說是梁教授的得意門生，叫李瀚，今年大三。」

「那你感覺怎樣？」

王允斟酌了一下：「這個人有點意思，對鑑識心理學頗有造詣。雖然現在還沒有實質的進展，但是錄影帶就是在他的指引下才找到的，後面幾天我會再追蹤，爭取早點破案。」

「不！」趙局長態度堅決地說，「不要讓他再參與這個案子，不僅是這個案子，以後任何案子都不行！」

王允一時間摸不著頭緒，忽然想到趙局長跟梁教授的關係，他僵硬地點了點頭。

王允剛走出會議室，電話就響了，是李瀚打來的。

透過對一號、二號死者的現場痕跡和心理痕跡，以及在二號現場找到的錄影帶進行分析，李瀚已經對這兩起案件有了一個初步結論。

如果大多數連環殺人案都會在現場留下標記，那麼這個兇手留下的標記是什麼呢？毫無疑問，兇手留下的是精神軌跡。

很顯然，在第一個死者的被殺現場，兇手有連續砍擊地面的跡象，而死者處於深度昏迷之中，醒來後試圖翻身逃走，但兇手並未立即追擊，而是砍地面至少三次，由此推測兇手精神恍惚或有精神病症狀。

第二個被害者自身精神狀況不佳。兇手極有可能是以此擊破被害者的心理防線，使得被害者自己從高樓上一躍而下，一週後返回現場查看，疑似在清理現場痕跡，後經技術人員鑑定兇手並未清理指紋、鞋印以及現場的麥粒，那麼她回現場只可能是一個目的：欣賞自己的「傑作」。

李瀚推測兇手應該或許就是那一男一女，一個精神異常，而另一個則是異常神經。

「去精神病院吧。」李瀚跳上車道。「如果我沒猜錯的話，他一定留下了一些抹不掉的痕跡。」

王允調查了C市大部分醫院的精神科，病歷是無法造假的。

C市一共有兩家專業的精神病院，第一家醫院很配合調查，可惜一無所獲。對於李瀚提出的「狂躁」和「試圖逃離」兩個關鍵字，第二家醫院的院長給出了一個人的病歷。

這個人叫吳離，男，五十二歲，身高一百七十公分，曾在一個月前來醫院諮詢並入院治療。

入院後，吳離積極配合治療，看起來狂躁症和精神狀況正在逐步好轉，可是有一次護士發現他在室外襲擊一名路人，並導致路人脖頸多處有指痕劃傷。幾天後，他向醫院申請要求出院，因為他認為自己已經好了。

醫院對他進行精神檢測，發現其狂躁症和精神狀況都很糟糕。但吳離認為自己根本沒有病了，於是他就逃出醫院。之後醫院曾派人去找過他，發現他在醫院登記的地址是假的。

據照顧他的護士表示，吳離人很瘦，平時不修邊幅，病房裡也亂七八糟的，不愛與人交往，總是一個人叨念一些往事。

這條線索讓王允和李瀚興奮不已。考慮到吳離這個名字可能也是假的，王允決定先調查全市名叫吳離的人，再調查病史，兩相印證就不會出錯。

兩天後，一份調查結果擺在王允面前，全市名叫吳離的人一共有五百一十一個，其中有精神病史的只有兩個，那兩個人的照片放在調查結果的最後一頁。

「就是他！」在戶籍室裡，李瀚一眼就認出了這個眼睛裡帶著深深焦慮和絕望的人。

王允這次顯得很謹慎，畢竟抓錯人的話只能為自己再增加一個污點：「你確定？」

「錯不了！你對比兩張照片，只有他眼裡帶著焦慮和絕望，看來他的精神問題已經不是一、兩天了。」

晚上十點整。

這是一棟屋齡二十年以上的老樓。經調查，吳離就住在這棟樓的三樓，那是他名下的房產。此時三樓吳離家的位置，深藍色的窗簾將窗戶遮得嚴嚴實實，隱約可見從窗簾中透出的白色燈光。

行動組一共六個人，王允簡單地劃分了攻擊組和封鎖組。攻擊組負責破門制伏嫌疑人，封鎖組負責封鎖走廊和窗外，防止嫌疑人逃走。

為了確保行動成功，傍晚的時候，王允曾和一名警官喬裝打扮，對整個老樓的情況進行了勘查。這棟樓戶型都是兩房房型，牆壁周邊有堅固的排水管，並且很多人家並沒有裝防盜窗，附近道路四通八達，因此嫌疑人具備逃走的客觀條件。這就要求攻擊組必須在第一時間破門制伏嫌疑人，防止嫌疑人自殺或者逃走。

晚上十點十分。

攻擊組開始敲門，但無回應。門上並無貓眼，屋內有輕微的腳步聲，王允再次敲門說：「收瓦斯費的，家裡有人嗎？」

「誰啊？」一個男人的聲音傳了出來。

「收瓦斯費的。」

「是嗎？等等。」

門打開的一瞬間又立即關上了，吳離顯然在那一瞬間看到了自己不想看見的情景。

王允一腳上前，木門應聲倒下，攻擊組一躍而起，衝進去，當場將吳離制伏。

吳離歸案後，很痛快地承認了兩起殺人案都是他所為。當問到是否有同夥的時候，吳離一口咬定完全是他一個人所為，全然不顧警方給出的資料。

鑑於嫌疑人可能有精神障礙，警方對其進行了精神鑑定，但結果顯示吳離真的沒有任何精神問題。由於犯罪事實清楚，證據確鑿，嫌疑人供認不諱，市警察局決定將吳離盡快移交檢察院起訴。

王允在電話裡告知了李瀚案件的最新進展，而李瀚則提出要和吳離面談一次。王允有些猶豫，不過想到李瀚有可能挖出另一個兇手，他還是答應了。

這次面談的地點被安排在一個狹小的審訊室裡。王允提出要在一邊監聽，但被李瀚當面拒絕，他的理由是人越少，對方越是能放鬆警惕。

「這傢伙住的是單人間，知道為什麼嗎？」

李瀚搖頭。

「他進去第一天就襲擊其他犯人，拿手砍別人的脖子，懂了吧？」

幾分鐘後，吳離戴著手銬腳鐐進入審訊室，隨後被固定在審訊室的椅子上。王允將一疊資料擺在李瀚的面前，同時關掉了所有錄影設備；這件事不能讓局長知道，否則他剩下的一年時間將會一直在冷板凳上坐著了。

資料顯示吳離二十歲以前生活軌跡正常，直到他二十歲那年加入了一支國家地質探勘工程部隊，那之後的十年，資料為空白。三十一歲的時候，他進入機械廠工作，一直到上個月為止。李瀚要探求的就是吳離消失的那十年間，到底去了哪裡？做了什麼？這或許是揭開本案所有謎題的關鍵所在。

「你是吳離？你好，我是市警察局心理犯罪科的。」李瀚為自己編造了一個身份。

對方低著頭，沒有反應。

「你聽到我的話了嗎？請你抬起頭。」

吳離緩緩抬起頭，他低垂著眉眼，像是失去了所有力氣。一雙空洞的眼睛，讓李瀚看不到之前推測的焦慮和狂躁，只有一片死寂。

對視幾秒後，吳離再次低下頭，盯著已經有些乾裂的雙手。

「我這次過來是因為你消失的那十年。」李瀚避開兇殺案，避開了所有敏感的問題，直截了當地說。

吳離身子一震，但依舊不吭聲。他將乾裂的雙手夾在雙腿間，彷彿想掩蓋住那微不可察的顫抖。

「你受過高等教育，又曾經在國家地質探勘隊工作過，按理說應該有一個美好的前程，可是你在事業巔峰的時候消失了。我很好奇，這十年你到底去了哪裡？做了什麼？」

吳離依舊不吭聲，雙腿夾得更緊了。

「你應該清楚，我的話對於法院的判決將會起到一定的作用。」李瀚慢慢地說。「如果你不想被判死刑的話，最好配合我一下，回答我的問題，填補那空白的十年。」

吳離依舊無動於衷，一分鐘後他抬起頭來，用晦暗的眼睛看著眼前的李瀚，聲音有些嘶啞，他緩緩地說：「判我死刑吧，我早該死了。」他慘然一笑，臉上的皺紋也越來越深了。「那件事已經過去這麼多年了，何必再拿出來徒增傷痛？你不知道，我不想殺人的，我真的不想殺人的，是他們逼我的，逼我的。」

「為什麼這麼說？」

吳離不作聲，呆呆地望著地面。

李瀚掏出煙，起身遞了一支過去，點燃。吳離左手拿著煙，猛吸了兩口，緩緩抬起頭，繚繞的煙霧使他的臉色顯得更加難看：「你別白費力氣了，我只求速死，另外……謝謝你的煙。」

李瀚皺著眉，他實在想不通到底是什麼原因能讓一個人只求速死，難道是知道自己一定會被判處死刑，還是他想用他的死來掩蓋那空白的十年？他這麼拼命想保護的到底是什麼？

李瀚猛然想起那卷錄影帶。根據王允的調查，吳離和張衛國都是那支地質探勘隊中的一員。而三十二年後，吳離選擇殺死自己曾經的同伴，他想掩飾的東西，一定是那卷錄影帶裡的內容。

許久，李瀚長出了一口氣，低聲道：「你以為你死了之後，錄影帶裡的內容就沒人知道了嗎？」

吳離臉上的肌肉緊繃起來，顯得異常不安：「錄影帶？什麼錄影帶？」

「你不知道嗎？就是記錄你當年殺人的錄影帶！」

「你知道什麼！」吳離猛地想從審訊椅上坐起來，連帶著腳鐐叮叮地響，最後他無奈地又坐了下去，一雙眼睛死死盯著李瀚。「什麼錄影帶，你在哪裡找到的？」

「怎麼，你願意說了嗎？」李瀚見猜測有所成效，隨即問道。

「我沒殺人！他們都是騙子！都是騙子！我這麼做只是想贖罪，我不想殺人的，我……」吳離激動地訴說著淩亂的話，最後他趴在審訊椅上，肩膀一聳一聳地哭了起來。

「當年到底發生了什麼事？誰騙了你？你為什麼要贖罪？是誰叫你殺人的？」李瀚趁熱打鐵地追問。

吳離低著頭哭了很久，當他再次抬起頭的時候，眼睛已經紅腫得像是兩個燈籠。

「沒有誰，你們判我死罪吧，我是罪有應得。都是我的錯，這麼多年了，還是難逃宿命，欠下的債終究是要還的。這樣也好，三十二年了，我也算是解脫了。」

「你拼命想保護的那個女人到底是誰？」李瀚避開他的話問。

「沒有什麼女人！就我一個人，別再逼我了！別再逼我了！」這一次吳離的情緒顯得格外激動，他的眼神有些慌亂，連聲音都有些顫抖起來，又帶著些許怒氣。顯然，他要保護的人就是那個女人。那個女人可能是他的女兒，可能是他的情人，也可能是他的朋友，還可能也是當年探勘隊的一員。吳離久久不能平靜下來，李瀚在心裡埋怨自己不應該輕易提起那個女人。

鑑於嫌疑人情緒過於激動，王允終止了這一次面談。

走出審訊室的時候，李瀚長長地嘆了一口氣。關於審訊套話，他還是太年輕了，原本是想套出案件背後的人和故事，但是他的方法顯然太過稚嫩，引起了嫌疑人強烈的抵觸情緒。

這是一次失敗的審訊。

一個小時後，C大校門外的一個小吃店裡，王允隔著桌子看著對面正低著頭不停喝水的李瀚。

「好了，沒問出來就沒問出來，你做得已經夠好了。」王允遞了一支煙過去。李瀚不想接，但是看到王允不容拒絕的表情，他還是接了過來。王允給他點了煙：「這就對了嘛！小子，其實我很佩服你的，要換作是我，可能也是一樣，什麼都問不出來。」

「我不該提那個女人。」李瀚深吸了一口煙說。如果他不提那個女人，或者換一種方法再問，或許還有機會。而一旦提了那個女人，吳離就會被激怒，以後也絕不會再開口了。

「沒事的，你已經做得很好了，至少比我強。」

李瀚的面色稍有緩和，他知道這是王允的客套話：「看看想吃點什麼，隨便你點，我請客。」

王允頓了頓，繼續說：「能找到一個，你已經幫了大忙了。對了，你是怎麼想到錄影帶的內容跟殺人案有關的？還有兇手有精神病史，我可不相信只是憑著現場的幾道印記，你就想到了這麼多。」

李瀚整理了一下情緒，說：「痕跡。一號死者和二號死者的死亡現場，除了一些物理痕跡，還有很多的心理痕跡。比如吳離在用乙醚將張衛國迷暈之後，並沒有立即殺他，而是將他搬到了屋子的中央。若換作一般的殺人犯，死者肯定會倒在門口，隨後被兇手殺死。而吳離將他搬運到了屋子中央，這展現了一種情感的存在。

「現場地上的刀痕能說明的問題就不是兇手猶豫了，而是兇手當時精神恍惚，也許他當時真的不知道自己會這麼做。張衛國會死掉，這讓吳離分神了，他在想一些事，也許就是他消失的那十年裡的事。他覺得自己的精神有問題，這也許是他去看精神科的原因，事實上他的精神並沒有問題。以上這些都是他的心理痕跡。」

「那你們校長呢？」王允問。

「校長？」李瀚愣了一下，「周校長跳樓的地方，心理痕跡並不明顯，或者說那裡的心理痕跡就是校長上樓到跳樓之間發生的事，但具體發生了什麼，我並不知道。吳離跟那個女人和周校長的死到底有沒有關係，也並不能確定。或許，周校長真的是自願跳下去的。」

王允專心地聽著，聽到「自願」二字時，眉頭一皺。

星期一下午。

這堂課是李教授的課。雖然是自己的父親講課，但是李瀚並不打算給自己老爸面子，仍舊選了最角落的位置坐下來。

教室裡雖然坐滿了人，但由於是選修課，一大半的人都在睡覺。李教授並不急著點名，也不急著講課，他端起面前的茶杯，喝了口水，吐掉茶葉……午後的第一節課，學生們睡覺的睡覺，醒著的也是魂飛天外，不過他顯然並不介意，開始漫不經心地講課，眼睛不時地望向教室門口，似乎在等著誰的到來。

半個小時後，當李教授再次端起茶杯的時候，教室門口來了一個人。那是一個禿頭的中年男人，滿面紅光，身體有些發福，手裡捏著一個信封。

李教授頷首，而後站到一旁。禿頭的中年男人拿著信封走了進來，用力敲了敲講桌，整個教室一下子就沸騰起來，無論是恍神的還是假寐的都打起精神坐直身體。因為來人是韓中和，C大副校長。

韓副校長很滿意這種效果，他站到講臺中央，將信封放到講臺上，面露喜色地說：「這裡有一封來自警方的表揚信。」他故意停頓了一下，看了看下面兩眼放光的學生，繼續說：「周校長遇害之後，整個學校的秩序陷入癱瘓狀態。相信大家都想警方盡快將兇手繩之以法，以慰周校長在天之靈。」

「前段時間，C市發生了兩起命案，兇手極為猖獗，作案手法殘忍至極。警察機關苦於沒有充分的線索，遲遲不能破案。」他話鋒一轉。「而我們在座的一位學生，將所學的知識靈活應用到實際案件的偵破中，理論結合實際，協助警方成功地破獲了這兩起殺人案……」

李瀚瞪大了眼睛，周圍同學開始交頭接耳，互相打量著對方。

「安靜！」韓副校長伸手做安撫狀。「看了這封信，我很受觸動。一個在校大學生能夠運用自己所學的知識，堅持為人民服務，這種精神值得我們在座每一位同學學習。下面讓我們掌聲有請鑑識學系的高材生李瀚同學，上來談談自己的感想。」

李瀚身體僵硬地坐在椅子上，直到旁邊的同學推了他兩下，他才回過神，筆直地站了起來。跟他坐在同一排的同學已經自動收起自己的腿腳，給他留出空間。他只好硬著頭皮從同學身邊擠過，沿著走道慢慢往講臺上走。

父親讚許的目光讓李瀚覺得很難受。要是換作以前，他可能會高興，甚至有一絲得意，來自父親的認可，這是他希望看到的。但現在對李瀚來說，這樣的目光讓他充滿了愧疚感，他並沒有找到真正的兇手，對吳離的審訊也以失敗告終，他不想案件就這樣結束，他不想放下心中的執念。

從座位到講臺的距離不足十米，李瀚卻走得異常艱難，他只知道自己不能承認吳離是殺死周校長的兇手。他不知道自己到底該怎樣說，又該說些什麼，他甚至不知道該用什麼樣的表情面對大家，面對自己的父親。

「來，談談你的感想。」韓副校長滿面紅光地站到講臺旁邊，一把將緩慢前行的李瀚拉上講臺，順勢握住他的手，另一隻手放到他的肩膀上，半推半拉地將他推到講臺中央。

李瀚的大腦裡一片空白，他茫然地看著台下的同學，每個人的眼神都不一樣，有好奇、有羨慕、也有懷疑和不屑。足足站了一分鐘後，李瀚才開口說：「我其實……」

「說說破案過程吧。」韓副校長鬆開了自己的手。

「說吧，別怕，想到什麼就說什麼。」李教授在一旁提醒道。

李瀚的臉有些發白，他牙齒緊咬著，渾身開始有些顫抖起來。韓副校長伸手拍了拍李瀚的後背，示意他不要那麼緊張，台下的同學則是靜靜地看著這個一言不發的男孩。

許久，李瀚終於鼓足了勇氣，伸手將講臺上的信封拿起，毫不猶豫地撕成碎片，扔進一旁的垃圾桶。

韓副校長顯然被嚇壞了。這封信足以成為C大校史的一部分，頃刻間卻變成了碎片。

不等眾人反應過來，李瀚深吸了一口氣，大聲說：「吳離不是殺害周校長的兇手！周校長是死於自殺！」

一石激起千層浪，整個教室頓時炸開了鍋。台下不少同學投來鄙夷的眼光，這讓李瀚有些難堪。韓副校長一把將他拉到身後，大聲喊道：「安靜！安靜！李瀚同學一定是太緊張，說錯話了，警方已經確認吳離是殺害周校長的兇手……」

李瀚看了看父親，隨後面色複雜地走出了教室，留下沸騰的學生和面紅耳赤的韓副校長。

李瀚想過把這件事說出來之後，會造成什麼樣的局面，但一封表揚信讓他不得不正視這件事。從目前的推斷來看，並沒有直接的證據表明是吳離殺害了周校長。在和吳離的對話中更加證實了他的這個猜想，吳離急著認罪，一心只求速死，這完全不符合一個正常殺人犯的心理。

吳離背後的那個女人或許才是本案的關鍵，但顯然王允並不想繼續追查下去，具體原因尚未可知。

死者周桐生前疑似患有焦慮症，這是一種神經症，以焦慮情緒體驗為主要特徵。可分為慢性焦慮（廣泛性焦慮）和急性焦慮發作（驚恐障礙）兩種形式，主要表現為：無明確客觀物件的緊張擔心、坐立不安。

經過詢問周桐妻子，周桐是屬於後者（急性焦慮），平時幾乎跟正常人一樣，而一旦發作時（有的有特定觸發情境，如封閉空間等），會突然出現極度恐懼的心理，體驗到瀕死感或失控感。再連結到周桐生前曾安靜地餵鴿子，並和鴿子一同越過圍欄的情景，顯然那個時候的周桐是沒有發病的。換句話說，周桐死前精神是正常的，死亡是他的自願選擇，只是這種形式讓人難以接受。關鍵問題是那個女人到底用了什麼手段？讓周桐自願跳下去。

這一切都在等待著解答。

離開教室後，李瀚越想越覺得不對勁，撥通了王允的電話。

「喂？」

「是你把表揚信寄到學校來的？」

「原來是你啊，怎麼，收到表揚信了？」

「你……」

「我怎麼？」

「你是不是瘋了？」李瀚不想罵人，他忍著怒氣問。

「我沒瘋啊，這不是想給你一個驚喜嘛。對了，我們不是想用你來引出那個女人，就算是那個女人來報復你，我們也會……」

「砰！」李瀚狠狠地掛斷了電話。

走在學校的林蔭道上，李瀚的拳頭緊握。他已想到王允可能是想利用這封表揚信，來引出吳離背後的那個女人，但對此他是默認的，至少沒有抵觸情緒。「報復」這個詞很容易讓人失去理智，李瀚很期待吳離背後的那個女人瘋狂起來，即便下一個目標就是他自己。

三一三寢室門前。

悠長而空曠的走廊讓李瀚放鬆下來，他吐出一口氣，但一推門，他頓時又緊張起來——滿滿一房間的人都在議論著李瀚。門開的時候安靜了兩秒鐘，隨後大家就將他圍了起來，問東問西，甚至有人問他有沒有拿到獎金。

老二表情很複雜，說不出是高興還是難堪：「你回來了？」

李瀚只覺得異常煩躁，他奮力衝出人群，走到自己的床位，冷冷看著人群：「出去。」眾人愣了一下，隨即又笑了起來，上前拉扯李瀚，李瀚大喊一聲：「都給我滾！」眾人嚇了一跳，連連退了幾步，眼神一下子變得不滿起來：「不過是破了個案子，兇什麼啊？」

「他心情不好，你們快走吧。」老二小聲打著圓場。

一分鐘後，寢室裡只剩下老二跟李瀚兩個人。老二摸出一包煙，遞了一支過去，看了看李瀚的臉色，猶豫了一下，說：「韓副校長也真是的，他不知道這樣做會讓你陷入險境嗎？就這麼上臺去，豈不是讓人來報復你嗎？」

李瀚接過煙，點燃，深吸了一大口，嗆得他咳嗽了兩聲。他走到床前，將枕頭立起來，一頭靠過去：「二哥，他不知道還有個女人，我擔心的是……」他猶豫了一下。「算了，二哥，你出去打個球吧，讓我一個人靜靜。」

老二點了點頭，將手裡的煙盒放在桌上，拎起地上的籃球就出了門。

李瀚靜靜地望著天花板，眼神有些空洞，一動不動地不知在想些什麼，直到手上夾著的煙燒到手指，他才恍然坐起來，將煙丟到地上，又重新將頭靠在枕頭上。

修建多年的教職員工宿舍看起來有些許老舊，三樓一扇半開的窗戶裡，不斷閃過一個女孩子的身形。她手裡緊緊地握著一把水果刀，目送著眼前的兩個男人笑咪咪地離開。

每次她都用自認為十分凌厲的速度衝上去，然後總在一米左右的位置停下來，看著他們或驚恐或疑惑地走掉，最後讓她對自己的軟弱和行徑嗤之以鼻。

殺人，這個最危險的事在她的腦海裡不斷演繹著。來自內心的不安和恐懼讓她有些頭暈眼花，不得不靠在沙發上大口喘氣。肆意流淌的血液已經在她的腦海裡定格。她知道這些人跟父親的死無關，但她就是嚥不下這口氣。

天色一點點暗下來，隨著最後一點光亮消失在天際，屋子裡的燈忽然亮了起來。這個曾經幸福美滿的家庭如今已經支離破碎，剩下的只是一些黃白的花朵和臂膀上那一圈漆黑的紗布。

沙發上兩個人都不說話，望著一張黑白照片發呆。這照片是去年夏天參加社會實踐的時候，她拉著父親照的，父親其實不喜歡照相的，但爭不過她，最終還是照了一張，沒想到現在卻成了遺像。

窗外的雨淅淅瀝瀝地落了下來，敲打著雨棚，發出一些刺耳的聲音，她眼裡打轉的淚水也跟著落了下來。她望著遠處的燈，一盞燈亮了，一盞燈滅了，是啊，人死如燈滅，不就是這樣嗎？

隔了半晌，她顫顫巍巍地站了起來，拿著水果刀，拼命地朝窗戶外面刺去，就像是刺到了她想刺的人一樣。她變得瘋狂起來，連續刺了幾刀之後，她似乎失去了所有的力氣，整個人趴在窗臺上，任憑雨水打在她臉上，模糊了淚水。

她內心的絕望不斷翻騰著，而這絕望又在她的身體裡生出一絲勇氣來，她猛地抬起頭，顧不上濕透的頭髮和被淚水模糊的眼睛，就衝出了家門，身後母親的呼喊聲漸漸遠了……

半個小時後，她蜷縮在體育館的角落裡，黑色T恤上立著兩隻小熊，像是在保護這個瑟瑟發抖的女主人。她的眼睛望著外面的籃球場，看著一個男孩站在罰球線上，他揚起手，籃球在空中劃出一條弧線，準確地落入籃框，籃球又在地上彈跳兩次後被男孩接住。隨後，他重新站回罰球線上，一遍一遍地重複同樣的動作。

她用力揉搓著眼睛，試圖將那個男子看清，然後握緊了手裡的水果刀，搖搖晃晃地走了過去。

那是個眉清目秀的男孩子，他低著頭，盯著腳下已經被雨水淋濕的地面，他似乎已經疲憊不堪，嘴裡喘著粗氣，卻又抬起頭來，仍舊一遍遍地重複著投籃的動作。不過這些在她看來都不重要，只要他是自己想找的人，只要他願意幫助自己，只要他還有那麼一絲良知……

「站住！」她亮出水果刀，衝到男孩面前，竭力用一種惡狠狠的語氣說，「你肯不肯幫我？」

男孩被嚇得一愣，他疑惑地看著眼前這個渾身濕漉漉的女孩。她的頭髮上不斷有雨水滴落下來，被浸濕的衣服緊緊貼在身上，整個人都似乎跟雨夜融為了一體。那瘦弱的肩膀微微有些抖動，不知是不是因為這雨夜裡充斥的寒冷。

「你……」他看看四周，似乎覺得她在跟別人說話，但偌大的體育館裡只有他們兩個人。

「妳說什麼？」男孩一心想著自己的煩心事。

「我問你肯不肯幫我！」女孩歇斯底里地吼道，見男孩並沒有認真跟自己說話的意思，她趁勢將水果刀橫在男孩的脖頸上。「我要你幫我！」

男孩並不害怕，也沒有絲毫緊張，他只是輕輕將手裡抱著的籃球轉動了兩下，上下打量著眼前的這個女孩。驟然，他的目光變得冰冷起來。他忽然鬆手丟掉籃球，幾乎在一瞬間就一把抓住了女孩的手，然後一拉，順勢將她壓在了身下。

如果這件事發生在半個月前，實在是令人很開心的笑話，可現在她笑不出來，任憑這個男孩壓在自己的身上。好吧，她還能再倒楣一點嗎？她用左手捂住自己的眼睛大哭起來，半個月來的委屈和難受，在此時都一起爆發了出來。女孩蹲在地上，像個孩子一樣大哭著，混著雨水，顯得異常狼狽。而她的手裡還拿著一把水果刀，彷彿過了很久，等她啜泣得不再那麼厲害的時候，那個男孩低聲說：「扔了它吧，會劃傷妳自己的。」

半個小時後，她順從地跟著男孩走進了C大外的一家小吃店。

男孩點燃一支煙，深吸了一口，隔著嫋嫋的煙霧看著對面的女孩，以及她肩膀上那一圈黑色紗布。男孩已經猜出她的身份，她是周桐校長的女兒──周月。

周月風捲殘雲似地將桌上的飯菜一掃而空，她抹抹自己的嘴，眼神從兇惡、委屈變得放鬆和滿足。

「再來一點？」

周月將注意力從餐桌上轉移到男子的臉上，她隨即抬起頭，極力想讓自己的眼神變得兇惡起來，但她發現自己無論如何也裝不像了，只能垂下頭，盯著碗筷不說話。

「妳想讓我幫你什麼？」男孩猶豫了一下，還是問了一句。

周月像是抓到救命稻草一般，兩眼放光地盯著男孩，但她的眼神又慢慢冷了下來，有些怨恨地說：「我要親手殺了他。」

當一個柔弱的女孩子說出這句話的時候，讓他的內心多少有些震動。「殺誰？」他知道眼前的女孩子在說吳離——那個承認殺死她父親的人，但他仍然這樣問了出來。

「李瀚！你不知道我說的是誰嗎？為什麼還要來問我？」周月有些惱了。

李瀚皺著眉，重新拿起一支煙：「可是，為什麼呢？」

周月扭過頭去，長長的睫毛瞬間被淚水模糊。

「是想替你父親報仇嗎？」李瀚將煙點燃。

周月轉過頭，淚水已經流過她的臉頰，滴在餐桌上，她哽咽著說：「你……你都知道，幹嘛非要說出來？」

李瀚沉默著，片刻，開口說：「你父親是自殺的，不關吳離的事，報哪門子的仇？」

「你騙我！你們都騙我！我爸好好的，怎麼會自殺呢？你……」周月迅速站起來，她緊握著拳頭，眼眶已經因為憤怒而有些泛紅，喝道：「你怎麼跟他們一樣，不辨是非！」

說完這些，周月怒氣沖沖地往門外走去，手卻被李瀚拉住，動彈不得。她轉過頭，目光炯炯地看著李瀚，看似是挑釁和鄙夷，但她的眼睛裡充滿絕望和委屈：「你還有什麼好說的？」

「給我點時間。」李瀚拉著周月冰涼的手，同時感覺自己的另一隻手拉著的是吳離，這兩個人現在都成了他最大的麻煩。

一個是被害者的女兒，一個是嫌疑犯，哪裡才是均衡點呢？

王允已經是第三次在課堂上將李瀚叫走了。

這堂課是梁教授的鑑識心理學，李瀚依舊坐在教室裡的角落位置。講臺上一臉嚴肅的梁教授眼神裡帶著些許不悅，但李瀚來不及考慮梁教授的感受，因為王允略帶沉鬱的目光讓他心臟一陣緊縮。他知道，又發生了事情。

走廊裡，李瀚小聲問王允：「找我有事嗎？」

「也沒什麼大事，我來是想告訴你，吳離一審被判處死刑，立即執行。」王允頓了一下。「他沒有提出上訴，不出意外的話，週五就執行死刑。」說完，他拉著李瀚在隔壁的空教室裡坐了下來。

「嗯，還麻煩您專程跑一趟來告訴我。」李瀚將書本扔到桌上，沒好氣地說。

「還在生我的氣啊？」王允毫不在意。「我承認表揚信的事我做得有些不妥，不過警察局不能給你獎勵，讓學校表揚表揚你也好。」

李瀚的白眼一翻，不打算搭理他了，不過想到吳離就要死了，周月也就不會再糾纏自己，他不由得暗暗鬆了口氣。

「說正事吧，吳離在被判處死刑的同時，被沒收個人全部財產。我們調查了，他無兒無女，名下只有一間房子。我們把這房子翻了個底朝天也沒什麼發現，所以……」

「所以想讓我去看看？」李瀚打斷了王允的話。

王允笑笑，從口袋裡拿出一包煙來，有些尷尬地說：「對，就是這個意思。你也知道我們刑警隊負責痕跡鑑定的那小子請假回去結婚了……」

李瀚不知道自己該笑還是該哭，他慶幸的是王允沒有完全放棄追捕吳離背後的那個女人，想笑的是自己一個大三生莫名被捲入這場兇殺案中，甚至還受到了致命的威脅。

「什麼時候去？」

「明天吧。」

「為什麼是明天？」

「今天不行，法院那幫人還在評估房屋，一時半會結束不了。」

李瀚點了點頭，起身準備回教室的時候被王允按住了。

「對了，我差點忘了件大事！」王允從包裡拿出一個信封，遞給李瀚，表情也嚴肅了許多。「是吳離給你的。」

李瀚正要伸手去接，一聽是吳離給自己的，他不由自主地縮了縮手，皺著眉猶豫了一下才接過來。

信封是最為普通的，沒有寫收信人，甚至沒有封口，握在手裡輕飄飄的，顯然信的內容不長。

「我沒看。」王允看信封沒有封口，急忙為自己申辯，「他交到我手上，我就直接給你了，局長也不知道這事！」

李瀚沒有回答，也沒有抬頭看王允，他只盯著手裡的信封，並不急著打開。

吳離，你想對我說些什麼呢？

王允見李瀚不說話，自顧自地點了一支煙來掩飾自己的尷尬。

李瀚將薄薄的信紙從信封裡抽出來，信的內容很短：

我知道你並不是市警察局心理犯罪科的人，所以關於那消失的十年，我只能告訴你，十年的時間裡，我只是隱姓埋名，四處躲避。你不用妄想知道我在逃避什麼，也不用去查我的案底，因為結果會是一片空白，你不會查到任何資料，就讓事情在這裡終結吧，希望我的死可以平息一切。

午夜的天臺上，沒有星星，也沒有月亮，有的只是陣陣微風和一個靜默的少年。天臺上晾著的衣服五顏六色，隨著微風輕擺。靜默的少年望著遠方，耳邊似乎能聽到在某個黑暗的角落裡，那個人被押解下警車，獨自一人走完了人生的最後幾步路……

李瀚左手拿著信封，右手拿著打火機將它點燃。他不只一次地想過吳離可能有嚴重的精神障礙，或者是被人逼著做出殺人的舉動來，可是這封信打破了他所有的推測。

吳離的認知能力和行為能力並沒有任何偏差，他甚至能夠看穿李瀚自以為完美的偽裝——市警察局心理犯罪科的假身份。由此，精神障礙的分析瞬間崩塌。李瀚有些自嘲地笑了笑，一個不是精神障礙的人被自己認定為精神障礙，並成功抓獲，這是多大的運氣啊！

「運氣」這樣的字眼更加讓李瀚不能釋懷。他不懂，為什麼一個沒有精神障礙的人會去精神病院、會故意傷人？然後又悄悄逃離醫院，還留了錯誤的家庭住址。這一切到底是巧合還是故意安排？如果是故意安排，又是誰在幕後操縱呢？是吳離自己還是那個女人？

吳離那雙充滿焦慮和絕望的眼睛毫無生氣可言，他像是一個在迷宮裡亂闖亂撞的怪物，即使撞得頭破血流也不肯屈服，即使沒有出路也不肯回頭，即使有一線生機也不願從迷宮裡出來，他只深深地沉浸在自己的執念裡，執拗地保護著背後的人，只是一心求死。

李瀚看著地上一堆燃燒殆盡的紙灰想說些什麼，他張了張嘴，卻沒有發出任何聲音。他只是點燃一根煙深吸了一口，隨後將煙扔到了紙灰旁邊。紙灰被風吹起，旋轉升空，消失在天臺上。

凌晨六點，李瀚被電話鈴聲吵醒，吳離已被執行死刑。

吳離的房子位於C市老城區，因為是很老的社區，這裡沒有物業，也沒有警衛，甚至周圍沒有任何綠化。

王允繞過社區裡的一個枯樹樁，停了車，看著後視鏡裡的李瀚：「到了。」

李瀚一路上昏昏沉沉的，他勉強睜開眼睛，望望四周，心裡暗罵王允這個變態六點就將自己吵醒，七點不到就拉著自己趕往這裡，連早餐都還沒吃。

吳離的房子位於三樓。短短的幾十個臺階，李瀚卻足足走了五分鐘。他觀察著走廊上的各種塗鴉和裂縫，以及牆壁上翹起的油漆。吳離就是沿著這個走廊上上下下，朝九晚五，可是某一天他感覺自己精神狀況不好了，就去了醫院，在之後的某一天他失去控制傷了人，最後又逃出了醫院……

「你快點，慢吞吞地做什麼？」王允催促道。

李瀚沒理會他，等上到三樓的時候，王允已經抽完一根煙，正來回踩著煙頭。

「進去吧。」李瀚低聲說。

狹窄的房子，昏暗的客廳，空氣中有一股淡淡的黴臭味，滿地凌亂的鞋子、煙頭以及扭曲變形的啤酒罐子。李瀚將目光落到沙發上，那裡鋪著一塊紅色的毛毯，看起來還算整潔，卻與屋內的凌亂顯得格格不入。

他走到沙發前，疑惑地盯著那塊紅毛毯，而後小心翼翼地將它拿起，用鼻子嗅了嗅——一股淡淡的香水味。起初李瀚認為這可能是吳離叫「特殊服務」時，某個小姐遺落在這的，但轉念一想又覺得不對，現在是八月，氣溫最高可達攝氏三十五度，有誰會用毛毯？

李瀚將毛毯遞給一邊的王允，他又注意到破舊的沙發角落裡還躺著一個人偶。人偶的身體和腦袋用較細的麻繩連接著，而麻繩的中間已經被割得只剩下最後一絲粘連著。它原本應該是沒有衣服的，但現在它的上半身塗滿了黑色的顏料，像極了一件黑色的西裝，而下半身赤裸著，只有一層明漆，與上半身相比顯得格格不入。再往下，腳跟的位置被火燒過，連同周圍的明漆都顯得烏黑發亮。「在看什麼？」王允放下手裡的毛毯。「我感覺這毛毯可能是那個女人留下來的……」

王允看到人偶的一瞬間愣住了。

C大，八月的夜晚滲透出一絲絲涼意，校園裡零星點綴的燈光，映在繁茂的樹葉上給人一種別樣的美感。

青煙一縷縷地升起，一個賣燒烤的小販躲在燒烤攤後面，盯著手機，臉上不時露出一些笑容，腳尖點地，整個腳部以一種和諧的頻率抖動著。

鈴聲驟然響起。幾分鐘後，成群結隊的學生從自習室裡湧出。小販站起身，手忙腳亂地拿著一根鐵籤將炭火捅旺，等著學生們光顧。不到十分鐘，整個燒烤攤前已經圍滿了人，小販笑著接過裝滿各色食物的籃子，一邊跟學生們打招呼，一邊開始擺弄一旁立著的「煙囪」。

晚上十一點熄燈之前是三一三寢室最為熱鬧的時候，大家都穿著拖鞋，光著身子，盯著電腦上花花綠綠的畫面，不時地相互調侃。直到熄燈之後，大家才會端著臉盆，披著毛巾準備到盥洗間洗漱。

此時，一個男孩皺著眉，拿著自己的毛巾仔細聞了聞，臉一下子就綠了：「靠，我的毛巾怎麼有股貓屎味？」

另一個正清理著臉上痘印的男生笑了起來：「哈哈，今天下午給蛋蛋（一隻貓）洗澡，好像用錯了毛巾……」

「靠，狗兒威，你他媽的是豬嗎？這都能用錯？」男生一把將毛巾丟到洗腳盆裡，罵道。

「喂，怎麼這樣跟老大說話呢？」李瀚嚥下一口泡麵，話鋒一轉。「我的毛巾都不知道被他用了多少次了……」

狗兒威尷尬地笑笑：「老三，老五，不好意思啊。」

「不好意思就完了？我今天晚上怎麼洗臉呢？」

「那剛好啊，老四不是正在喝咖啡嘛，你把毛巾放在他杯子裡涮涮，貓屎咖啡就有了。」狗兒威笑著說。

「狗兒威！」老五作勢要揍他。狗兒威往門外一躲：「不能怪我啊，誰叫你的毛巾跟蛋蛋的毛巾這麼像？」

「你去死吧，我的毛巾是淺藍色，蛋蛋的毛巾是綠色，你色盲啊！」

「算了，算了，老五，你平時就不要臉，還洗什麼臉啊？」李瀚吃下最後一口泡麵，戲謔地說。

寢室裡哄然笑開。

老五跑到水龍頭前，就著冷水抹了抹臉，牙也沒刷，便匆匆回了寢室，趁狗兒威專心擠臉上痘印的時候，狠狠地在他褲襠裡一抓，然後迅速跑回床上，等著晚上的「臥談會」。

老四喝完咖啡，拎著毛巾出了寢室，在走廊裡問李瀚：「老二這是怎麼了，好幾天了，還是一聲不吭的。」

李瀚吸吸鼻子：「周校長那件事吧，你也別多問了。」

老四似懂非懂地點了點頭，往盥洗間走去。

二十分鐘後，狗兒威開著手機上的手電筒：「都回來了吧？老三關門去。」

「又是我？」

「少廢話，誰叫你睡得離門近，快去。」

李瀚極不情願地跳下床，一腳將門反踢回來關上，又飛快跑回自己床上。正準備躺下的時候，他看了看對面的床鋪，空空的，沒人。

「哎？老二怎麼還沒回來？」

「上廁所去了。」

大家都沉默了一會兒，老五低聲說：「二哥還沒走出來嗎？」

「不知道，」老大想了想。「老二也夠重情義的，換作別人，可能根本不會在意周校長的死活。」

「對啊，我就敬重二哥這一點。」老四翻了個身。「今年暑假沒想到居然會在學校裡過，還發生了這麼多事。」

「對了，老三，周校長真的是自殺嗎？」老大的語氣明顯有些不信。

「不談這件事。」李瀚丟下這麼一句話，又繼續盯著手機。手機裡社群媒體的第一條動態是來自周月的，那是一張自拍照，清秀的臉龐上掛著僵硬的笑容，旁邊放著那把水果刀，配的文字是：「如願以償。」

李瀚看著看著，莫名地心裡一動，在周月動態的下面評論道：「放下吧，好好過自己的生活。」

他盯著螢幕許久，周月都沒有回覆，只能嘆口氣，關了手機。

半夜兩點，老二坐在李瀚的床邊，看著手機上自己與周校長的合影，再看看李瀚，輕聲說：「謝謝。」

「謝謝你替周校長報仇，我會記著你的好的。」

老二說完這些話，就刪掉了手機上的合影，坐回自己的床上，靠著窗框，閉著眼睛，兩行熱淚滾滾而下。

與此同時，賣冰棒的小車旁，老人忽然驚醒過來，抹了一把鬍子上的口水，看看時間，竟然已經是半夜了。

「唉，我真的是老了……」他頓了頓，一邊收拾東西，一邊對身邊臥著的小狗說：「你是不是也睏了？走吧，我們回去睡覺吧。」

小狗懶洋洋地站起身，望著老人，似乎聽懂了他的話。

一人，一狗，一盞黃燈，一輛小車帶走了這條陋巷裡的最後一點人的氣息和光亮。

巷弄深處的舊樓一隅，身姿修長的女人看著老人的背影漸漸消失。她輕輕搖晃手裡的紅酒杯，而後低頭看了看手中男孩的照片，嘴角掀起一抹冷笑，抿了口微溫的紅酒。她的目光再次投向窗外，清冷月光灑滿城市的每個角落……

第四章

風波又起

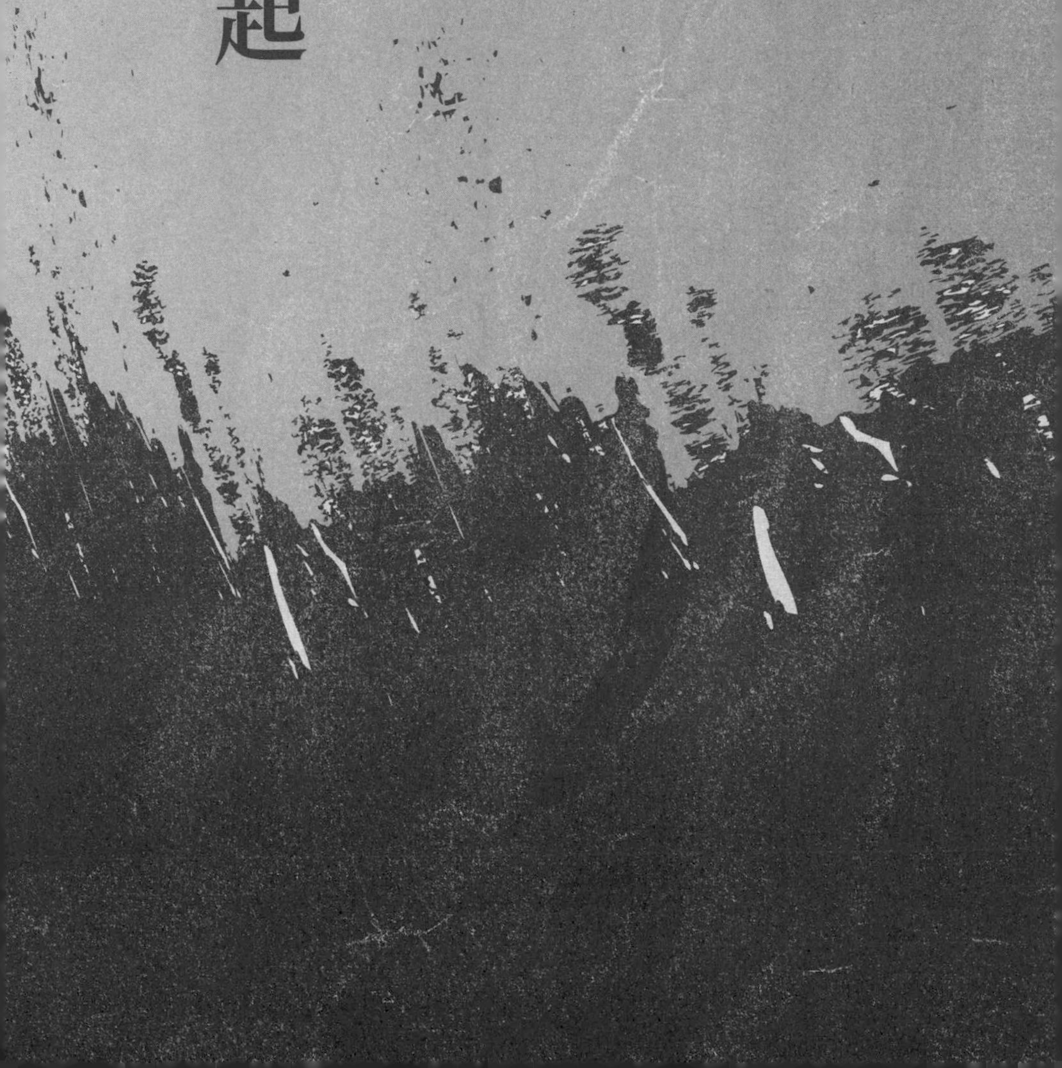

夏天得熱傷風是一件讓人極為不舒服的事情，一大早蔡玲就在母親的陪同下走進了C市醫院。

姓高的醫生草草地問了幾句病情，就讓她去做血液常規檢查，之後板著臉開了藥，又讓她去病房裡躺著打點滴。

菜鳥護士的手法顯得極為生疏，連續扎了好幾下都沒找到蔡玲手上的靜脈位置。蔡母看著女兒的手上被扎了好幾個血孔，心裡急了，正要罵人的時候，護士找到了靜脈，她只好忍下來，心裡暗罵現在的護士一點職業素養也沒有。

半個小時後，一個穿著白袍、戴著口罩的女醫生走了進來，一手拿著病歷單，一手搖晃了點滴瓶兩下：「大姐，我們懷疑這女孩可能得了某些婦科疾病，需要做進一步的檢查。」

女醫生的聲音很和藹、很好聽，但進到蔡玲和她母親的耳朵裡卻猶如驚雷。

「妳說什麼？我女兒才上高三，怎麼可能得什麼婦科疾病？」蔡母冷著臉，看過剛才的護士給女兒打針吊點滴後，她已經對這家醫院徹底失望。

「根據血液分析，您的女兒確實有婦科疾病，至於原因……」女醫生彷彿一點也不在意蔡母難看的臉色。

「妳說話最好負責任，要是我女兒檢查出來沒婦科疾病，我就要去投訴你！」

女醫生點了點頭，撤掉蔡玲身邊的點滴瓶，說：「我們醫院是最高等級的醫院，不會出現誤診的。」

蔡母冷哼了一聲，看了看蔡玲，示意她跟著女醫生去做檢查。蔡玲的臉色煞白，心裡忐忑不安，難道是因為自己上週跟男友鬼混，才得了婦科疾病？這要是讓母親知道，肯定會被打斷腿的。

正當蔡玲猶豫的時候，女醫生已經拉過她的手，說：「別怕，只是一般的檢查，不會痛的。」

蔡玲看著自己的母親，有一種死定了的感覺，她很後悔自己那天晚上為什麼沒有拒絕男朋友，現在要是出了什麼事，她可就慘了。

母親朝她擺了擺手：「去吧，我在這裡等妳。」

女醫生帶著蔡玲去了二樓的檢查室，裡面空蕩蕩的，一個人也沒有。女醫生拿了個軟墊子放在床上，示意她躺上去。

「謝謝。」

女醫生擺擺手，對著蔡玲笑了笑：「放心吧，我會輕點的。」

「那個，醫生，我能求妳一件事嗎？」蔡玲羞澀地看著女醫生，「我要是真的得了婦科疾病，妳千萬別跟我媽說，不然……不然，我就死定了。」

女醫生不說話，倒了一杯水遞給蔡玲：「喝點水吧，這屋裡沒空調，妳將就一下。」

蔡玲見女醫生不答應，一下子急了，她拉著女醫生的手，說：「妳一定要答應我啊，我媽她反對我這麼早談戀愛，我……妳放心，我媽要是檢舉你們誤診，我會去幫你說明情況，不會連累妳的。」

「好吧，妳先躺好，我不告訴妳媽媽就是了。」女醫生眯著眼睛笑。

蔡玲喝了口水，涼涼的，有股藥味。也許醫院的水就是這個味道吧，她沒有多想，只是懸著的心剛落下來，她又開始擔心起來，要是自己被檢查出來懷孕了怎麼辦？

聽天由命吧，蔡玲放下水杯，躺到床上，任憑女醫生將她的褲子脫掉。她原本以為女醫生會開始檢查她的下體，誰知道女醫生脫掉她的褲子之後，就徑直離開了檢查室。她暗笑這個女醫生一定是忘記拿什麼東西了，自己就這麼躺在這裡，雖然檢查室裡只有她一個人，但多少還是有些害羞。蔡玲想先穿上褲子，等女醫生回來再脫掉，可剛坐起身環視一圈之後，她發現自己的褲子不見了。她想找點東西蓋住自己，卻感覺腦袋暈暈的，最後一下子倒在病床上。十分鐘後，女醫生輕輕推開檢查室的門，蔡玲已經躺在床上不能動彈了。女醫生把桌上的水杯塞進自己的白袍裡，然後從另一側的口袋裡拿出一把手術刀。

「我該從哪裡開始呢……」女醫生看著蔡玲還算勻稱的雙腿，開始一點點地撫摸起來，「這真是一件藝術品呢……」

蔡玲眼睛微睜，她還沒徹底失去意識，能看見女醫生正在撫摸自己，嘴裡正說著讓她害怕的話。最要命的是她雖然知道女醫生正在撫摸自己，自己卻沒有一絲感覺，甚至整個身體都不能動彈一下。她急得快要哭出來了，卻發現自己連哭的力氣也沒有了。她瞪大了眼睛，覺得整個身體都變得冰冷，但發不出任何聲音，只能眼睜睜看著眼前這個恐怖的女醫生，彷彿看到死神一般。

女醫生小心翼翼拿著手術刀，先是用右手拇指試了試鋒利程度，而後笑盈盈地看著病床上的蔡玲：「你還不閉上眼睛？放心，不會痛的。」

蔡玲瞪大眼睛，她想哭喊，她想站起來，她想反抗，但一切都是徒勞，她已經連疼痛都感覺不到了。她終於明白了自己的處境，也終於明白眼前的這個女人根本不是醫生，而是一個魔鬼！

「再塗上一點耦合劑，是不是更像？」女醫生不痛不癢地說著，就彷彿在問今天會不會下雨一樣輕鬆。

上午九點，醫院的病人漸漸多了起來，檢查室裡陸陸續續來了幾個病人，但沒有人注意到躺在角落病床上的蔡玲，她像是睡著了，只是眼角還掛著淚水。

蔡母心裡有些不安，要是自己的女兒真的檢查出婦科疾病的話，那該怎麼辦？打她一頓似乎有些不妥，蔡玲已經十八歲了，女孩子總是要面子的，但不打她的話，自己心裡又覺得怒氣難消，氣的是自己管教不嚴和蔡玲自己不知恥。

蔡母再三猶豫之後，她決定不等了，要親自去檢查室看看情況。

「醫生，我女兒怎麼還沒出來？」

「妳女兒叫什麼名字，主治醫生是誰？」

「我女兒叫蔡玲，主治醫生是……她就在檢查室裡。」

「裡面躺著的那個？」

「對對對，我女兒她沒事吧？」

「自己進去看看吧，好像睡著了。」

蔡母推開檢查室的門，走到病床旁邊：「玲玲，醒醒，你怎麼在這裡睡著了？」

她輕輕推了一下，蔡玲卻毫無反應。

蔡母猶豫了一下，又伸出手推了蔡玲一把，感覺女兒的身體冰涼，又擔心她著涼，急道：「醒醒！」

蔡母試了試女兒的鼻息，一下子大叫起來……

C市刑警隊。

王允看著桌上的案卷眉頭深皺，好不容易平靜了幾天，怎麼又死人了？

八月十六日，一名女患者在C市醫院接受檢查時被害身亡，死狀慘烈。經詢問和檢驗，主治醫生所開的藥方和藥房給出的藥品皆準確無誤。而屍檢結果表示，死者的血液中發現了鎮靜劑和氯胺酮（麻醉劑的一種），但死亡原因為失血過多導致的休克。

死者下半身赤裸，腿部的皮膚被人完整割除，且塗抹上了做超音波時所用的耦合劑。

走訪死者家屬以及相關人員後，警方得知死者名叫蔡玲，女，十八歲，為C市C大附中高三應屆畢業生。透過法醫的進一步檢查得知，蔡玲處女膜陳舊性破裂，生前已有一個月的身孕，被發現時下體無性侵跡象。

在隨後的調查工作中，王允調看了醫院的監視器，發現了可疑的目標：一個身穿白袍的女醫生和一個身穿紅色裙子的女人一同進入消毒室，但出來時只有身穿白袍的女醫生，該女醫生隨後又出現在死者病房，帶領死者進入二樓的檢查室，十分鐘後出了檢查室，死者並未出現。五分鐘後，女醫生返回檢查室，二十分鐘後再次出來，隨後消失不見。

經過詢問醫院工作人員，均稱沒見過或不認識這個女醫生，初步斷定為本案嫌疑人。最終，王允成功地在消毒室的消毒櫃裡，找到了被打暈並被捆綁起來的女醫生田雨。據田雨稱，早上七點五十左右，犯罪嫌疑人用一把手槍將其脅迫進入消毒室，隨後打暈了她，後來的事她一無所知。

考慮再三之後，王允還是撥通了李瀚的電話，一股腦兒地把案情說了一遍。

「這關我什麼事？」這是李瀚說的第一句話。

王允對著電話發愣，一時間不知道說什麼好：「怎麼，還在生我的氣？」

「王隊長，我只是個學生，不是你的下屬，我幫不了你。」

「你真的在生氣啊？」王允忍著脾氣問。

「我生什麼氣，我只想好好做個學生，你的事自己處理吧。」

「你別不負責任啊，這事跟你有關係！」王允提高了語調。

「跟我有什麼關係？」

「是那個女人幹的！」

「哪個女人？」

「高臺上的那個女人，你趕緊過來吧，這事還沒結束！」

半個小時後，李瀚拖著疲憊的身子到了醫院。他不是不想幫王允，而是覺得自己能力有限。吳離被執行槍決前的那封信深深打擊了李瀚，無論是他推理出來的東西，還是他偽造的談話身份，在吳離面前都是個笑話。

他感到自卑，甚至可以說是自責。現在回想抓住吳離的那次行動，怎麼看都有點僥倖的味道。他知道自己只是個學生，一個初出茅廬的學生，他不想面對那樣殘忍的畫面，也擔心由於自己的判斷失誤會傷害到無辜的人，反而讓兇手逃之夭夭。

醫院進入了戒嚴狀態，所有閒雜人等均被驅離，警方封鎖了整個醫院，每一個出口及走廊都有員警守著。王允站在檢查室門口，一邊安慰蔡玲的母親，一邊等待著李瀚的到來。

當李瀚到達二樓檢查室的時候，蔡母已經因為情緒過於激動而暈了過去。

「人呢？」李瀚看著王允。幾天不見，這個老員警似乎又憔悴了很多。他開始有點理解王允那種急於破案的心情了，不僅僅是為了退休前的「晚節」。

王允指了指橫在檢查室角落的病床，將初步的屍檢報告遞給李瀚，低聲說：「屍體在那。」

死者的基本情況、死亡原因、走訪結果、監視錄影說明以及被打暈的田雨的證詞，所有東西一應俱全。李瀚盯著這些檔案看了大概幾分鐘，又將檢查室內的物品，以及法醫出具的指紋鑑定看了一遍，低著頭思索了良久，卻感覺毫無頭緒。

指紋幾乎沒有採集到，因嫌疑人全程戴著口罩，被脅迫者以及被害人家屬均未看清其容貌，監視器也無法看清嫌疑人的面部特徵，物品沒有被明顯挪動的痕跡，死亡原因也出奇的簡單。

疑點大致有兩個：一是死者與兇手之間的關係。這兩人似乎並不認識，沒有過節，沒有感情糾葛，也沒有利益衝突。二是兇手的作案手法。王允之所以說監視錄影裡的那個女人就是嫌疑人，並不僅僅是因為她曾出入死者死亡的檢查室，更主要的原因還是那個人偶——那個在吳離家中搜出的上身塗抹黑色像穿著西裝，腿部赤裸並且塗著明漆的奇怪人偶。

「怎麼樣？」

「是她。」

王允有些得意地笑了笑，可又覺得不合時宜，他點燃一根煙猛吸一口來掩飾自己的尷尬。三起案件中，王允終於覺得自己把握住了最為關鍵的東西，再看看眼前這個愁眉不展的少年，他莫名地有些高興。

「第一起案件是入室行兇，兇手砍擊被害人脖頸，正好對應人偶脖頸間斷裂的麻繩——一個是皮肉，一個是麻繩。」

王允遞了一根煙過去，接著李瀚的話說：「第二起案件是C大的校長周桐。校慶當天，周桐穿著的就是黑色西裝，正好對應人偶被顏料塗抹的上半身。兇手攻破了他的心理防線……或許是你說的自殺。」

李瀚白了王允一眼，有些不耐煩地說：「第三起案件的死者是一名高三應屆畢業生，懷有身孕，被兇手脫下褲子，傷害腿部，對應人偶赤裸的下半身，而那些耦合劑應該對應的是人偶腿部的明漆。」

「對，我們想得一樣！」王允拍著李瀚的肩膀，笑意已經難以掩飾，彷彿兇手已經落網一般。

李瀚將王允的手從自己的肩膀上拿下來，點燃煙，沉默了許久後，忽然說：「可這是為什麼呢？這三個人之間有什麼關聯？他們除了都居住在C市外，我實在想不明白他們之間有什麼關聯。」

「也許就是個女瘋子，隨機作案。」王允輕描淡寫地說。

「那你繼續查精神病院吧，看有沒有符合你推論的人。」李瀚將嘴裡的煙拿掉，扔在地上，用腳踹了踹，轉身要走。

王允一把拉住他：「你要去哪？」

「你都知道怎麼抓兇手了，還找我幹嘛？」李瀚沒好氣地說。

「老弟啊，我剛才亂講的，這你也信啊？」王允又遞了一根煙過去，親自為李瀚點燃。

「說說你是怎麼想的。」

李瀚不知道該怎麼評價眼前的王允，說他急功近利不對，說他查案敷衍了事也不對，說他什麼似乎都不對。面對這樣的一個人，李瀚徹底沒了脾氣。

「你好好想想，我們是怎麼得到這些結論的？」

「因為那個人偶。」

「人偶又是從哪裡來的？」

「在吳離家裡搜出來的，你問這些幹什麼？」

「那又是誰把人偶放在吳離屋子裡的？」李瀚不回答王允的問題，繼續問。

「你的意思是那個女人故意把人偶放在吳離家裡？」

李瀚點點頭：「她這是在故意告訴我們她下次作案的手法，只不過目標是誰，我們不知道而已。」

「好傢伙，這是在向警方宣戰啊！」王允咬牙說，他遲疑了一下，因為他想到了一個最為要命的點。「李瀚，你還記得那個女人在你們學校體育館的頂樓對你說過什麼嗎？」

「記得啊，怎麼了？」

「你好好想想，她的原話是什麼，當時的語氣是什麼，你有沒有漏掉什麼東西，比如聽錯了，或者別的什麼可能。」

「就說『我死定了』，還有什麼？」

「對，她是說『你死定了』。」

王允的眼睛慢慢地瞪大了，他手裡的香煙已經燃到煙嘴的位置，愣了十幾秒後，他將目光投向面前的李瀚。李瀚的臉上正呈現出一種死灰般的顏色，他的煙在這一會兒工夫就被抽完了。

「李瀚，我覺得這個女人這次可能是衝著你來的。」王允丟掉手裡的煙頭，「之前的案件，她並沒有親自動手，但她知道你的存在後，在這第三起案件發生前，她就已經給了你提示。她這是在考驗你，看你能不能猜出她想幹什麼，或者說她在跟你較量……」

李瀚從頭涼到腳，目光呆滯地看著王允，勉強地笑了笑：「是嗎？不會吧？我怎麼感覺不到她的用意呢？」

「你想想她說的話，再想想那個人偶出現的時機，法院評估房子的時候沒有，我們清理屋子的時候也沒有，為什麼你一去就有了，而且還是你第一個發現的……」

「不會吧？」李瀚笑得極為怪異，怪異中帶著些恐懼和茫然。

王允看著李瀚一屁股坐到醫院走廊的排椅上，整個人像是瞬間失去了所有力氣，他腦袋仰到排椅的後面，就這麼望著天花板，一言不發。

接下來幾天裡，三一三寢室出了兩個怪人。

一個是老二，除了吃飯和上課之外，幾乎都悶在寢室裡，望著窗外不遠處的體育館不言不語，不理會任何人。另一個是李瀚，除了不言不語之外，他就躺在床上，不吃不喝，眼睛盯著天花板，也不理會任何人。

周月推門進來的時候，狗兒威正試圖勸李瀚吃下自己從學生餐廳帶回的飯菜。

「你……怎麼進來的？」狗兒威還是第一次在男生宿舍看見女生。

「偷偷跑進來的。」

周月的心思全在李瀚身上，她有些同情眼前這個眼睛死死盯著天花板的男孩。她坐到李瀚的床邊，接過狗兒威手裡的飯菜，努力地想讓自己的語氣活潑一些：「快起來吃飯，你看，這麼香的飯菜不吃就可惜了。」

「謝謝。」李瀚撂下一句話後又將頭轉了回去。

狗兒威嘆了口氣，拎著籃球，對周月指了指門外，然後輕手輕腳地走了。

寢室裡只剩下周月和李瀚兩個人。周月又試了幾次，李瀚依舊不肯吃飯，她勉強做出的活潑情緒也一下子跌到谷底。

「李瀚，你的事我都聽說了。你的對手就是我的對手，雖然我跟你一樣頭痛，但是躲在寢室裡也不是辦法。如果她要殺你，早晚會下手的，不管你面不面對，她都會找上門來的。更何況，我爸爸的仇……你要振作起來，我……」

李瀚忽然從床上坐起來，瞪著眼睛，板著臉，大聲說：「妳有完沒完？還要我說多少次，你爸爸是自殺的！自殺的！」

周月竭力壓住想哭的衝動，低聲說：「我理解你現在的心情，你要振作起來，我們一起將她繩之……」

「你理解個屁！」李瀚有些激動，拿出一根煙點燃，猛吸了兩口。「我不怕死！要是想殺我，那就來啊。為什麼要殺那麼多人？為什麼要作賤那些死者？為什麼不直接殺了我？」

李瀚將嘴裡的香煙扯出，猛地砸向地面，「砰」的一聲再次將自己摔在床上。

周月看著地上還未熄滅的香煙，以及床上這個瘦弱不堪的男孩，眼淚止不住地湧出眼眶。她終於明白讓李瀚頹廢和痛苦不堪的原因——正義感，或者說是責任，他並不害怕兇手會報復自己，而是擔心其他人會受傷害。

她抹抹臉上的淚水，再次端起一旁的飯菜，一把將李瀚從床上拉起來，試圖餵他吃飯。看李瀚瞪著自己，她破涕為笑，粗暴地用湯匙將他的嘴巴撬開，一點點地餵了進去。

「我不知道接下來還會有幾個受害者。我們能做的就是盡快找到她，阻止她。人死如燈滅，死了就是死了，我們再悲傷也沒用。」周月吸吸鼻子，再次露出笑容。「李瀚，你跟別人不一樣，能力越大，責任也就越大。你放心，我會一直支持你的。」

李瀚重新打量著坐在床邊的這個女孩子，她能從失去爸爸的傷痛中走出來，我為什麼不行？

「在找到她之前，你得先保證自己不被餓死。」周月將手裡的飯菜往李瀚手裡一塞。

李瀚看看周月，再看看手裡的飯菜，鼻子一酸，他拿過湯匙，大口大口地吃了起來。

C大開學的日子越來越近，梁教授手上的事也越來越多，但在開學前他不得不做一件事——阻止李瀚繼續介入警方查案。

梁教授坐在客廳裡，一根接一根地抽煙，直到煙盒空了，他才起身拉開窗戶透氣。當初李瀚去幫助王允破案是他的主意，他的初衷是想讓李瀚鍛煉鍛煉，將來進入警隊也會方便得多。即便李瀚不想當員警，有了這些經歷，他留校做一名大學教授也會更加容易一些。

誰知一起簡單的兇殺案演變為了性質惡劣的連環殺人案，周桐校長更是成了被害人之一，這是他沒有預料到的事。最讓人生氣的是李瀚明知案件已經越來越複雜，還是一頭栽了進去，仗著自己有一點鑑識學的知識就胡亂推測。

他還記得第一次帶李瀚做專題研究時的情形……

當時他給出了一張人物照片，照片上的人低著頭，看不見表情以及眼神，腦袋下面有些煙霧，頭髮烏黑且帶著光澤。他提出的問題是沒有問題，讓學生們自己去分析照片中人物的心情以及面部表情。

當時一共有四個學生在場，有一個認為照片中人物的對面應該還有一個人，而照片中的人低著頭，從鑑識心理學的角度分析，他一定是對對方的談話不感興趣或持否定態度。

另外一個學生認為照片上的人物在低頭吸煙，表示這個人心情沉重、壓抑。

第三個學生則認為照片上的人物是在壓抑自己的怒火，表情應為扭曲才對。

梁教授將目光轉向李瀚，後者躡手躡腳，顯得極為拘謹。

「說說看，你是怎麼想的？」

「我覺……覺得他處於驚恐當中。」

「哦？為什麼？我倒是想聽你說說看。」梁教授拍著李瀚的肩膀，笑盈盈地說。

「他的確是低著頭在抽煙，煙圈是向下吐的，說明他心情確實不好。拿煙的動作我們看不清楚，也就不用分析，最容易忽視的一點是他的肩頭。我們一般人的肩部是高出腦袋的，而照片裡這個男人的姿勢是向前趴著，將雙手放在大腿的膝蓋前端，呈坐立狀。由於視角的原因，我們看不到他的肩膀與脖頸之間的距離，但他肩膀上的衣服出賣了他。他肩膀上的衣服起褶，衣領卻呈現弧形。他看似低著頭，其實是縮著頭，他在有意無意間將肩膀聳起，從鑑識心理學的角度來說，他這是在掩飾內心的驚恐和不安。」

「說得很好。」梁教授點頭，「給你們看看他的正面照吧。」

梁教授拿出另一張照片來，是第一張照片中的人的正面，那確實是一張驚恐的臉。

「鑑識心理學，先是鑑識學，然後再是心理學，兩者缺一不可。它來源於心理學，高於心理學。小傢伙們，你們要走的路還很長呢。」

自從那次見面之後，梁教授就決定收李瀚為徒。他們師徒一起走過的三個年頭，李瀚沒有分析錯任何一個案例。梁教授將他介紹去刑警隊也是源於此，但就是自己這個得意門生現在讓他大為惱火。

門鈴響了，梁教授從回憶裡走出，他故意沉著臉坐回沙發上。

李瀚垂著手，站到梁教授面前，他已經從梁教授陰沉的臉上看出了一絲怒火。

「師……師父。」

「自己找地方坐，還要我招呼你不成？」

梁教授從抽屜裡重新拿出一包煙，取出一根放到嘴邊，也不急著點燃，他順勢將煙盒推到李瀚面前，說：「傻站著幹什麼？」

李瀚小心翼翼地拿出一根煙，坐到梁教授的對面，低垂著眉眼，頻繁地抖著煙灰，感覺自己像是一個做錯事的孩子。

空氣似乎變得凝結，兩個人誰也不言語，都默默地抽著煙，直到梁教授將未抽完的煙放到煙灰缸的邊緣。

「張衛國的案子我就不說了，我要說的是周校長的案子。」

李瀚心裡緊張了一下，他來之前就已經猜到了梁教授的目的。事情就發生在C大，梁教授一定是去看過現場的，關於這件事還有一個後續——來自王允的表揚信以及他在課堂上反駁韓副校長。他知道自己完全是憑藉運氣才找到吳離的，事情的真相還沒有水落石出，吳離卻被執行了死刑。

「你在課堂上說的都是真的？」

「嗯……這個，我認為……」

「你就說是或者不是。」

「是。」李瀚咬咬牙。

「你詳細說說看，到底是怎麼回事。」

李瀚一五一十地將校慶當天的事說了一遍，連他和宿舍老二凌晨去祭拜周校長，並遇見神祕女人的事也一併說了。

聽完，梁教授沉默了許久，開口問：「為什麼是自殺而不是他殺，或者意外墜樓？」

李瀚猶豫了一下：「目前還沒有他殺或者墜樓的證據。」

「那你就敢當著韓副校長的面說是自殺？」梁教授冷哼一聲。

李瀚想辯駁，但看著梁教授鐵青的臉又不敢說話了，他只能不安地坐著。

「你知道這樣做會帶來什麼後果嗎？」

「知……知道。」

「那你覺得你的分析有錯誤嗎？鑑識心理學講究的是痕跡和證據。你既沒有證據，也沒有找到可作為憑證的痕跡，你憑什麼說出那樣的話來？」

「我……」

「你知道你的話，可能會影響案件的偵破，以及司法機關對犯罪嫌疑人的認定嗎？」

「我……」

「一個好的心理鑑定師，絕不會憑著感覺去斷案，也不會妄言死者的死因，一切都得按照規矩來。你要知道，我們的意見以及案情分析，可能會影響一個人的權利、自由，甚至是生命！」梁教授拿起煙灰缸上的煙，深吸了一口。「你是看過幾本書，跟著我研究了一些案情，但是你的實際經驗還差得遠。總是依靠天賦和運氣，是走不遠的，只會讓自己越陷越深，得出錯誤的結論，妨礙警察機關辦案，同時還會喪失作為一個心理鑑定師的良知。張衛國的案子，看樣子你是抓到了兇手，這個暫且不論，可周校長的案子疑點頗多。你說出周校長是自殺的結論，家屬和警方沒上門找你，完全是你走運！」

李瀚低著頭，抽出一根煙。

「怎麼，低著頭是不同意我說的？」梁教授冷著臉，繼續說，「疑點一，校慶當天，周校長為什麼會獨自一人去頂樓？你的調查結果是他上樓去餵鴿子，這合理嗎？一個校長會在這種時候去餵鴿子嗎？疑點二，你們那天晚上發現了一個可疑的女人，她若不是心虛，為什麼會忽然襲擊你們，然後再逃跑？疑點三，我同意你說的周校長自殺推論，但原因呢，會不會跟那個女人有關？綜合一、二兩個疑點，是不是可以得出周校長死亡是外因催化的結果？」

李瀚被梁教授說得面紅耳赤，他腦子裡飛快地把最近的這些案件串起來想了一遍。的確，是他太幸運了，任何一個環節的疏漏都可能導致不同的結果。在抓住吳離這件事上，運氣的成分實在太多了，多到他都有些不相信自己了。他也曾想過巧合和運氣的成分，可終究是沒有什麼建設性的結論。

梁教授一口氣說完這些話，端起面前的茶杯喝了一大口，再看看面前的李瀚，他心裡有些不忍，心想自己是不是說得有些過了：「不管怎麼說，你還是抓住了兇手。我感覺這件事還沒完。你直面問題的勇氣是可以肯定的，以後多注意一點就是了。」

李瀚點頭。

「留下來吃過晚餐再走吧，你師母把飯都做好了。」

「我……還是去學生餐廳吃吧。」

「怎麼了，說你幾句，你就有意見了？」梁教授又遞了一根煙過去，推著李瀚往飯廳走去。

韓副校長拎著文件袋，不慌不忙地往演講廳走去。他到底還是太胖了，才爬到三樓，就已經氣喘吁吁，光禿禿的頭頂映著樓梯間昏黃的燈光，仿若一體。

自從周桐死後，韓副校長是一會兒哭，一會兒笑，沒人知道他在想些什麼。他手裡是一疊C大校務檔案，裡面的內容他大致上已經看過了，無非是關於周桐死後校園工作紊亂、學生情緒不穩的闡述，只有最後一張紅標頭的公文他最為關心——代理校長任命書。

在C大摸爬滾打了十幾年，韓副校長終於迎來了自己事業的「春天」。他極力想掩飾臉上的笑意，但即便是從他疲憊的眼睛裡都能看出一絲得意來。

演講廳裡已經人滿為患，學生們一個個看起來都有些興奮，不僅僅是因為殺害周桐校長的兇手落網，還有即將到來的籃球賽。一個人死亡後帶來的悲傷總是有限的，周桐這個名字註定只能存在於C大的校史裡了。

「安靜一下。」韓副校長一口氣爬上五樓，臉漲得通紅，他剛進演講廳就急著讓學生們安靜下來。「大家想必都清楚了，周桐校長在校慶當天被害，此後校務工作一度陷入癱瘓……」

學生們靜了下來，聽他說著一些無關痛癢的話，心裡暗暗揣測這個身體發福的副校長到底想說些什麼，而角落裡的李瀚在聽到第一句話之後就起身離開了。

周校長自殺這個真相總之是不能公佈的，但不論是王允刻意謊報，還是韓副校長有意隱瞞，這些詞對李瀚來說都是不能接受的。他承認自己在體育館頂樓的心理痕跡鑑定上有些失誤，但他在沒有得到確切的證據前，不能再出錯。

對於李瀚的離開，韓副校長沒有理會，一番陳述和哀悼詞之後，他有些得意地拿出了那份紅標頭文件，他竭力想保持一個輕鬆的神態，卻依舊掩不住臉上的春風得意：「鑑於周校長被害……我將作為代理校長處理學校日常事務……」

這次底下的學生們還沒議論，周月就噌地一下站起來，朝著李瀚離開的方向追了出去。

十分鐘後，C大校外的一家咖啡館。

周月接過李瀚遞來的衛生紙將臉上的淚水抹去，她倔強地撇過臉，仰起頭，不想讓淚水再次流出。她將衛生紙丟到一邊的垃圾桶裡，雙手抱著咖啡杯，望著天花板許久，直到眼淚不再往外淌了，她才將目光投向對面的李瀚。

「你……你為什麼離開演講廳？」周月極力讓自己的聲音不帶著哭腔。

「沒什麼，不想聽吧。」

「你是不是也覺得這些人太虛偽了？」周月試探性地問了一句。

「虛偽？這個我倒是沒想過，只是這種官腔的話聽著讓人有些消化不良。」

周月破涕為笑。

「我聽說又出了命案，還是上次那個女人幹的？」

「可以這麼說，但是我們沒有證據，一切都還只是推測。」

「推測？」

「對，只是推測，到現在我們還不知道兇手的任何資訊，除了身高以外。」

「員警都是靠什麼吃飯的，這都半個月了，一點進展都沒有！」

「也不怪他們，換作任何人都會頭痛的。這個女人也許是精神障礙，也許是個慣犯，也許只是一時興起，也許……」

「你是說她可能是個精神病，或者是個以殺人為樂的瘋子？」

「殺人這件事跟吸毒一樣會上癮的，你若只是為了仇恨或者利益，那殺人只是一種手段，可在她看來，或許這是一種藝術，甚至可以說是享受，根本停不下來了。」

周月愣了一下，然後以一種極為怪異的目光上下打量著李瀚。她想了很久，又覺得不太可能。她猶豫了一下，說：「我怎麼聽著你就是兇手似的，不然你怎麼知道她在想些什麼？」

「我要是兇手，那事情就簡單了。」李瀚有些自嘲地笑了笑。

「也對，你要是她的話，我想你可能已經被抓了。」

「為什麼我是兇手就一定會被抓？」

「因為你的智商已經下降了。」周月看著一臉茫然的李瀚，心想這個小子到底什麼時候才能懂得自己的心意，什麼時候才能看到自己的存在？

「妳這麼說，就不怕梁教授不高興嗎？我好歹也是他的得意門生。」李瀚有些尷尬地說，又想到梁教授的教導，不禁心裡一熱。

「他老人家可不會跟我這個小女孩一般見識的。」周月一邊說著，一邊拿起桌上的小湯匙埋頭攪動杯裡的咖啡。

許久，她像是下定了很大的決心，抬頭盯著李瀚：「我們一起把她找出來。」

李瀚被嚇了一跳，下意識地點頭之後又搖頭：「妳別牽扯進來了，這不是鬧著玩的。」

「我沒鬧著玩。你還不知道吧，我已經轉去你們鑑識心理學系了，以後我們可是真正的同學，不是簡單的校友關係了，我要跟你一起找出幕後的兇手。」

「妳……妳瘋了吧？」李瀚說完這句話就後悔了，因為他抬頭的時候看到了周月堅定而決絕的目光。

C市警局。

張衛國、周桐的案子終於告破，局裡還沒來得及給王允舉行表彰儀式，新的案件就又接踵而至。蔡玲的死讓王允再次陷入旋渦裡，局裡已經傳出風聲，王允必須在退休前破案，否則將會影響職稱的評定以及退休後的福利待遇。

這讓王允感到前所未有的壓力，並不僅僅是為了職稱評定和福利待遇，更多的是因為他不想讓自己驕傲了大半輩子的職業生涯在最後一刻留下遺憾。

蔡玲的案子已經立案半個多月了，警方先後去蔡玲的戶籍地及居住地走訪，調查了近千人，可是沒有任何收穫，案件依舊沒有一點進展。

蔡玲，女，十八歲，C市C大附中高三應屆畢業生。

王允透過對蔡玲的男友林陽進行詢問得知，林陽並不知道蔡玲懷孕了，也不知道蔡玲跟著她的母親去了醫院，並被殺害，是被害人蔡玲的母親找到林陽並告知了他。期間兩人發生了肢體衝突，林陽的臉部和脖頸有劃傷，正是蔡母所為。問及原因，林陽稱蔡玲的父親很早就過世了，蔡母對蔡玲極為嚴苛，所以談戀愛這件事蔡玲一直都不敢跟母親說，直到蔡玲死去，蔡母才知道這件事。

蔡玲的同學證實蔡玲與林陽兩人感情極好，平時形影不離，並未涉及三角戀以及情感糾紛等問題。而且林陽的同學可以證實案發當天清晨，林陽隨其父親正在L市遊玩，作案嫌疑基本可以排除。

案發現場表明，死者的財物包括四百一十一元人民幣以及蘋果手機一部，沒有被動過的痕跡，基本可以排除搶劫殺人的可能。而從兇手的殘忍手段來看，仇殺的可能性極大。可是經過反覆調查後發現，死者只是一名高中生，且母親為小學老師，社會關係都較為單純，並未與人結怨過。

王允想到了由於上一代恩怨招致殺身之禍的可能，在調查中發現蔡玲的母親雖然平時對蔡玲的要求比較嚴格，但是作為小學老師，她並未有因體罰學生而招惹仇恨或與學生家長結怨的情況，仇殺的可能性也只能被排除。蔡玲的父親五年前因為車禍意外去世，社會關係以及人際關係都很難著手調查，只能作罷。

現在最為困擾王允的是作案動機和案件關聯。

首先他想到的是張衛國，雖然人是吳離殺的，但是那個女人肯定參與其中。她跟吳離是什麼關係？她跟張衛國又是什麼關係？再來就是她跟蔡玲和周桐又是什麼關係？幾個人之間到底有怎樣的恩怨和糾葛？

這三起案件一定有著某種內在的關聯，要嘛是來自兇手本身的精神障礙，要嘛就是這些人之間有著一些共同的關聯，但具體是什麼，王允不得而知。

其次，兇手起初作案只是將被害人機械性地殺死，並沒有什麼藝術性和邏輯性可言，但為什麼在殺死蔡玲時用了更為殘忍的手段，且在吳離的房間裡故意留下線索？

從犯罪心理學以及鑑識心理學的角度來說，兇手作案手段逐漸變得嚴謹和藝術起來，而且她似乎對自己的「作品」極為滿意，這意味她再次作案的可能性很高。

難道真的是衝著李瀚來的？

王允搖了搖頭，這種可能性的確有，可是為什麼呢？如果真的是衝著李瀚來的，那麼李瀚也將會是兇手作案的一個目標。她出現在了C大的體育館，周桐的案子也自然跟她有關。她以一種高傲的姿態，欣賞著自己的傑作。

王允感覺這像是一場貓捉老鼠遊戲，而他不幸地被夾在了中間。

下班的時候，王允在走廊裡偶遇了趙局長。趙局長正倚著窗臺悶悶地抽煙，腳邊已經落滿了煙蒂和煙灰。王允走過去打招呼，趙局長回過頭來，眼窩深陷，眼睛滿是紅血絲。

「案子怎麼樣了？」趙局長遞了一根煙過來。

王允苦笑著接過煙：「一點頭緒都沒有，感覺兇手就在眼前，但就是抓不到。」他點燃煙。深吸了一口，又覺得腦子裡嗡嗡的，他這才意識到自己今天已經抽光了兩包煙。他用力揉了揉太陽穴，說：「調查近千人了，就是沒一個人見過那個女的，你說怪不怪？」

「慢慢來吧，你也不是第一天當員警了，這種事也見過不少。」趙局長扭過臉望著窗外，默默地吸著煙。

王允尷尬地笑了笑，站到趙局長身邊：「看什麼呢，這麼出神？」

「你說這雨什麼時候能停？」

「怎麼忽然說這個？氣象誰能說得準？」王允將煙頭丟出窗外。

「這個月獎金沒了。」

「局長……」

「開玩笑的，走吧，下班了。」

王允倚著窗戶看著趙局長離開，心裡也不知是什麼滋味。窗外的雨淅淅瀝瀝，一點也不像是夏天的雨，正像此時的王允，一點也不像員警，更像是一個落寞的老者。

C大教室。

這堂課是梁教授的鑑識心理學，討論史丹佛監獄實驗——我們陰暗的內心。

奧斯卡・王爾德曾說：「最卑劣的行為就像有毒的雜草一樣，繁茂地生長在監獄的空氣裡。」最好的心理學實驗總是問著關於人性這個永恆的話題。例如：是什麼讓一個人變得邪惡？一個好人也可以犯下惡行嗎？答案如果是可以，那麼又是什麼讓一個人越過了那條界限？有沒有一個臨界點？當人們跨過之後就會釋放出邪惡，又或者是人的處境決定了他的行為？

李瀚知道梁教授的用意，他認真地聽著，但教室裡的安靜被周月打破了。

「教授，我想問問這個界限到底指的是什麼？」周月站起身來，認真地問。

梁教授有些愣住了，他仔細打量著周月，半晌才開口說：「這位同學，妳是我的學生嗎？我怎麼記得妳是學國際金融的？」

「教授，這個不重要！我就想知道界限到底是什麼！」周月顯得有些急躁。

梁教授看著周月認真的臉，良久，笑著說：「『界限』這個詞指的是不同事物的分界。既然是不同的事物，又有著不同的分界，那麼界限自然而然地就會產生，就像妳是學國際金融學的，而我教的是鑑識心理學，這就是兩個不同的事物，有著明顯的分界，還有疑問嗎？」

「我還是不懂，你說國際金融學跟鑑識心理學是不同的事物，這點我承認，可是界限呢？這兩門課都是C大的主要學科之一，統一在C大的框架下，內部的界限也算是界限嗎？它們原本不就是一個整體嗎？」周月不屈不撓地問。

「妳能想到這裡，說明你還有點見解。但是妳想過一件事嗎？一個人有陽光的一面，也有陰暗的一面，它們一樣是統一於一個人的身上卻有著不同的效果，那麼我們怎麼來區分陽光和陰暗呢？那就是我說的界限，哦，是奧斯卡．王爾德說的界限，它無處不在。」

周月若有所思地點了點頭，她坐下之後刻意望了李瀚一眼，發現後者竟然拿書擋著自己的臉，不知道在做些什麼，她心裡就有些不悅。當她剛想接著提問題的時候，梁教授搶先一步說：「我真的是老了，班上新來了同學也不知道，不如我們點個名，大家重新認識認識。」

說完，梁教授端起面前的茶杯喝了一大口茶水，拿起點名冊，望著下面暗暗叫苦的學生們。

「孫浩。」

「到。」

「周月。」

「到。」

「陳斌。」

「在這。」

……

「李瀚。」

「到……」

李瀚將臉從書本後露了出來，正好遇到周月的目光。周月朝他笑了笑，嘴形像是一個月牙，彷彿在說：沒想到吧，我真的來了。

晚上十點，三一三寢室。

蛋蛋（一隻貓）從狗兒威的床上悄無聲息地跳下來，而後伸長自己的前腿，將嘴巴張大，打了個哈欠，又跳到狗兒威的懷裡，蹭了蹭腦袋。牠的貓生從遇見狗兒威之後，就開始變得幸福起來。牠原本是一隻小野貓，某一天機緣巧合跑到三一三寢室的門口，被狗兒威視如己出飼養。

牠的到來讓李瀚痛並快樂著：痛的是貓屎味從未在寢室裡消散過，雖然貓砂就在角落裡放著，但蛋蛋顯然對這些東西並不感冒，它喜歡的是自由自在地「飛翔」；快樂的是蛋蛋能消滅老鼠，蛋蛋抓老鼠的本事的確不小，自從牠來了之後，寢室裡的老鼠再也不敢放肆了。起初狗兒威還擔心它會被老鼠幹掉，現在想來實在是多慮了。

這隻小貓沒看起來那麼羸弱，就像此時的李瀚一樣。

李瀚時常在想，他也許跟蛋蛋一樣。蛋蛋來三一三寢室的時候確實羸弱，李瀚去警局幫助查案的時候也是一樣，但蛋蛋的貓生在逐漸改變，它在消滅老鼠，而李瀚要做的是改變自己的觀念，他要消滅罪惡。

困住一個人的往往不是金錢和地位，而是格局和觀念。

李瀚坐在床鋪上看著蛋蛋，抽出一根煙來，對一邊正在「上班」的老五說：「你看你，又掛了吧。」

老五雙手離開鍵盤，嘆了口氣：「這些傢伙太厲害了！」

「你還是洗洗睡吧。」李瀚揶揄道。

「三哥，你這麼說我就不愛聽了，看我被圍攻，你也不來幫我。」

李瀚抖了抖煙灰：「我可幫不了你。」

「老三只會清除世間罪惡，打遊戲這事是真不行。」狗兒威一邊往臉上抹海藻泥，一邊照著鏡子。

「嘿嘿，三哥，跟我說說破案的經過什麼的吧，我從小就想當員警，可惜國家不給我機會啊。」老五湊到李瀚的床邊，笑嘻嘻地說。

「你是有雄心萬丈，但整天躺在床上，半廢！」老四抽出一袋咖啡，準備撕開袋口。

「四哥，你什麼時候跟老大穿一條褲子了？」

「我才不跟他穿一條褲子，嫌臭！」老四做出一副嫌棄的樣子，將咖啡倒入杯子後，又在鼻子前搧了搧。

「怎麼，你是嫌棄我們家蛋蛋？」

「我是嫌棄你的蛋蛋。」

五個人轟然笑開。

「老二，心情好點了吧？」李瀚問。

老二點了點頭：「好些了，老三，上次的事還沒謝你，不然我現在就在『基地』等重生了。」

「沒事，都是兄弟，客氣什麼啊。」李瀚遞了一根煙過去，然後拿著臉盆，換了拖鞋起身去了公共盥洗間。

盥洗間的鏡子裡映出一個年輕人，身形消瘦，臉色發白，上半身赤裸著，胸膛有些乾癟。李瀚湊近了一點，打量著鏡子裡的自己：蒼白的臉、乾淨的平頭、佈滿血絲的眼睛、有著黑黑鬍渣的下巴，整體還算有些精神，只是已經隱隱透著些疲憊，甚至有些蒼老的感覺。

「這就是二十歲的我嗎？」李瀚自嘲地笑笑。

生活中不止有連環殺人案，還有生和活。

一連兩天的大雨讓九月的天氣已經有些微涼，這個暑假過得讓人有些不太真切。原定於七月中旬校慶後放假，但因為校長亡故，一時間全校都陷入前所未有的緊張狀態中，每個人都可能是嫌疑人，也可能不是，所以全部學生都被要求留校，隨傳隨到，放假也就成了奢望。

雖然很快便結案了，可是錯過了放假時間，暑假還是被取消了。

現在已經是九月初，隨著韓副校長成為代理校長之後，C大總算是回到正軌。

李瀚撐著傘往圖書館的心理諮詢室走去。十分鐘前梁教授打電話讓他到這裡來，電話的最後只有兩個字：儘快。

C大心理諮詢室設立在圖書館內，負責人自然是梁教授。設立心理諮詢室最初的目的是建立學生心理干預機制，引導學生心理健康。但諮詢室成立五年以來，前來諮詢的人寥寥無幾。這並不是說學生沒有心理問題，而是大多數人即便知道自己心理不健康也不會選擇去面對。

李瀚推門而入，才發現心理諮詢室裡不只梁教授一個人，梁教授的身邊還坐著兩個人，一個穿著警察制服，端著茶杯；一個穿著短袖T恤，正認真地看著桌上的卷宗。

梁教授揮手示意李瀚過來，對旁邊身穿警察制服的人說：「我的學生。」

穿警察制服的人頭也不抬，端起茶杯喝了一口之後，說：「知道。」

李瀚有些尷尬，找了個位置坐下來，對一邊看卷宗的女人說：「學姐……」

「好久不見了，小學弟。」女人笑著拉過李瀚的手。

「成妍，別逗你學弟了。」梁教授在一邊說。

成妍，梁教授最為得意的學生，平時待人非常和氣，她笑起來的時候嘴角旁會有兩個淺淺的酒窩。成妍工作起來又非常嚴肅認真，並且非常有見地，以前就讀於C大，畢業之後跟隨梁教授組建C大心理諮詢室，並兼職在C大任課。平日裡也不知道她在忙些什麼，李瀚一學期也就只能見她兩三次，每次她都是忙忙碌碌的樣子。現在看她這麼悠閒地看著卷宗，又忽然拉過自己的手，李瀚一下還有些不適應了。

「跟你學姐看看卷宗。」

李瀚點頭，挨著成妍坐下，剛翻了一頁，他就知道這是什麼了，張衛國、周桐、蔡玲被殺系列案件的卷宗。

梁教授點了煙，遞一根給那個員警，又遞給李瀚一根。他靠著沙發，瞇著眼睛，默默地抽著煙，也不知是累了，還是在思考些什麼。

卷宗上刺目的紅字以及清晰的圖片，將李瀚再次帶回三人被害的現場。周圍一切都安靜了下來，靜默抽煙的梁教授、喝茶的警官以及他身邊面無表情的成妍，若是有人看到這個場景，一定以為他們在玩靜止的遊戲，但其實是罪惡在卷宗裡不斷蔓延開來，恣意妄為。

良久，喝茶的警官放下茶杯，動作很輕，他順手拿起桌上的煙，點燃一根，靠著沙發，模樣跟梁教授別無二致。

「好了，看得也差不多了吧？」梁教授的聲音打破了平靜。

「嗯。」成妍點點頭。

「說說吧，你們怎麼看？」梁教授將目光移到成妍身上。

「我還沒想好。」成妍坦率地說著，將桌上的卷宗往李瀚旁邊一推。

「那你呢？」

李瀚將手放在卷宗上，深吸了一口氣，說：「我……也沒想好，要不師父你先？」

「要你說你就說，怎麼今天婆婆媽媽的？」

「我……」

梁教授一擺手，指了指身邊的警官，說：「這是我的學弟趙勇，C市警局局長，同時也是C市犯罪心理學研究室的一員，算是你們的師叔，你有什麼不好意思的？」

趙局長朝李瀚點了點頭，臉上依舊沒有任何表情。

「你們有什麼就說什麼，不用憋著。」梁教授再次提醒道。

「那就我先來吧。」成妍說道，「這三起案件雖然發生的時間間隔不是很長，但明顯不是一個人所為。張衛國顯然死於仇殺，他與兇手吳離之間必然有著一些恩怨或者不可調解的矛盾，以至於報復性殺人。周校長跳樓應該是屬於自殺，這一點我想沒什麼爭議，只是原因不明。而蔡玲的案子，我想，是一起新案件，原因很簡單，吳離已經被槍決，不可能再次作案，而且殺死蔡玲的兇手似乎不只是為了殺人，我懷疑她可能是為了欣賞，或者說是一種變態的藝術。」

梁教授點頭，反問道：「那麼張衛國死亡時地板上的幾個刀印該怎麼解釋？還有周校長自殺的外因可能是什麼？再來就是蔡玲，為什麼兇手選擇了她而不是別人？」

成妍清了清嗓子：「地上的刀印很好解釋，」她的目光轉向李瀚。「在這一點上，卷宗裡已經說明了。地上的刀印之所以會產生，是因為吳離殺人時猶豫了，說明他的本意並不想殺死張衛國，更多的是恐嚇。但是殺了人就是殺了人，法律可不管你當時猶豫沒猶豫。從犯罪心理學的角度上來說，他這屬於過失性殺人。」

梁教授將目光投向趙局長。如果真的按成妍所說，吳離是過失性殺人，那麼這個死刑就有些問題了。一般的過失性殺人不會被判處死刑，即便是判處了死刑也不會那麼快執行。

「別看著我，那老小子一進看守所就承認自己殺了張衛國和周桐。起初我們是認為他想替人抵罪，仔細一問才知道，他確實就是兇手。你們不是想問周桐自殺的外因嗎？就是他。」

「你們能確定？」梁教授反問。

趙局長臉色有些難看，他掐掉還未燃盡的煙頭，說：「他自己已經認罪，證據確鑿，難道還要我替他做無罪辯護？」

梁教授意味深長地笑了笑，將目光移向李瀚：「你呢？」

「我覺得這三起案件應該併案處理。吳離確實是殺害張衛國的兇手，而我在體育館頂樓上見到的那個女人跟吳離可能是共犯，不然解釋不通那個女人為什麼會出現在那裡。」

「這點我贊同。」成妍話鋒一轉，「可是這並不能證明殺死蔡玲的兇手，就是你在頂樓上見到的女人。雖然卷宗上說體表特徵相似，但我們往前看，你們在頂樓上見到那個女人的時候，只有微弱的火光，你應該清楚光線會影響一個人的判斷，這在法律上不能作為證據。」

「嗯，成妍說到重點了。」梁教授笑笑，端起茶杯喝了一口茶水。

「那個女人可能確實是吳離的共犯。她去體育館頂樓的時候，為什麼吳離不在她身邊？而且她去那裡可能有別的什麼原因。」成妍補充道。

李瀚不得不佩服自己的這位學姐，分析起案件來，腦子比自己清醒得多，而且總是能抓住重點。要是沒見到那個人偶，或許李瀚會認同學姐的看法，但那個人偶確實存在了。

「那個人偶……會不會是一種暗示？」李瀚試探性地問了一句，雖然他的心裡已經認定了人偶就是暗示。

「這個不好說。人偶的特徵上確實有相似之處，但是並未提取到任何有效指紋以及DNA。」

「好了，今天就討論到這裡吧。」梁教授看著趙局長，「學弟，聽到了你想聽的嗎？」

「並沒有。」趙局長拿著卷宗，起身要走。

「你能來找我，我確實很意外。」

「預料之外，又在情理之中，是吧？」趙局長顯得很平靜。

「這麼多年過去了，該放下的就放下吧。人活在這世上，有什麼不能放下的？」梁教授說道。

趙局長沒說話，拉開門走了。

第五章

貓鼠遊戲

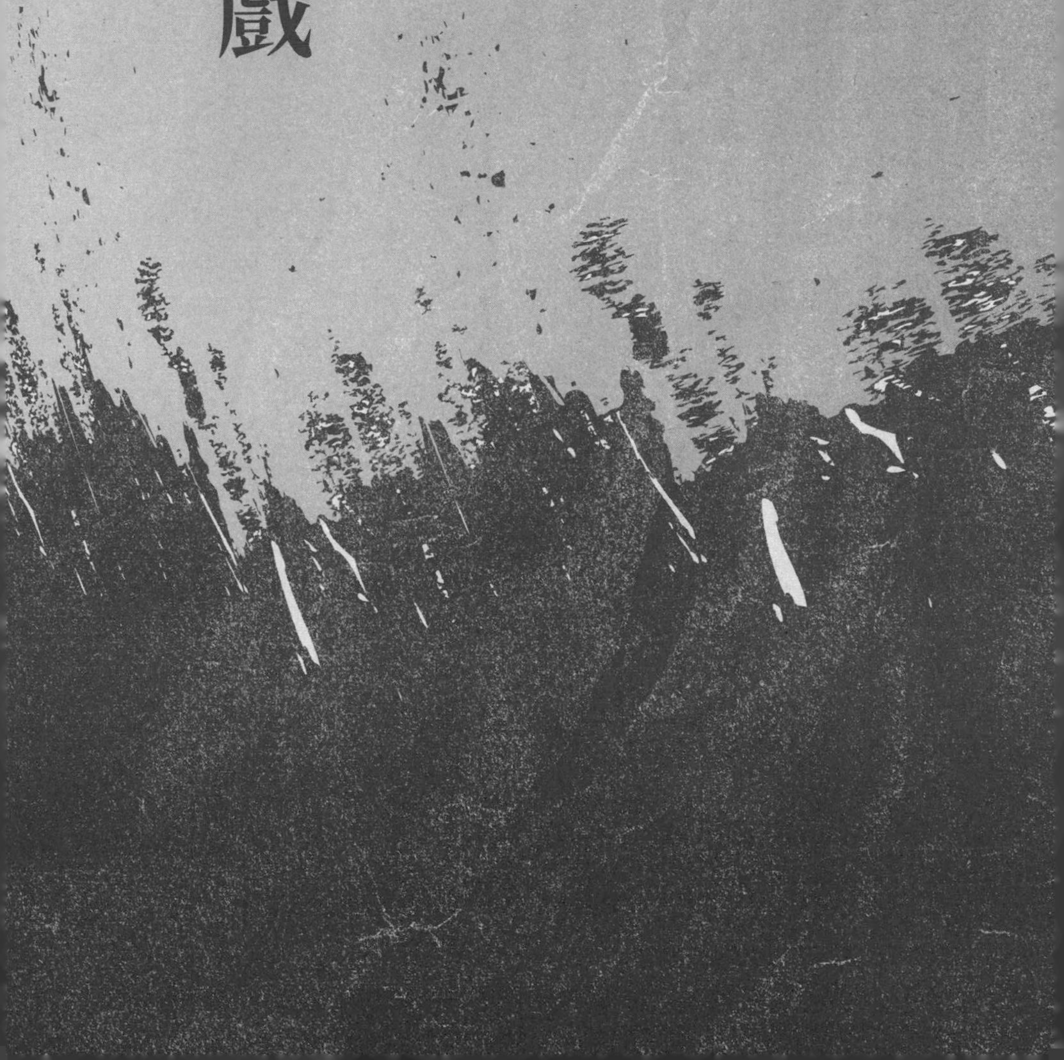

我這是怎麼了？

男人晃了晃自己沉重的腦袋，剛一動就感覺後腦處傳來劇烈的疼痛感，他的意識開始漸漸恢復，周圍的一切變得清晰起來。

最後的記憶是魚龍混雜的東升巷，不夜的零點酒吧，待在自己身邊的陪酒女郎。哦，對，還有酒店外的泊車小弟。

他要做什麼來著？幫自己泊車？嗯，是這樣。

而現在，男人發現自己正坐在冰冷的水泥地面上，眼前是一張破舊不堪的沙發，頭頂上是一盞昏黃的燈。

這，不就是自己的家嗎？

他喘著粗氣，忍著後腦處的疼痛，試圖從地上站起來，然而這個動作只做了一半就不得不停下來，因為他發現自己並不是從地上坐起來的，而是一醒來就坐在了地上。他的雙手雖然撐著地，卻絲毫不能動彈——他的手被人牢牢綁在了桌腿上。

男人先是疑惑，接著便是蔓延全身的恐懼。

掙扎幾下後，男人發現這麼做只是徒勞——他和餐桌緊靠在一起，四根桌腳上都有繩結，環環相扣。男人試圖分開自己的腿，只要他能站起來，就能將繩結從桌腳的下方解脫出來，可是他發現自己的腿已經麻木了，再仔細一看，腳踝的位置綁著兩圈繩子。此時，他除了腦袋以外，全身都不能動彈了。

「你最好安靜一點。」突然，一個女人的聲音在屋子裡響了起來。男人嚇了一跳，他本能地睜大眼睛想要看清對方的模樣。一個黑影從廚房裡走了出來，手裡拿著一把已經生鏽的水果刀。

「你還有什麼遺言嗎？」女人伸手摸了摸水果刀，順勢坐到沙發上。「真臭。」男人的冷汗忽地冒了出來，表情驚恐地看著女人，極力回想著這個女人的長相。終於，男人想起來了，這個女人不就是零點酒吧裡的那個陪酒女郎嗎？她怎麼會在這裡？

「你想幹什麼？」男人半帶著威脅的語氣怒喝道。

女人輕笑了一聲，並不理會他，她從沙發上拿起一包煙，抽出一根，點燃。

男人暗暗地用力掙扎著，但依舊沒有一絲效果。他只能抿著乾燥的嘴，極力用兇狠的目光，試圖阻止眼前這個瘋狂的女人。

許久，男人意識到自己的目光雖然兇狠，但眼前的女人卻根本不看他。他想到了大聲呼救，但那把生鏽的水果刀讓他放棄了這個念頭。男人嘆了口氣，能讓一個女人這樣對自己的理由應該很簡單，一個字——錢。

「我沒什麼錢，口袋裡只有一千，床頭的櫃子裡還有一些現金，妳自己拿吧。」

女人依舊默默地抽著煙，手裡的水果刀不時地晃動幾下，彷彿沒有聽到他在說什麼。

「我錢包裡有提款卡，妳放了我，我告訴妳密碼。妳放心，我不會報警的，只要妳放了我，一切都好商量。」

女人將煙蒂丟到沙發上，火星很快在沙發上灼燒出一個小洞，散發出一些焦臭味，又迅速消散開來。

「你不就是為了錢嗎，我們可以好好商量……」男人咬著牙，繼續說，「如果我有什麼對不起妳的地方，妳說出來，我補償妳就是了。」

「想來根煙嗎？」女人忽然起身，拿著一根煙在男人面前晃了晃。

男人有些疑惑，這個女人到底想做什麼？男人飛快地回想在酒吧裡自己的行徑，似乎並沒有什麼過分的舉動，也沒有少給錢……

女人將煙插到男人的鼻孔裡，用火點燃，輕聲說：「快吸，不然火就滅了。」

男人感覺自己受到了屈辱，無奈抵在脖頸間的水果刀時刻提醒著男人要冷靜，男人理了理思緒：「放錯地方了……」

「沒錯。」

女人不知道從哪裡拿出一瓶膠水來，往男人右邊的鼻孔邊緣上抹，她成功將香煙固定在了男人的右鼻孔裡。

男人嗆到不行，鼻子裡的煙霧越來越多，他只能張嘴將煙霧吐出，樣子極為狼狽。

「妳到底想幹什麼？」說完這話，男人感覺鼻子裡嗆得更難受了，他用力讓鼻孔出氣，試圖將香煙從鼻孔裡推出去，可是膠水已經凝固。男人用力出氣只能減緩自己身體裡的難受。

女人輕笑著走開了，她將客廳以及臥室、廚房的窗戶都關上。緊接著屋裡傳來了灑水聲，但空氣裡的味道卻提醒著男人，那不是水，而是汽油。

男人已經意識到女人想要幹什麼，他奮力地掙扎著，大喊道：「妳他媽的瘋了嗎？給錢也不要！我跟妳有什麼仇嗎？」

「賈旭，還記得三十二年前的事嗎？」女人冷冷地說。

男人愣了一下，隨即渾身一顫，瞬間表情驚恐到了極致。他有些顫抖地問：「妳……妳怎麼知道？妳是誰？」

「我們來打個賭怎麼樣？」

「妳到底是誰？妳是他的什麼人？」

「還真是笨呢！說到那件事，平心而論，不能完全怪你，但誰叫你參與了呢？」

男人盯著女人，先是點頭，又連連搖頭，急切地說：「我錯了，我錯了。」一絲生機似乎就在眼前，讓他不顧一切地說，「當年是吳離提出要……」

「噓……」女人做一個噓聲的姿勢。「都過去了，三十二年了，你該放下了。」

男人連連點頭，誰知道女人話鋒一轉：「只有你們死了，我才能放下，懂嗎？」

男人瞪大了眼睛，幾乎要哭出來了：「我真的知道自己錯了，我求妳放過我，給我一個機會！」

「機會？好啊，我們來打個賭吧。」女人一邊說著，一邊從他的口袋裡摸出手機，在鍵盤上按下「一一九」三個數字，隨即遞到男人的耳邊，同時將水果刀架在了男人的脖子上。

刀刃抵在皮膚上，一股冰冷和絕望的感覺席捲男人的全身。女人幽冷的聲音再次響起：「說話吧，只能報火警，不能多說一個字，懂嗎？」

男人點了點頭。

「喂？」電話那頭已響起了聲音。「一一九消防局，請問……」

「著火了，著火了！」他急忙叫道。「快點來救火！」

「請問地點是哪裡？」

「翰林社區，八棟七樓七〇六室！快！」

「請問有人員受困嗎？」

「嘟嘟……」女人掛掉了電話，她很滿意地拍了拍男人的肩膀，隨後將手機丟到了地上。

「我知道錯了，我求妳別這樣做，我求妳了！」

女人不理會他，拿出打火機點燃了浸滿汽油的沙發，火迅速地躥了上來，整個屋子瞬間亮了不少。

「救命啊！救命啊！來人啊！」

「嘖嘖，你這張嘴真是不聽話呢。」

女人從火光中走過來，對著正在大喊大叫的男人的左臉一刀劃了過去，而後又迅速在男人的右臉上劃了一刀。

「啊……」男人痛苦地呻吟著，想再喊的時候才發現自己發出的聲音極為怪異，連他自己都聽不清楚。臉上除了劇烈的疼痛感，還有些許灼熱，整個下頜有些不受控制，開始一點點剝離。

「現在你可以呼救了。」

女人將房門關上，走下了樓梯。

消防車的警笛聲在間隔了幾分鐘之後響起，午夜的寧靜被徹底打破。消防隊已經趕到翰林社區門口，打火救人對他們來說是最為普通的事，但今天卻遇見了點意外。一輛黑色的桑塔納轎車橫在了社區的主幹道上，擋住了消防車的去路。

「該死的，誰這麼缺德啊！」中隊長跳下消防車，破口罵道，隨即指揮著手下的消防員開始疏散社區內的住戶，同時著手解決這個轎車。三個人同時推一輛車，車子竟然絲毫不動。

「他媽的，還拉了手剎車！」中隊長狠狠踢了一腳眼前的黑色轎車，開始尋找社區內部的消防栓準備滅火。八號樓七棟七〇六室裡的火舌已經冒出窗外，大片大片的碎玻璃掉落下來，火舌漸漸開始往旁邊的住戶蔓延。

十分鐘後，八號樓下擠滿了社區的住戶。疏散工作還在繼續，中隊長一邊拿出喇叭開始喊話，一邊安排滅火工作。

「媽的，給我掀開它！」中隊長猛地一合掌，指揮著幾個消防員準備掀開黑色轎車，幾名住戶也上前來幫忙。

「一，二，起！一，二，起！」

「吭噹」一聲，黑色汽車終於被掀翻到一邊。消防車迅速開到八號樓下，高壓水槍拖著長長的水管開始升空……

大火被撲滅的時候，已經是半夜三點。經過消防隊員的搜索，在起火的七〇六室內發現一具燒焦的男屍，初步鑑定為人為縱火，才導致火災發生。

死者名叫賈旭，男，五十三歲，獨居多年，生前是一家小麵館的老闆，九月六日家中發生火災，被大火燒死。

屍長一百七十八公分，全身大面積燒傷，呈坐立狀，腿部下側褲子未燃燒殆盡，手部呈蜷曲狀，部分皮膚出現炭化、水泡以及紅斑，呼吸道內有大量煙灰顆粒，有灼傷痕跡。此外，血液檢測表明，屍體的血液中一氧化碳含量較高，是致死原因之一。

除以上灼傷痕跡外，死者臉部有被刀具劃傷的跡象，身上有勒痕，推測死者生前曾被捆綁。

現場房型是兩房，入戶為內開門，門鎖完好，無刻意破壞跡象。起火點位於客廳中央，一組布料沙發焚燒後只剩下一些鋼絲結構，從下方的焦炭裡找到一把木柄水果刀，木柄已經被焚毀。刀刃上採集到一些黑色血跡，已經被火燒乾，初步推測為死者血跡。

臥室以及客廳的地面上檢測出汽油燃燒後的殘留物質，確定為汽油遇明火燃燒，是人為原因。

據負責救火的高新區消防分隊中隊長介紹，當晚十二點十分左右，他接到指令前往現場撲救火災，消防車在六號樓下被一輛黑色桑塔納轎車攔住，無法到達火場。等挪開轎車進行撲救時，已經是十二點三十分左右。經過勤務中心確認，報火警的電話正是由死者賈旭撥打。

最讓人感嘆的是那輛黑色桑塔納轎車的主人也是賈旭。

警方隨後調了社區監視器，監視錄影顯示九月六日深夜十一點十分，賈旭的黑色桑塔納轎車駛入翰林社區，開車的是一個戴著口罩的女子。賈旭下車時是被女子攙扶著，看樣子像是喝醉了。

半夜零點三分，黑色桑塔納從車庫駛出，被停在翰林社區六號樓下，車上下來一名女子。她將一個黑色的東西丟進草叢，關上車門，隨後從社區的正門離開。社區門口的警衛表示的確見過一名戴著口罩的女子，不過他們之間並沒有語言交流，警衛只知道這名女子身高大約一百六十五公分，身材偏瘦，行色匆匆。

將上述情況總結之後，警方第一個排除了賈旭自殺的可能。首先，賈旭生前手腳皆是被捆綁住，這不符合自殺現象；其次，賈旭若是自殺，可以選擇別的方式，而他顯然不想被火燒死，這一點從他撥打火警電話就可以看出；最後，死者車輛被人開走，故意擋住消防車的去路，臉部有明顯劃傷，顯然是謀殺。

可惜的是現場已經被焚毀，在高壓水槍和火災的共同作用下，現場沒有留下任何有價值的線索。

王允到達現場已經是中午十二點。

他看著勘查記錄，陷入了沉思，火燒，火燒，火燒……

十分鐘後，王允撥通了李瀚的電話。

「又出事了？」

「人偶，火燒。」王允簡單地說了四個字。

半小時後，李瀚趕到現場，同樣是看著現場的勘查記錄，幾度陷入了沉思。兩個人心照不宣地站著。人偶就在王允的手裡，他撫摸著人偶被燒焦的腳部，而後將它丟到一旁的空地上，罵道：「他媽的，真遇見瘋子了！」

「除了這些，還有別的什麼發現沒有？」李瀚問。

「沒了。」

李瀚點了點頭，喃喃地說：「是她。」

「她把死者的車停到社區主幹道上，消防車根本進不來。最要命的是通往八號樓只有這一條主幹道。」王允氣急敗壞。「她到底想幹什麼？」

「不好說，她的動機一直是困擾我的最大問題。」李瀚看著地上燒焦的男屍。「死者的社會關係調查過了嗎？」

「還在走訪中，可能晚上才會有結果。」王允笑了笑，遞了一根煙給李瀚。「你小子越來越像個員警了，以後畢業了可以考慮加入員警隊。」

「不考慮！」李瀚將勘查記錄遞給身邊的員警，點燃煙，很嚴肅地說。

王允自討沒趣，悻悻地蹲下身子問法醫：「怎麼樣？」

「情況基本上都在勘查記錄裡了，王隊長，你不是剛看過了嗎？」

「臭小子，我是問你有沒有新發現。」王允用手指在法醫的腦袋上敲了一下。法醫也不生氣，笑著說：「王隊長，你也知道這屍檢和痕跡鑑定沒那麼好做的。對了，地上有腳印。」

「那還不趕緊採檢？」王允急道。

「我說王隊長，你這急性子真得改改了，我是法醫，不是痕跡鑑定專家。」法醫頓了頓，看著一邊的李瀚：「專家在你身邊呢！」

李瀚尷尬地抖了抖煙灰，看著眼前的這個法醫，他正是在張衛國被殺現場與自己針鋒相對的法醫小陳。小陳年紀輕輕就能成為一名法醫，本事自然不小，不過李瀚對他的印象並不好。或許是因為大家都是年輕人，李瀚總覺得這個小陳對自己有些「敵意」。

「你過來看看。」王允吩咐道。

李瀚猶豫了一下，還是忍著噁心一步步往屍體旁邊走去。已經炭化的皮膚看起來一碰就會碎掉，隆起的水泡裡還帶著一絲血液，渾身龜裂的紋路配合著空氣中淡淡的肉質焦臭味刺激著李瀚的神經，原來被燒死之後是這個模樣……

地面上汽油燃燒後殘留的物質成功勾勒出了一些腳印，即便是高壓水槍掃過之後，還是隱約能看出輪廓來，是一些大的腳印和一些小的腳印。經過對比之後，大的腳印屬於死者賈旭，而小的屬於兇手。法醫仔細地檢驗和描繪之後，成功將地上的腳印拓了下來，並在腳印中提取到汽油燃燒後的物質——鉛金屬。

這似乎並不是什麼重大發現，但李瀚第一個想到的是汽油的來源問題。只有汽車使用的汽油中有四乙鉛防震劑，這種汽油燃燒後才可能產生鉛金屬，那麼這些汽油很可能是來自死者賈旭的那輛黑色桑塔納轎車！

李瀚帶著小陳下了樓，後者顯然有些不願意，但扛不住王允的威壓，只能跟著李瀚走。賈旭的汽車已經被警方拉到社區空地上並封鎖了，模樣並沒什麼變化，除了右邊的車門上有兩個腳印之外。

「這車有什麼可看的，我已經看過了。」小陳在李瀚身後揶揄道。

李瀚不作聲，他圍著黑色的轎車轉了一圈之後，伸手摸了摸車門上的兩個腳印。小陳忽然大叫：「你幹什麼？這可是重要證據之一，你這樣會破壞它的！」

「哦？是這樣嗎？」李瀚索性將車門上的腳印抹去，「要是我沒猜錯的話，這腳印是消防隊的人留下來的吧？」

「這……」小陳的臉陰晴不定，賭氣似地說：「還沒確認呢，你破壞了證據，你看王隊長怎麼修理……」

小陳的話沒說完，因為他想到了王允跟李瀚的關係。這個腳印的確是消防隊的中隊長留下的，當時一時情急也是可以理解的。這樣的理由，王允是不會向著自己的……

「咔噹」一聲，李瀚將汽車油箱蓋掀開，對著小陳招了招手：「看看這裡有沒有什麼指紋。」

小陳拿著指紋鑑定的儀器，極不情願地開始在油箱蓋周圍尋找起來。十分鐘後，小陳的臉露出了笑容，他一共提取到了三枚指紋，只要拿回局裡再仔細校驗一番，找出兇手便指日可待。

指紋鑑定是目前鑑定一個人身份的最可靠方法之一。在正常情況下，一個人的指紋一生都不會發生變化，就算是有外傷，在傷口癒合後，新的指紋特徵也還是和以前一樣；而且所有人的指紋都是不一樣的，因此，可以透過指紋鑑定一個人的身份、年齡，甚至生活方式。

當小陳高興的時候，李瀚卻有些疑惑了。

他們發現指紋的同時也出現了一個新的問題，兇手曾駕駛死者車輛，方向盤和儀表上並未採集到指紋，為什麼油箱蓋附近會出現指紋？唯一解釋得通的就是這三枚指紋裡沒有兇手的指紋，抑或是另一種更為荒誕的解釋，也是李瀚最不願見到的局面——兇手故意留下的指紋。

在死者居住的七〇六室想到汽油的來源，再到對油箱蓋附近做指紋鑑定，這些似乎太順利了。這讓李瀚感到不安，不過還得等到小陳對指紋做進一步的分析和鑑定之後才能下結論。

李瀚忽然有些希望那三枚指紋裡沒有兇手的指紋了。如果真的有，那將會是一場噩夢。

王允對於李瀚和小陳的戰果極為滿意：「這下子她就跑不掉了！」

小陳附和道：「對，只要有指紋，我一定能將她找出來。」

「叫你跟著李瀚去，你還不太願意，現在倒是開始吹牛了。」王允笑著說。「回去將指紋跟C大體育館頂樓上提取到的指紋一一對照，我們必須盡快抓住這個瘋子。」

「賈旭的指紋已經被破壞了，這是一個難點。」小陳說。

「對，賈旭的手都被燒焦了，指紋確實無法採檢，不過我們可以用刪去法，一個個排除。」王允頓了一下，繼續說：「對了，去查查這輛車上的發票，找到最後一次加油的發票，到加油站去看看，或許會有些發現。」

「我說老大，現在加油站的工作人員都是要戴手套的，常識啊。」

「你做事說話太絕對，加油站的規矩是這樣，你能保證每個員工都嚴格遵守？」

小陳被問得不敢再多說，臉一陣紅一陣白。王允則是開始查找車內的發票，最後在遮陽板裡找到了一疊發票，仔細分析之後，他鎖定了高新區的一個中石油加油站。

小陳自告奮勇地帶著人離開現場，奔赴加油站，現場只留下幾個收拾屍體的法醫以及幾個維護秩序的刑警。

「這次你又幫了我大忙。說吧，想要我怎麼感謝你？」

李瀚的思緒被王允拉了回來，他看著眼前滿臉笑容的刑警隊長，搖了搖頭，隨後抽出一根煙深吸了一口之後，揮手將黑色轎車的油箱蓋合上，表情從最初的嚴肅變得有些焦慮甚至有些驚恐。李瀚想到了最壞的可能，三枚指紋裡若是有兇手留下的指紋，那這個兇手就真的是衝著自己來的，而且自己將會是她的目標，也許是下一個，也許是最後一個，遲早會來。

這還不是讓李瀚感到焦慮和驚恐的主要原因，真正的原因是對方的動機。兇手在無形中引導著他做出一些舉動和判斷。比如憑著地上的腳印，自己由此想到汽油以及汽車油箱蓋上的指紋。李瀚隱隱感覺到自己的這個對手並非表面看起來那麼瘋狂，也不是表面看起來有精神障礙；相反，她可能也對犯罪心理學以及鑑識心理學有著極為深入的研究，水準甚至高過自己⋯⋯

這種感覺就像是梁教授引導自己分析案件一樣。

「我說你怎麼了，小子？」王允見李瀚手裡的煙已經熄滅了，李瀚卻沒丟掉，他又遞了一根煙過去，此時他才察覺出李瀚的異樣。

李瀚丟掉煙頭，沉默地接過煙。他並不急著點燃，而是看著王允，一字一頓地說：「我、們、都、錯、了。」

「什麼錯了？你說什麼呢？」

「對案件的分析，以及指紋的採集和鑑定。」李瀚點燃煙。「她是在誤導我們。」

「你說清楚點啊，急死我了。」

「你還沒反應過來嗎？」李瀚將目光移向王允。「兇手駕駛死者的車輛進入社區，又攙扶死者上樓，表示他們之間的關係很微妙。再來就是汽車的方向盤上並未採集到指紋，屋內找到的盛放汽油的鐵桶上也沒有指紋，為什麼單單只有汽車油箱蓋附近有？」

「這不可能是疏忽，兇手一開始就戴了手套，不可能會在取汽油的時候脫下來。如果提取到的三枚指紋裡沒有兇手的指紋，那是最好的結果。如果有兇手的指紋⋯⋯」李瀚頓了一下，低聲說：「那就太可怕了。」

「這跟誤導不誤導我們似乎沒關係啊？」王允疑惑地問。

「從我們發現腳印，連結到汽油來源，再連結到汽車油箱蓋，這是一個局。我們無論有沒有發現兇手的指紋，我們都錯了。」

「發現了她的指紋，就可以抓住她了，這有什麼錯誤的？」

「理論上說是這樣，可是她已經安排好了。我們找到她的指紋，正好驗證了一件事，一件我最不想看到的事。」

「什麼事？」

「她可能對犯罪心理學的研究比我還深，深到可以隨意戲弄我們，貓鼠遊戲還記得嗎？」

王允愣住不說話了，臉上的表情一換再換，眼睛盯著面前的汽車，陷入了沉思。

九月八日，星期四，C大體育館。

李瀚和幾個同學坐在觀眾席上，面前是一些花花綠綠的氣球以及字體各異的橫幅。周圍的人都死死盯著籃球場，場上的啦啦隊員手裡拿著「毛毛蟲」，身著清一色的藍色短裙，奮力地扭動著腰，為即將開始的三人籃球賽熱場。

李瀚是被老二硬拉著來的，不是他對籃球賽不感興趣，而是最近的連環兇殺案讓他頭痛不已。

隨著啦啦隊員陸續離場，C大籃球賽正式拉開了序幕。

這一場是國際金融系籃球隊對上市場行銷系籃球隊。三一三寢室除了李瀚是鑑識心理學系之外，其餘四人都是國際金融系。老二個子小打不了籃球，而狗兒威（原名王博威）和老四（原名王傑），還有老五（原名于謙）因為身高和技術方面的優勢，成了國際金融系籃球隊的主力，李瀚也就毫不猶豫地支持國際金融系籃球隊。

狗兒威搶下籃板，帶球突進，在三分線上將球傳給了內側的老四，老四起身投籃，沒想到籃球撞到籃框上，彈了出來。

「老四，你看準了再投啊！」老二坐在觀眾席上喊道。他話音剛落，老五閃電般地殺到，縱身搶下籃板，反手一推，將球送回到狗兒威的手裡。三分線上，狗兒威縱身一躍，籃球脫手而出，穩穩地落入籃框，空心。

三比零，國際金融系籃球隊領先！

「他媽的，齊昊你是幹什麼吃的，連個籃板都搶不下來，上去嗆他啊！」觀眾席前排的一個男生一個勁地搖。「走位，走位啊，呆站著等球自己過來嗎？」

「這兄弟真激動。」老二笑著說。

「市場行銷系的楊磊，本來是要上場的，結果昨天集訓的時候扭傷了腳，現在只能待在觀眾席上了。」旁邊一人說。

「哦，難怪這麼激動。」

終場之前，市場行銷系的齊昊抓住時機，一個箭步上前，而後離地躍起，直接給正要投籃的老五蓋了個火鍋，成功鎖定勝局。全場一下子沸騰起來，各種歡呼和噓聲不絕於耳。隨著裁判的哨聲響起，比賽結束，市場行銷系以兩分的些微差距贏得了比賽。

「那些傢伙肯定是知道老五跳躍能力不強，就等著最後來蓋他！」老二拉著李瀚往籃球場中央走。

輸球之後，老五的心情鬱悶到了極點，狗兒威在一旁安慰他。老四則是跑過去將籃球撿了回來，提議道：「要不出去喝一杯吧，反正明天才有我們的比賽了。」

「我覺得可以。」老二附和。

「老五，輸了球是正常的，這也不怪你，換作是我，肯定沒你打得好。」李瀚安慰他道。

「三哥，你就別安慰我了，你打球的技術一直比我好，明天還是你上場吧。」

李瀚愣了一下：「老五啊，我倒是想上場幫你，但我是鑑識心理學系的，他們不准請槍手啊……」

老五嘆了口氣，說：「也對。」

「想想吃什麼吧，要不我們吃自助烤肉吧？」狗兒威提議。

「烤肉？」

賈旭的屍體一瞬間在李瀚的腦海裡浮現出來，他胃裡就是一陣翻騰，差點當場吐出來，他連忙搖頭說：「還是別吃烤……那東西，吃個火鍋就好。」

一行人回到更衣室換過衣服之後，往學校大門走去。半路上，李瀚接到了王允的電話：「喂？」

「指紋鑑定的結果出來了。」

李瀚臉色一變，良久之後才問：「什麼結果？」

「三個指紋裡有一個是加油站工作人員的，一個是死者賈旭的，還有一個……目前還不確定。」

「是她的嗎？」李瀚猶豫了一下，還是問了。

「可能性很大，你的猜想也許是對的。」王允清了清嗓子，繼續說：「你要不要過來看看？我們正在做指紋的配對和分析。」

「好，我馬上來。」

李瀚在幾個兄弟的埋怨中，坐計程車離開了C大。

來來往往的車輛呼嘯而過，C市炎熱的氣溫依舊居高不下，但李瀚感覺渾身有些冰涼，他望著車窗外的鋼鐵洪流，漸漸陷入了深思。計程車司機有些疑惑地從後視鏡裡打量著李瀚，載客幾年來，他什麼樣的乘客都見過，喝醉酒的、睡著的、忘記東西的、失戀的……

在這位老司機的眼裡，此時的李瀚就屬於失戀的。不叫司機開空調，不跟司機交流，一個人傻傻地望著車窗外，面無表情，恰巧又是二十歲上下的年紀，這一切都是司機判斷的依據。

「年輕人，是不是失戀了？」

李瀚聽到有人跟自己說話，下意識地回過頭：「失戀？沒，我連女朋友都沒有。」

「沒女朋友就是失戀啊。」司機笑了笑。「要是有女朋友，那就不是失戀了。你想開點，這世上女子千千萬，何必單戀一枝花嘛。」

「我真的沒失戀……」

「小夥子還不好意思了。好，我不說了。」

「快到了吧，司機大哥？」

「快了，你去警局做什麼？家裡有人犯法了？」

李瀚有些無語，搖搖頭不說話了。

半個小時後，李瀚坐到了王允的辦公室裡。法醫小陳拿著指紋鑑定的結果興高采烈地走了進來：「王隊長，這是指紋鑑定的結果。」

王允點了點頭，揮手示意小陳坐下。

「看看吧。」

李瀚拿起鑑定結果反覆看了幾次，內容無非是指紋的拓印圖、指紋上採集到的汗液分析以及最後得出的結論。而最後一枚指紋的拓印圖旁邊卻沒有任何文字說明，只有一個紅色的問號。

「我懷疑這枚就是兇手的指紋。」王允試探性地說了一句。一邊的小陳表情變得有些疑惑，自己已經明確地說過這個指紋就是兇手的，為什麼王隊長說的是「懷疑」這兩個字呢？

「跟學校體育館頂樓上的指紋比對過了嗎？」李瀚極力讓自己平靜下來。

王允起身往飲水機走去：「比對過了。在你們學校體育館頂樓上一共採集到了一百多枚指紋，但裡面並沒有這枚指紋。我的意思是說這可能是別的什麼人的指紋，當然也可能就是兇手的指紋。」

「為什麼這上面沒有這枚指紋的汗液分析報告？」李瀚反問。

「還在分析中，這枚指紋內應該有兩種甚至是三種來自不同人的汗液，分析起來很困難，我們局裡的技術有限……」

「嗯，那就等吧。」

王允點了點頭，將裝了水的紙杯推到李瀚面前，他的面色變得凝重起來：「之所以叫你過來，一是看看這個報告，想聽看看你有什麼想法；二是想讓你見一個人。」

「誰？」

「一個女人。」

「哪個女人？」李瀚不解地問道。

王允抽出一根煙點燃：「昨天，小陳領著幾名法醫對死者的屍體進行了解剖，屍體裡除了呼吸道裡的灼傷和黑灰色顆粒外，還有了新的發現。死者死亡原因是汽油不完全燃燒後產生的一氧化碳以及大火灼傷，死者死亡十五個小時後，屍體出現自溶現象，經過進一步的解剖，發現死者胃裡含有大量乙醇成分，生前有醉酒症狀。我們連夜突擊檢查了C市各大酒吧、酒樓，調查到死者生前曾在零點酒吧裡出現過。

「調閱監視錄影的時候，我們找到了那個女人。因為酒吧內部光線暗淡和人員眾多，只能看到她的背影。她當時是酒吧裡陪酒女郎的裝扮，一直陪在死者身邊，直到晚上十一點左右陪同死者一起離開酒吧。」

「酒吧的老闆將前天晚上所有的酒吧工作人員以及陪酒女郎叫到大廳。我們詢問之後發現並無異樣，但是當晚的陪酒女郎裡卻少了一個人。少的這個人是名冊上少的，而不是人數上。也就是說當晚在酒吧上班的陪酒女郎中，有一個人是沒有去上班的，但是清點人數又是齊的。這個多出來的人很可能就是兇手。」

「這也用不著讓我見吧？」李瀚問。

「問題就出在這個消失的陪酒女郎身上。我們昨晚在酒吧裡找到了她，她老實交代了昨晚並沒有去上班。當我們問到她昨晚的去向時，她卻死不開口，我們就將她帶回警局收押了。」

「她昨晚不在，那就不可能是兇手，抓她做什麼？」李瀚喝了口水，立刻想到了一個可能。「你的意思是前天晚上她沒來上班，是故意的，她可能認識兇手，或者就是兇手的同夥，給兇手製造機會？」

「這聽起來有些荒謬，但她死不交代前天晚上的去向，並一口咬定跟殺人案無關，這就有問題了。」

李瀚點了點頭，涉及一個故意縱火的人命案件，這個女人還是不肯說出自己前天晚上的去向，這確實有些可疑。

「所以我想讓你見見，或許會有些發現。」

「她現在哪裡？」

「在局裡關著呢。」王允說出這句話的時候想到了一件事——關於趙局長對李瀚的態度。起初在偵辦張衛國案件的時候，C大的梁教授推薦了李瀚介入警方調查，當時趙局長的態度是很反感李瀚的，甚至一度要求自己獨立破案，不得再接受幫助。但自從上次在走廊裡遇見趙局長，以及趙局長去了一次C大之後，趙局長對李瀚的態度發生了一些轉變，至少沒有了之前的抵觸情緒，這期間到底發生了什麼事呢？

「老規矩，你去審訊室裡等著，我去把人帶來。」王允放下手裡的水杯，起身離開了辦公室。法醫小陳拿起桌上的指紋鑑定書，心裡莫名有些失落，他望了一眼李瀚之後，也離開了王允的辦公室。

被王允抓回來的女人名叫曹卉，女，二十六歲，零點酒吧的陪酒女郎。曹卉平時跟零點酒吧內的同事並無多少往來，甚至有些同事根本不知道她的存在，屬於為人低調的類型，可就是這樣的情況使得警方在走訪中遇到了很大的困難。最後還是酒吧老闆給了她的身份資訊，這才在戶政事務所找到了她的資料。

二十分鐘後，當李瀚坐在審訊室裡默默抽煙的時候，兩個員警帶著曹卉進入了審訊室。

還算整潔的頭髮被染成五顏六色，手上戴著錳鋼制的手銬，表情從平靜到見到李瀚後露出的疑惑。她坐到審訊室的審訊椅上，低著頭，不時抬頭打量李瀚。

「妳好，我是市警察局心理犯罪科的李瀚。」

「你……你好。」

「我們現在懷疑妳跟一起殺人縱火案有關，希望妳能配合我的訊問。妳應該知道，我的判斷可以讓妳從這裡出去，也可以讓妳進去。」

「嗯。」曹卉低下頭，手捏著自己的衣角，顯得有些緊張。

「妳不用緊張，也不用害怕。如果證實妳跟這起殺人案無關，我們會放妳走的。」

「你……你問吧。」

「前天晚上，也就是九月六日，妳在哪裡?做了些什麼?」

「我在家。」

「據我所知，妳那天晚上應該上班。為什麼沒有去酒吧上班，而是在家裡?」

「我身體不舒服，所以沒去。」

「為什麼沒有向酒吧經理請假？」

「忘……忘記了。」曹卉忽然抬起頭，表情顯得極為恐懼，她情緒激動地說：「警官，妳要相信我，我沒殺人！」

李瀚揮手示意她別那麼激動：「我只是說有關，並不是說妳就是兇手。妳大可不必這麼激動，有什麼人可以證明妳說的話？」

「我朋……我當時一個人在家，沒人能證明。」

「酒吧的監視錄影顯示，九月六日晚間，妳出現在了酒吧，這個妳做何解釋？」

「出現在酒吧？沒有啊，當天晚上我一直在家，沒出過門，妳們一定是看錯了。」

曹卉的手握得更緊了，眼睛不時地望著審訊室的玻璃。

「我們不會冤枉妳。當晚有人曾在酒吧裡親眼見過妳，並和妳交談過，隨後看見妳和被害人離開了酒吧，不知去向。」

「沒有！我一直在家的！」曹卉緊張地反駁道。

「妳說妳在家，卻沒人能證明？如果妳再不說實話，我可能會放棄這次談話，接下來妳可能會被當成嫌疑人羈押起來，直到警方獲得妳不在場的證據，妳自己最好想清楚了。」

曹卉低著頭不說話，隱約有些啜泣的聲音。這讓李瀚有些內疚，剛才那些話完全是他編造出來的，目的是逼曹卉說出實情。李瀚心裡清楚，她根本不是兇手，他只是想解開疑惑，確認她跟那個女人有沒有關係。既然巧合已經產生，那麼就必須問清楚，法律可不會聽憑一個人的保證和眼淚。

許久，曹卉用袖子抹了抹眼淚，好像下定了很大的決心，有些怯生生地問李瀚：「警官，吸食毒品不到十克會被判多久？」

李瀚愣住了，顯然沒料到眼前的這個女人會忽然問這樣的問題，他想了想，很認真地說：「依毒品危害防制條例規定，施用第一級毒品如鴉片、古柯鹼，吸毒刑責為六個月以上五年以下有期徒刑。而施用第二級毒品如大麻、安非他命，則是三年以下有期徒刑。」

曹卉長出了一口氣：「九月六日晚上我跟我朋友在我家的房間裡吸食了毒品，所以……」

李瀚默默地抽出一根煙，長舒了一口氣：「為什麼不早說？」

「我怕被家人知道……我以前不碰毒品的，那天一時沒忍住，我保證……」

「妳不用保證了，跟妳一起吸毒的還有誰？」李瀚打斷了曹卉的話。

「還有鄭林。」

「這人現在在什麼地方？」

「現在應該在海天足浴城上班……」

「好，我知道了。」

李瀚將手裡的煙點燃，拿著桌上的詢問記錄，起身離開了審訊室。早已經等候在審訊室外的王允立刻湊了過來：「沒想到只是個吸毒的。」

「你還想怎麼樣？」李瀚沒好氣地反問。

「你小子最近火氣不小啊。這事交給我，我讓緝毒大隊的人來處理。」

「先別急著把人交出去，找到鄭林這個人，把口供錄了，看看有沒有什麼對不上的地方。」

「你小子不當員警簡直可惜了。」王允笑道。

李瀚笑了笑，沒說話。

一個小時後，鄭林在海天足浴城被員警帶走。經過詢問，鄭林老實交代了在曹卉家吸食海洛因的事實，與曹卉的口供一致。鄭林作為毒品海洛因的提供者被移送到市緝毒大隊，做進一步的調查。

一條線索就此中斷。王允難免有些氣餒，開車將李瀚送到C大，看著李瀚要進校門的時候，又把他叫了回來。

「去喝一杯吧。」

「好。」

兩個人在校外的小吃店坐了下來。王允做的第一件事是大喝一口茶，李瀚做的第一件事是拿衛生紙擦拭餐桌。

「沒想到你小子還有潔癖。」王允一邊說話，一邊放下茶杯，順手將口袋裡的煙摸出來，放到李瀚擦拭過的桌子上。

「這地方灰塵重，而且上面有很多油污。」李瀚將衛生紙丟進垃圾桶，瞥了一眼王允發黑的袖口，釋然地笑了。

「吃點什麼？你隨便點。」王允將菜單遞給李瀚。

李瀚接過菜單，直接放到一旁不看，對身邊的服務生說：「給這個員警叔叔來一份水煮牛肉……」

「噗！」王允聽到「員警叔叔」四個字的時候，一個沒忍住，一口茶水直接噴了出來，然後他尷尬地看著李瀚和服務生，擺手說：「你繼續，你繼續。」

「嗯……一份特色的兔頭。對了，還要一份熗炒鳳尾，再來一瓶二鍋頭吧，就這些。」

服務生走後，王允急忙說：「你小子哪根筋不對了，忽然叫什麼員警叔叔，差點嗆死我！」

「你不就是員警叔叔嗎？」

王允笑了一聲，作勢要打，李瀚卻不躲，一臉嚴肅地說：「公共場合，你可別丟警察的臉。」

「有你的。」王允沒好氣地說。

「說正事吧，你不會真的只是想請我喝酒吧？」李瀚盯著對面的王允，試圖從後者的眼睛裡看出些什麼東西。除了佈滿血絲之外，王允的眼睛沒什麼特別之處，屬於典型的三白眼，而且是下三白。

我們日常生活中所說的三白眼就是瞳仁偏上或偏下，看過去三面的眼白很多。而下三白就是眼瞳比較偏上的眼睛，自然上三白就是眼瞳比較偏下的眼睛。一些面相書上稱，三白眼的人一般都是豪放派，有著很強的自我意識，個性比較強勢，喜歡炫耀。上三白眼人一般個性比較陰險，平時看起來話不多，表情溫順，但是碰到利害關頭，就會暴露出原有的特性；而下三白眼的人，雖然個性強勢，但是對朋友講義氣，做事有自己的原則。

這還是李瀚第一次這麼認真地觀察王允的面相。雖然面相書上的東西沒有什麼科學依據，但總歸對人的性格有些見解。

「小子，你還會讀心術啊，我請你喝酒，確實是有事想跟你商量。」王允開誠佈公地說。

「這並不難猜，最近這麼多案子，我們雖然都參與其中，但你肯定有感覺，那就是你扮演的角色根本不像是個員警，更像是扮演了一個為兇手打掃凶案現場的人。」

王允的表情變得凝重起來，他沉默了一下，拿出一根煙，深吸一口之後，問李瀚：「你是什麼時候想到這一點的？」

「前天在現場的時候，只是今天這種感覺更加強烈了一些。」

王允點頭，冷著臉，嚴肅地說：「對，我就是你說的那種感覺，同樣的也是今天變得更加強烈。」

兩個人忽然都不說話了，只默默地抽著煙，直到菜全都上齊了之後，李瀚才從嘴裡擠出幾個字來：「先吃飯吧。」

王允沒吭聲，他掐掉手裡的煙，拿起筷子開始吃飯。

這頓飯足足吃了一個小時，一會兒停，一會兒吃，兩個人臉色都不太好看，嚇得服務生結帳的時候都不敢過來，好不容易給了帳單，收錢的時候都感覺特別害怕。

「接下來去哪？」李瀚問王允。

「去你們體育館坐坐吧。」王允提議道。

兩人出了小吃店，直奔C大體育館。

此時已經是晚上八點，在體育館內健身的人不多也不少，燈光不算明也不算暗，氣溫不算高也不算低，一切似乎都剛剛好。

兩人坐在體育館的看臺上，天色越來越暗，燈光也漸漸顯得明亮起來，白天的喧囂全然無存，剩下的只有涼風和來往的學生。王允看著體育館一側的高樓，若有所思地說：「你還是認為周桐是自殺的嗎？」

李瀚點點頭，抽出一根煙遞給王允：「我的老師也認為他是自殺，不過原因不是來自周桐本身，而是那個女人。」

「哦？梁教授也這麼說？」王允將目光移向李瀚。

「對，這個外因來自那個女人。」李瀚頓了頓，似問非問地說：「是什麼樣的一個理由，能讓一個人自願跳樓自殺？」

「情債？」王允忽然脫口而出。「或者是周桐貪污被人拿到證據？」

「周桐的底細你們都查清楚了吧？他根本沒貪污，情婦倒是有一個，叫海燕，但她有不在場證據，而且她根本不知道周桐死了，可能到現在都還不知道。」

「也對。」王允忽然說：「不對，零點酒吧！海燕被帶走的地方是這個零點酒吧，而賈旭死前也在零點酒吧，兇手也出現在零點酒吧，這裡面會不會有什麼關聯？」

「這算是一個線索，你可以追蹤一下，好好查查這個零點酒吧。」

王允一拍手掌，站起身：「我現在就去！突擊查一下，就算找不到兇手，抓幾個『嗑藥』的也行，我就不信什麼線索都沒有。」

王允一邊說一邊拿起身邊的錢包急匆匆地離開了。

李瀚搖搖頭，這個刑警隊長的脾氣真是讓人捉摸不透，說他想到什麼就做什麼，似乎不太準確，說他沉迷工作無法自拔也不對，說他為了自己的晚節而奮力破案，好像又不是那麼回事。

夜越來越深，體育館也到了閉館的時候，李瀚被體育館值班的老師「請」了出去，一個人在校園裡閒逛。陣陣燒烤的油煙味隔著老遠都能聞到，嬉戲著回寢室的女同學不時發出一陣爽朗的笑聲，偶爾有幾個膽大的會吹一些口哨，引得正在吃燒烤的男同學側目，讓她們又羞紅著臉躲進人群裡去了。

李瀚慢慢悠悠地往寢室走。那個神祕的兇手，妳到底在哪？

第六章

撲朔迷離

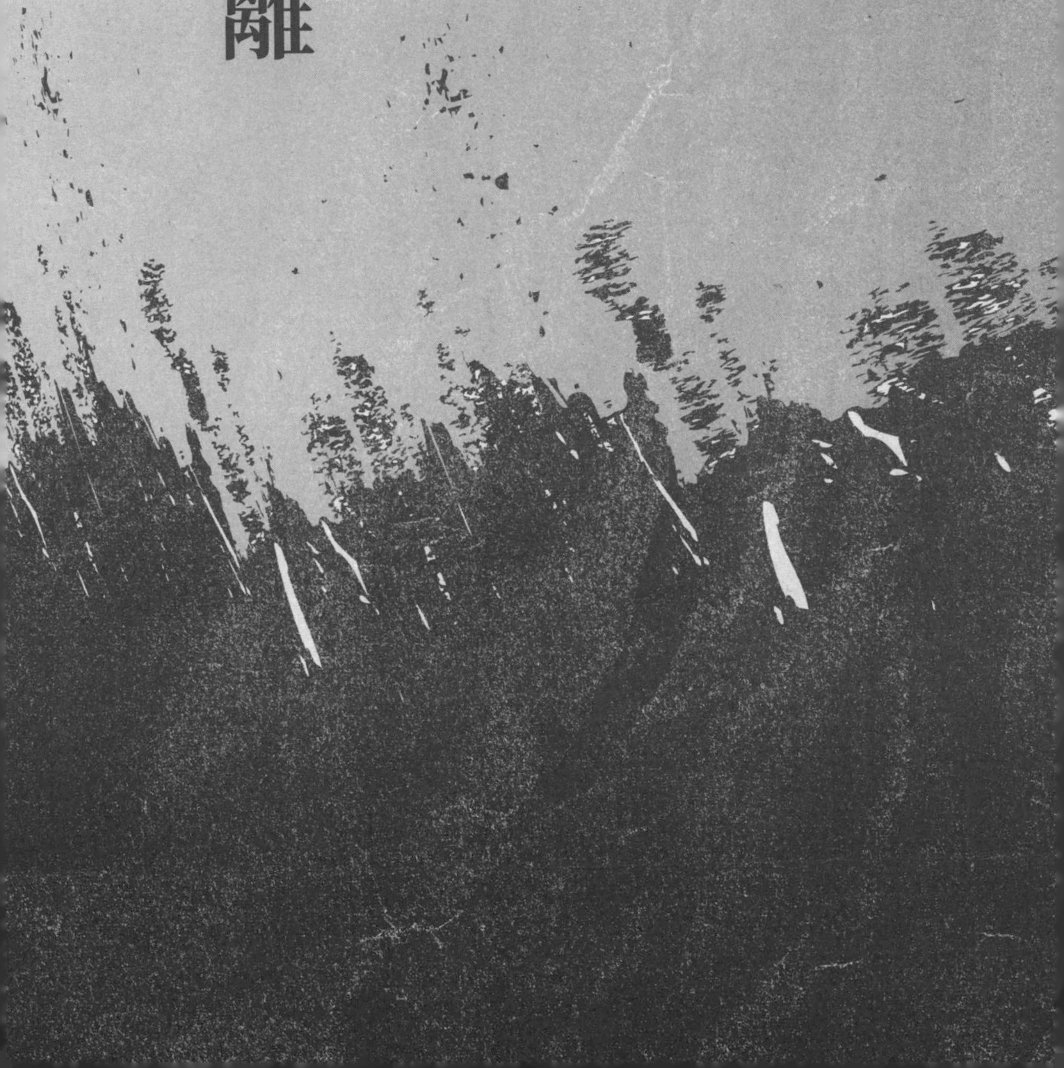

三一三寢室門口，狗兒威正翹著屁股，拿一條毛巾用力在門上來回擦著。

那是一幅怪異的塗鴉，內容已經有些模糊不清，黃白的底色讓人有些厭惡，一靠近還有些未乾的油漆味道。

「怎麼回事？」李瀚站到狗兒威一旁，問：「這是誰弄的？」

「不知道是誰弄的，我回來就看到了。」狗兒威站起身。「老二說這像是條蟲，可能是市場行銷系裡的那些人畫的，嘲諷我們輸球了！」

「這也不像蟲啊……」李瀚望著門上那奇怪的畫，疑惑道。

「管它的，先擦掉再說。」

李瀚看了看旁邊的兩個寢室，門上都是乾乾淨淨的。

「還沒擦掉？這東西到底是個什麼？我看著怎麼像一根根麵條啊？」老五從門裡伸出個腦袋來。

「快了，我在毛巾上弄了香蕉水，這東西好用。」狗兒威用力在門上擦著，油漆痕跡在漸漸消失。

「香蕉煮水？」老五露出半個身子，疑惑地看著狗兒威。「哪兒有香蕉啊？」

「這是工業用劑……」李瀚白了老五一眼，側身進了寢室。

盡管空氣中那淡淡的香蕉味讓人有些不適，但夜已經深了，三一三的臥談會已經開始，大家閒聊著遊戲裡的成敗、班上女生的長相，還有即將進行的第二場籃球賽。

「真可惜了，老三不是我們這個系的，不然市場行銷系的那些傢伙早完蛋了。」老五說。

「誰叫老三半路出家，去了鑑識心理學系，我們還是得靠自己。」老四說。

「以老三的球技，要是能上場，那肯定能控制全場啊。」狗兒威笑著說。「不過學校不准請槍手，真是可惜了。最氣的是這些傢伙竟然還在我們門上亂塗亂畫，要是被我逮到，我非罵他們不可！」

「其實也不一定就是他們幹的，或許是別人也說不定。」老二說。

狗兒威一聽，立刻不高興了：「我說老二啊，說是他們幹的是你，現在說不是他們幹的也是你，你到底是哪邊的？你該不會是內奸吧？」

「我說狗兒威，論起漢奸氣質，恐怕還是你那賤賤的樣子更像吧？」

四個人一齊笑了。

良久，老二想到了一件重要的事：「周月轉到鑑識心理學系的事，好像大家都還不知道吧？」

「嗯，就我們系的人知道，可能別系的人還不清楚。」狗兒威忽然從床上坐起來，大叫著說：「老二，你是想讓周月上場？」

「Bingo！周月打籃球可是厲害，你別看她柔柔弱弱的樣子，只要一上場那可是匹脫韁的野馬！」老二接話說。

「哼，周月會同意嗎？」老四反駁道。

「也對，她家出了那麼大的事，可能就算有心幫忙也不太好上場。」狗兒威一下子喪氣了。

老二也從床上坐起來：「這事還真不一定，得看是誰去請她幫忙。」

「你是說……」狗兒威一下子想起周月給李瀚餵飯的事，這兩人之間要是沒情況，他就白當這個室長了。只要李瀚肯說句話，周月一定能來幫忙。想到這裡，狗兒威又來了精神，往李瀚床鋪的位置一看，發現他居然不在，難怪剛才一直沒人吭聲。

「老三去哪了？」

「好像在盥洗間，我剛才上廁所時看見他了。」老五說。

「這小子經常半夜去盥洗間，就不怕撞見鬼？」狗兒威笑著說。

「那得看是什麼鬼，遇見男鬼的話就只能拼命了，遇見女鬼的話，可能三哥會把她撲倒……」老四偷笑著說。

就在這時，門口忽然出現了一個人影，略帶著些調侃意味，說：「要是遇見你們四個死鬼怎麼辦？」

四個人一愣，狗兒威接茬說：「涼拌！」

「我有那麼饑渴嗎？」李瀚忍不住反駁道。他進入寢室，將臉盆跟毛巾放好後，將躺在自己床上的蛋蛋抱起，直接丟到了狗兒威的床鋪上，然後人也跟著壓到了狗兒威的腿上。

「來，抱著你『兒子』睡覺。」李瀚笑著說。

「牠也是你們的兒子啊。蛋蛋，你看你三爸一點都不愛你，小可憐。」狗兒威抱起蛋蛋，將牠放到自己床鋪的裡面。

李瀚屁股用力，使勁一坐狗兒威的大腿，頓時傳來了殺豬般的叫聲：「哎喲！我的腿好痛喲！」配合他臉上賤賤的表情，整個寢室氣氛一下子又活躍起來。

深夜，涼風呼呼地從窗戶裡長驅直入，卷過每個人的臉頰，頓時像是三伏天下了凍雨一樣愜意。李瀚回到自己的床上，剛躺下就感覺床上有什麼東西，他借著走廊上的燈光一看，才發現是一個長條形的油漆罐子，上面幾排英文看得李瀚一肚子氣。這肯定就是畫花他們寢室門的油漆，這些傢伙竟然將罐子放到他的床上，真是缺德！

李瀚一把將罐子扔到地上，發出「砰」的一聲，隨即蛋蛋就從床上跳了下來，跟著罐子跑到了寢室的角落裡。

「對了，老三，周月是轉到你們系去了，是吧？」老二問。

「是啊，你不是知道的嗎？」

「該不會是為了你吧？」狗兒威添油加醋地問。

「別亂說，是為了她爸爸，跟我沒什麼關係。」

「這事暫且不說，我記得你們系是不參加籃球比賽的，是吧？」

來。

「對啊，怎麼了？」

「你叫周月明天上場幫我們吧，反正別人也不知道她轉系了。」老四直白地說了出來。

「這不太好吧，她一個女生，還不是你們系的，而且她也不會聽我的啊。」

「嘿嘿，學校是規定不准請槍手，不過周月之前也是我們系的，報名籃球賽的時候，她可還沒轉系呢，最重要的是學校也沒規定女生不能參加籃球賽啊！」狗兒威說。

「她不會聽的，你們別指望了。」

「你不去說，怎麼知道她會不會願意？我們打個賭，要是她同意幫忙，你請我吃一週的學生餐。要是不幫忙，我請你吃一週的好料！」狗兒威賤賤的笑聲又傳了出來。

「這……」

「你敢不敢賭？」

「你這是要陷害我啊！」

寢室五個人一齊笑了。

凌晨四點，李瀚猛地從床上坐了起來，額頭上全是豆大的汗珠，他的手緊緊地抓著床單。他低著頭，努力讓自己平靜下來。約莫十分鐘後，李瀚下了床，點燃一根煙，深吸一口，回想夢裡的情景。

自己是認識那個女人的，她就站在自己的床前，似笑非笑地看著自己，她手裡拿著刀，並沒有要對自己動手的意思，就只這麼看著自己，而自己卻躺在床上，完全不能動彈……

一股尿意襲來，李瀚穿上T恤準備去盥洗間，剛走到門口又停了下來。走廊上的燈光照在寢室的門上，被香蕉水洗過的油漆還未徹底清理乾淨，剩下的一些痕跡讓李瀚有些疑惑。畫在門上的畫有一個橢圓的輪廓，已經變得很模糊，而輪廓的中央有密密麻麻的線條，有些是朝外延展的，有些是成圈狀，還有一些是零星的波紋形。

這到底是什麼東西？

若是市場行銷系的人想用這種方式來侮辱國際金融系，完全可以畫一些別的，或者乾脆寫字，這樣最直白，但他們為什麼會選擇這個圖形？難道說這是一個橢圓形的「碗」，而「碗」的中間畫的是老二說的蟲子，以這種極為文藝的方式來表達他們內心的狂喜，以及對國際金融系的蔑視？

李瀚搖了搖頭，從心理學的角度來看，不太可能會有人用這種方式來表達喜樂和蔑視。而且這輪廓也太像是一個「碗」，線條也不像是「蟲子」。因為這些「蟲子」沒有頭尾，更沒有手腳。

那是指紋，人的指紋。

李瀚想到了這個可能，隨後他再看這畫，越看越覺得像是人的指紋。那一圈圈圍繞而又一環環地往外延展，只有人的指紋放大之後才會是這個樣子。

「指紋？」李瀚輕聲說著，他將自己的大拇指印上去，隨即身子一涼，這確實更像一枚指紋……

王允的電話總是來得這麼突兀。

早晨七點，正當李瀚抱著薄薄的被子熟睡時，電話鈴聲忽然在三一三寢室裡響起。蛋蛋被嚇了一跳，牠從床角躥起，又悄悄縮回狗兒威的臂彎下，隔了幾秒之後牠才極為警惕地伸出半個頭來，四下裡張望了一圈後，又將自己的腦袋對準了翻身而起的李瀚。

「喂？」李瀚有些不耐煩地問。

「出事了！」

「王隊長？一大早，你大呼小叫什麼？」李瀚漫不經心地說著，他忽然一愣，而後瞪大眼睛，問：「又死人了？」

「沒死人，小陳那個蠢貨把提取到的指紋，還有指紋鑑定結果弄丟了！」王允急切的聲音，李瀚隔著手機都能感受到。

「怎麼弄丟的？」

「誰知道這小子是怎麼回事！這次完蛋了，指紋鑑定結果都能丟！」

「電腦有存檔嗎？」

「有，不過已經被人刪掉了。」

「這……」

「還有一件事。」

「有事你就一起說，別賣關子好嗎？」

「我們找到翰林社區內的監視器與天網之間連線時間點的錄影了，我正在看，你也過來看看吧。」

「王隊長，指紋鑑定結果都丟了，你還有心思看錄影？」李瀚沒好氣地說。

「你過來就知道了。」王允匆匆掛掉了電話。

李瀚躺回床上，剛閉上眼睛又覺得哪裡不妥；他掙扎著再次坐起來，穿好衣服，簡單盥洗之後，就匆匆出了寢室。

清晨的C市正向人們展現著自己的嫵媚，來來往往的車輛像是一股鋼鐵洪流，從街的這頭，流向街的那頭。路燈一個接一個地熄滅，李瀚隨著路燈熄滅的方向前進，似是在追逐著光明。

半個小時後，C市刑警大隊的門口，李瀚一下車就看到兩個身穿警察制服的人等在門口，是王允和小陳。

小陳看到了李瀚，連忙跑著迎了上來，先是猶豫了一下，而後脫掉了警帽放在手裡端著，畢恭畢敬地說：「你好！」

李瀚嚇了一跳，看著眼前有些奇奇怪怪的小陳，表情一直很嚴肅：「你……你好。」

小陳將警帽戴回，轉身小跑回到王允身邊，留下一頭霧水的李瀚。

「趕緊過來啊，還要我牽你不成？」王允道。

「王隊長，他是有什麼毛病嗎？」李瀚一邊向王允走去，一邊問。

「這小子做錯了事，被我訓了一晚，跟我保證說以後要對你客氣點。」

「這……也太『客氣』了。」

三個人在尷尬的氣氛裡進入刑警大隊。一路上小陳都是抬頭挺胸，目不斜視地跟在王允身後，不知道的還以為他是個警務員……

翰林社區的監視錄影以及警方天網系統裡調出的影像就擺在李瀚面前，從監視錄影的擺放樣子來看，它們顯然已經被王允看過很多次了。一個疊著一個，都擺放在電腦的一側，旁邊是一支簽字筆和一疊厚厚的紙，上面記錄著時間和一些人物的簡單勾勒圖。

「你先看監視錄影，這樣才不容易先入為主。」王允操作電腦，開始播放。

時間顯示九月六日下午六點鐘，賈旭並未出現在錄影帶裡，王允一邊按著快轉鍵，一邊盯著螢幕，直到那個穿著黑色大衣的女人出現在了電腦上。

她衣著有些怪異，裡面應該穿著一件極為性感的裙子，而外面則是一件密不透風的大衣，她低著頭，沿著街邊一直走，直到消失在錄影裡。王允正想再次快轉的時候，李瀚卻叫住了他。

此時的畫面裡，女人再次出現在了那個街道中。她低著頭，蹲在街邊，因為在監視器的邊緣上，很容易被忽視掉，看樣子她並未走遠，而是在這片區域內閒逛。

「她怎麼走回來了？」小陳問了一聲。王允連忙做了個噓聲的動作。緊接著女人的身影再次消失——這已經是第四次了，這意味著這個女人在這條街道上徘徊了很久。

時間顯示晚上八點二十分，女人進入了東布路，也就是賈旭所住的翰林社區的街道。她依舊來回地走著，毫無目的，直到賈旭的桑塔納轎車從翰林社區裡駛了出來，女人忽然站起身，但由於距離過遠，根本看不清她的樣貌。

「我們調查之後發現，這個女人是頭號嫌疑人。」

「你的意思是她就是『她』？」

「對。」

兩人的話弄得小陳一頭霧水，他感覺自己有些多餘，就坐到一邊，抽出一根煙準備點燃的時候，被王允一下搶了過去：「臭小子還抽煙？」

「老大，哪有這樣欺負人的。」

「這就叫欺負？」王允壓低了聲音。「要是指紋鑑定的結果找不回來，我猜你這身警察制服都難保。」

小陳面色如土，低著頭不說話了。王允拍拍他肩膀，語重心長地說：「行了，這件事我會幫你壓著，不過還得看你後續的表現！」

說完，王允切換了監視錄影畫面。

李瀚一直看著電腦，賈旭在進入零點酒吧前，並未跟任何人接觸，也沒有什麼可疑的人主動找上他。當然，這些都是錄影帶裡的內容，他在進入酒吧包廂後到底做了什麼，李瀚無從得知。

接下來的內容李瀚已經看過了，神祕女人開著賈旭的車帶著賈旭回到了翰林社區，並將其扶上樓，而後就消失了。在最後的影像裡，李瀚找到了她，她在消防隊離開之後還是在翰林社區附近閒晃，足足兩個小時後才慢慢地消失在了監視器的死角處。

最後的一段影像是九月九日晚間，女人出現的地點讓人匪夷所思，她居然在刑警大隊的門口站了足足半個小時。雖然是晚上，但她的體形和裝扮，還是讓李瀚一眼就認出了她。站了半個小時後，女人離開，再一次消失在監視器的死角處。

電腦的畫面靜止了，王允沉默著，小陳也沉默著，像是在等李瀚開口。

「她到刑警大隊來幹什麼？」李瀚問了一句。

「她沒到刑警大隊來，只是在門外站著，觀望。」王允沉聲道。

李瀚點了點頭，道：「那她這是幹什麼，難道是準備來自首，最後又放棄了？」

王允搖了搖頭，不說話。在一邊默默抽煙的小陳忽然說：「會不會是來偷自己指紋的？」

「你以為刑警大隊是菜市場嗎？想來就來，想走就走，想偷東西就能偷東西？」王允怒道。

「你們內部的監視設備也沒有死角，並沒有指紋丟失現場的錄影，而她進入刑警大隊的可能性幾乎為零。即便是能進來，也不可能那麼準確地知道指紋鑑定結果放在哪裡……」

「你懷疑我是內鬼？」小陳一下站了起來，盯著李瀚，看樣子是火氣上來了。無論誰被懷疑是內鬼，都會生氣，這一點倒是沒什麼，不過李瀚說的卻不是這個意思。

王允拉著小陳的袖子，讓他不要那麼激動。直到小陳坐下來，李瀚才接著說：「你們回想一下這兩起事件，一個是案發前出現在死者的社區附近，一個是死者死後出現在刑警大隊門口，兩者幾乎沒有任何關聯，但指紋鑑定結果沒了，而你們在調取內部監視器的時候又再次發現了這個女人，你們不覺得這根本說不通嗎？」

「你的意思是說我們又被人牽著鼻子走了？」王允一下子反應了過來。

李瀚點了點頭，說：「不排除這個可能。現在監視器既然顯示沒有外人進入，那麼只可能是你們內部的人了。」

聽李瀚說完，小陳的臉一下就白了，急忙爭辯道：「知道指紋鑑定結果出來的只有五個人，你、我、王隊長，還有局裡的兩名警官，其他人根本不知道！而且就算知道了也不會知道放在哪裡。而且我昨天晚上是跟局裡的小何出去喝酒了，根本不在場！」

王允拍了拍小陳的肩膀：「我們又沒說是誰，你別這麼激動，行嗎？」

小陳點頭，而後不再言語，良久之後，他忽然說：「我們的對手會不會根本不是人，不然她是怎麼拿走指紋鑑定結果的？」

「你別胡說！」王允說。「指紋鑑定結果雖然丟了，但是結果我記得住，一個指紋是加油站員工的，一個是死者賈旭的，這是配對的結果，還有一個不知道是誰。不管兇手是誰，關鍵是她怎麼辦到的，想從這裡拿走東西並不簡單。」

整個屋子一下子安靜了下來，氣氛也變得凝固起來。直到李瀚走的時候，他們都沒再說話，而是一直在回想昨晚發生的一切，包括每一個時間段。如果有一段時間是空白的，就會是一個切入點。但最後也沒有結論，王允只能帶著小陳開始調查另外兩名知情的警官……

九月十日。

C大籃球賽已經接近尾聲，經過一番努力之後，國際金融系與市場行銷系的總決賽，這取決於周月過人的球技以及某些人憐香惜玉的舉動。

今天是最後一場籃球賽，李瀚拋下所有的瑣事趕到了體育館。按照周月的話說，是李瀚要求她幫忙的，他自己卻不來看，這說得過去嗎？

體育館內早已人山人海，兩支隊伍各自在休息區內等候開場。一直未露面的韓副校長忽然出現在體育館內，引起一陣騷動後，他又在不經意間看到了身穿籃球衣的周月站在國際金融系的隊伍裡，他的眉頭就是一皺，隨即又舒展開，心想她想做什麼就做吧，至少比悶在屋子裡好。

上午十點，籃球賽的決賽正式拉開序幕，周月抬頭挺胸地站在場上。市場行銷系的齊昊不禁有些臉紅，他剛才已經知道周月會上場，只是不知道自己會這麼沒出息地臉紅。

「月月，這場你是什麼位置？」齊昊看著對面的周月，顯得有些不好意思。

「得分後衛，狗兒威是中鋒負責籃板，王傑後衛，你還有什麼要問的？」周月冷冰冰地回應。

「我也是得分後衛，待會我可以……」還沒等齊昊說完，場邊的人已經有些不耐煩地叫了起來：「齊昊，你婆婆媽媽地說什麼呢，準備放水嗎？」

「是啊，這麼慢吞吞地幹什麼，要打就快！」

「可能是看見周月不想動了。」

一陣笑聲傳來，齊昊的臉更紅了，但他也不知道自己今天怎麼回事，這麼容易臉紅。他喜歡周月不是一、兩天了，周月卻完全不理他。現在面對面了，又覺得尷尬，就變得畏首畏尾了。他仔細地想了想，對，她那一身別有特色的籃球衣，或許就是他臉紅的原因……

比賽開始。

狗兒威率先將球打回自家場地，周月一個箭步上前拿球突進，此時王傑也順利到達了對方籃框下，只等周月傳球。三分線，罰球線，齊昊？齊昊忽然出現，截斷了周月的傳球，順勢一波反撲，拿下兩分！

狗兒威笑笑，用力地拍手：「快快，別愣著了，這可是決賽！」

「Go！Go！」

李瀚看著場上汗水淋漓的周月，心裡也不知道在想些什麼，總有點不安和莫名的睏意。

一個小時後，周月的一記三分球將比分定格在了七十八比七十五，國際金融系以微弱的優勢取勝，全場都沸騰起來。韓副校長滿意地看著周月，而後悄悄離場。

狗兒威抑制不住激動的心情，衝過去想把周月抱起來，但衝到周月眼前又停住了，他轉身一把將王傑抱了起來，大喊著：「老四，我們贏了，哈哈！」

「你輕點！」老四最初的高興勁還沒過去，就感到腰腹部被狗兒威抱得發痛，他用力踹了狗兒威一腳，這才得以解脫。

「恭喜。」李瀚跟觀戰的老二、老五一起走過去慶賀，整個場地陷入一片歡樂聲中，角落裡齊昊帶著市場行銷系的人黯然離場。

「沒點表示嗎？」周月戲謔地看著李瀚，伸出手做出一副要獎勵的樣子。

李瀚撓撓頭，尷尬地在口袋裡摸來摸去，最後意識到自己根本沒準備，他只能將褲子口袋翻出來，準備認個錯。但李瀚還沒說話，周月一下子抱住了他，輕聲說：「這就算是我的獎勵吧。」

周圍的人一下安靜了下來，看著這兩個人擁抱在一起，像是一道風景……

李瀚不知所措，感覺自己的手往哪裡放都是錯誤的，但他耐不住周圍人的眼光，將手輕輕放在了周月的腰上，他閉著眼睛，努力讓自己平靜下來。

「下午六點，我在校門口等你，陪我吃晚餐。」周月小聲說完這句話，一把推開李瀚，撿起地上的籃球，徑直朝著更衣室走去。

一分鐘後，狗兒威帶著賤賤的笑容拍著李瀚的肩膀：「你小子還說沒談戀愛，現在總該承認了吧？」

「是啊，三哥，你這可不厚道啊，周月雖然不是校花，但全校美女排名也是前三的，說，你是什麼時候把她搞定的？」

「真的只是普通朋友……」李瀚話鋒一轉：「什麼美女排名，我怎麼不知道？」

「普通朋友？三哥，你可以騙我們，你別騙自己啊。」老四說。

「懶得跟你們瞎扯，我回寢室。」

「呦呦，還不好意思了，哈哈。」狗兒威一把拉住李瀚，笑嘻嘻地說。

「你們就是太閒了！」

「我們可不閒，你是大忙人，哈哈！」老二說。

李瀚作勢要打，其他幾個人一哄而上，將他簇擁著往寢室走。

下午六點的時候，李瀚如約來到了校門口，遠遠就看見身材高挑的周月站在那裡。

「對不起，我遲到了。」

「不會，是我來得太早，我還擔心你不來了呢。」

李瀚笑笑，不說話。眼前的周月像是換了一個人，沒有了之前的怨氣，也沒了爸爸死後的陰鬱，有的是臉上明媚的笑意和親切有禮的話語。她一身白色洋裝，加上一個黑色的斜背小包，看起來還有幾分嬌羞的感覺。她指了指已經停在一旁的計程車：「上車吧。」

李瀚笑笑，拉開車門。

「對了，你想吃什麼？」周月跟李瀚坐在後座，輕聲問。

「隨便，我什麼都可以的。」

「我只知道隨便霜淇淋，其他的就不知道了。」

「小女孩真幽默，我給你們推薦一個地方，最適合情侶吃飯，安靜而且不貴！」計程車司機從後照鏡裡看著快要依偎到一起的兩人建議道。

「哪？」

「聚朋友。」

「好，就去那吧。」周月做了決定。

半個小時後，兩人站在「聚朋友」店前。

這裡確實適合情侶用餐，暖色調的裝潢、昏暗的燈光、淺吟低唱的歌手，還有別致的長排座椅、女僕裝扮的服務生，一切都顯得那麼曖昧……

點完菜後，李瀚完全不知道該說些什麼，只是低頭喝水，不時看對面的周月兩眼，直到菜上來了之後，氣氛才有些好轉。兩份情侶套餐擺在桌上，李瀚更加尷尬了，總覺得自己是個男生，應該主動找點話題才對，看了看周月：「妳爸爸的後事處理完了吧？」

周月愣了一下：「嗯，處理完了。」

李瀚話剛出口就有點後悔，自己真是哪壺不開提哪壺：「我不太會說話，妳別介意。」

「不會。」

簡短的兩個字，讓李瀚猜了許久，起初他以為是周月也覺得自己不會說話，後來又覺得是周月不介意自己不會說話。他猛地自省起來，自己這是怎麼了，怎麼想這麼多？

「我還以為你今天晚上都不打算理我呢。」

李瀚不好意思地笑笑：「不，我是不知道該說點什麼。」

「你總是這樣。」周月拿起桌上的刀叉，將餐巾放好。「先吃飯吧，總不能再讓我餵你吧？」

李瀚不知該笑還是該怎樣，他低著頭悶聲吃飯，周月忽然說：「上次那個女瘋子抓到了嗎？」

「女瘋子？」李瀚抬起頭。

「就是那個殺人犯，你們不是推測是個女人嗎？」

「哦，她不是瘋子，是一個跟我很像的人。」

「跟你很像？長得像？」周月用懷疑的目光看著李瀚。

「不是長相，怎麼說呢？是心理……不對，是興趣。對，就是興趣。或者說是都對鑑識心理學有些學習和研究。」

「什麼心理，又是興趣的，我聽不懂。」周月臉上的神色忽然一變，揮手示意李瀚附耳過去，神神祕祕地說。「你是員警還是員警在學校的臥底啊？」

「啊？」

「或者說是偵探？」周月瞇著眼睛笑著說。「李教授都說了，你的事誰都不能問。」

「我爸這麼說過？」李瀚眉毛一挑，自己這個老爸真是不省心，好好地在C大當教授上課不好嗎，非要扯這些八卦出來……

「哼，你別瞞我了，我之前找你幫忙就是知道了你的一些事。韓副校長都拿著表揚信表揚過你了，是吧？」

「嗯……這只是個誤會，我不是員警，更不是什麼臥底，偵探就更不沾邊了。」

「騙人！我都聽成妍姐姐說了，你們鑑識心理學系裡就你成績最好，而且連她都不清楚你是不是員警。哦，我懂了。」周月盯著李瀚，將面前的食物往前一推。「是不是需要保密啊？我聽說員警都需要簽保密協定，你是不是也簽了？」

「我就是個學生，」李瀚有些哭笑不得，再這麼被逼問下去，連他自己都要相信自己就是警察了，而這也是他不喜歡的職業之一。「梁教授請我去幫他們破案的，算是實習。」

「這麼說你承認了？」

「我承認什麼了？」

周月笑笑不說話，用一種極為期待的眼神看著李瀚。李瀚被看得心裡有些發毛，他尷尬地埋頭吃飯。等面前的飯菜都被一掃而空，李瀚抬頭才發現周月依舊笑嘻嘻地看著自己：「妳……妳盯著我做什麼？我臉上有東西？」

「東西倒是沒有。」周月理了理自己的衣服，抬頭繼續說：「你能不能給我講講之前的案件偵破什麼的，我從小就喜歡看偵探類的小說呢。」

「算了吧，這些事不適合女孩子聽，而且故事性不強。」李瀚說完，目光又撞上周月的目光，他有些為難地將目光移開，心裡又一軟。

「你別把我當女生，我是漢子，一個女漢子。」周月辯駁道。

李瀚遲疑了一下，點了點頭：「好吧。」

接下來的半個小時裡，李瀚向她講述了吳離的案子，當講到周桐的時候，李瀚刻意避開了，也沒有提到周桐情婦海燕的事。但當他看到周月目不轉睛地盯著自己的時候，心中難免有些想要吹噓的念頭，好在他忍住了，刻意淡化了自己在案件偵辦中的作用。

故事講完的時候，周月還沒反應過來，她盯著李瀚，一副不可思議的樣子。

「你說他是有精神病史的，可為什麼又判定他沒有精神病？」周月忍不住問道。

「精神病史確實是抓到他的重要線索，可我在審訊室裡跟他的談話以及他寫給我的信中可以看出，他並沒有精神病，而且思維比我們都要敏銳。」

「這麼說他是刻意讓你們抓住的？」

「為什麼這麼說？」李瀚愣了一下，他實在沒想到周月會忽然說出這樣一句話來。

「他沒有精神病，卻有精神病史，或者叫作病歷，這是矛盾的，也許是他刻意露出的破綻？」

「有可能……」對於周月的問題，李瀚感到有些難以應對。看來這妹子是真的看過一些偵探類小說，否則根本想不到這一層，而這一層正是他們所有人都忽略的一點。吳離可能真的是他自己設套讓警方抓住他，也有可能是他背後的那個女人動得手腳。

「我的天，你真厲害！沒想到你是這樣的李瀚，我以前怎麼沒看出來呢？」周月俏皮地看著李瀚，而後者卻是一副心事重重的樣子。在這起已經結案的凶案中應該還有類似被忽略的地方才對，難怪梁教授發那麼大的火，李瀚越來越覺得自己可能真的錯了。

李瀚結完帳，和周月一起走出餐廳，街上已經有些冷清，或許是因為天氣忽然變冷。正當李瀚準備叫車的時候，周月拉住了他：「我們走一段吧，等走累了再叫車，好嗎？」

李瀚想了想，點頭同意。

兩個人的身影被路燈拉長，最後彙聚為一個原點，再漸漸地由短變長。他們靜靜走了約莫十分鐘後，周月的速度變得越來越慢，最後停了下來。李瀚並沒有意識到；等他反應過來回頭看的時候，已經距離周月有幾十米的距離了。

李瀚小跑回到周月身邊，尷尬地想說對不起，可還沒開口，周月就說：「她叫海燕，是吧？」

突如其來的問話讓李瀚有些不知所措。他想了想，像是下了很大的決心：「妳怎麼知道的？」

「她來過我家了，跟我媽媽大吵了一架。」周月抬起頭，淚水已經模糊了雙眼。「你為什麼要瞞著我？你是知道的，對吧？」

「我……對。」李瀚低著頭。「我不想再讓妳受傷害了。」

「你應該清楚，我總有知道的一天，你知道我會多痛苦嗎？」

李瀚從包裡拿出一張衛生紙遞過去，周月根本不接：「你是在可憐我嗎？」

「我……你別亂想。」李瀚將衛生紙對折，輕輕地為周月擦去淚水。「不是妳想的那樣，我是想保護妳。」

「那你愛我嗎？」

「嗯？」李瀚愣了一下，還沒反應過來，周月就給了他一個大大的擁抱。她將頭靠在李瀚肩上，許久之後才輕輕地推開木訥的李瀚。

「我，你，那個誰，這。」

李瀚語無倫次的樣子似乎讓周月很開心，她破涕為笑。

兩人繼續往前走，背影時而交叉在一起，時而分離，像是一對戀人，又像是形影不離的夥伴。轉眼半個小時過去，李瀚看看手錶，已經是晚上十點了，距離C大寢室關門的時間還有一個小時，照這樣走下去肯定是不行的。

「我們坐計程車吧？」

「不，走路。」周月一口回絕。李瀚嘆了口氣，只能跟上她繼續走。

周月的家就在C大，而李瀚的家也在C大，一個爸爸是校長，一個爸爸是教授，按理說這樣的兩個人應該從小關係就很好，但事實並不是這樣。周月從小在小城鎮讀書，並不在C市，而李瀚則是一直在C市讀書。至於周桐為什麼不讓女兒在C市市區讀書，他也無從得知。

等周月上大學的時候才認識李瀚，兩個年輕人，一個沉默寡言，一個屬於交際花的類型，似乎他們的人生軌跡不會有任何的交集，但命運的手還是讓兩人相遇相知了……

「她到你家幹什麼？」李瀚忍不住問。

「為了錢。」周月停下來，看著李瀚，很嚴肅地說：「不提這個人了，好嗎？」

李瀚點頭，試圖找些別的話題：「齊旲呢？你喜歡他嗎？」

周月淡淡地笑著：「齊旲？你大概知道，他追我快一年了，但我就是對他沒感覺。

雖然我們學歷、家世什麼的都很合適，不過沒感覺就是沒感覺，強求不來的。」

「我看他看妳的時候還會臉紅呢。」

「你別看他那麼大的個子，其實內心很柔軟的。不說他了，說說你吧，有女朋友嗎？我看你總是跟你們寢室的幾個人在一起。」周月似乎想到了什麼，她退後兩步，看著李瀚。「你該不會是個同志吧？」

李瀚有些無語：「我不是，暫時……沒有女朋友。」話到嘴邊，他改了口。「你該不會是一心撲在學習和事業上，不打算找吧？」

「沒，是沒時間找。」李瀚笑笑。

兩個人相視無語，向著街道的另一頭繼續走，背影再次交織在一起而後分離，再交織，再分離。

到C大門口的時候已經是晚上十一點半，李瀚心想自己只能回家睡覺了，寢室肯定回不去。兩人進了小門，往教職員工宿舍的方向走去。

C大校園裡，兩人走得慢了許多，斑駁的樹影、清冷的燈光、矗立的旗杆，一切都顯得那麼美好。

「我到了。」周月停下腳步，望了望樓上，輕聲說：「第一次見你的時候，我就覺得你肯定是一個有故事的人，只不過你不善於向別人訴說，而現在，我想我瞭解你了，或者說我想瞭解你，你呢？」

「我……」

李瀚的話還沒說出口，周月再次抱住了他，在他的耳邊輕聲說：「我喜歡你，你呢？」

看著眼前的周月，李瀚忍不住緩緩伸出手，也抱住了她。他感受著從她身上傳來的淡淡香味以及掌間的柔軟，他情不自禁地抱緊她，然後在她的肩上點了點頭。

李瀚輕輕地用手捧著周月的臉，小心翼翼地吻了下去。

C市刑警大隊會議室。

趙局長陰沉著臉坐在上方的位置，面前的會議桌上擺著一份文件、一卷錄影帶以及一個看起來有些滑稽的人偶。所有人都不說話，各自想著各自的過錯，壓根不敢抬頭看趙局長的臉。

僵持了許久之後，王允覺得有些累了，將不遠處的煙灰缸摸了過來，隨後抽出一根煙點燃，深吸一口之後，將目光移向趙局長面前的那份文件。

按照這位老局長的意思，這文件裡面已經寫明是誰偷走了賈旭案件指紋鑑定結果，現在只等著這個人自己站出來承認，還有將功補過的機會，否則將會受到刑事追責，並移交檢察機關進行起訴，終身不能再加入員警隊。

六個人已經坐了快三個小時了，硬是沒人說話，也沒人承認是自己幹的，只有王允偶爾抽煙，引得趙局長一陣皺眉。當晚的事已經較為清楚了，一定是警局內部人員盜走了賈旭案件指紋鑑定結果，目的自然是為了掩蓋真相，或者是為兇手掩護。公然與警方作對，這是一種赤裸裸的挑釁，絕對不能容忍！

臨近中午的時候，趙局長有些坐不住了，畢竟年紀有了，久坐對於心腦血管什麼的都沒有好處。他按耐著性子看了看下面的幾個人，而後用一種極為老成的語氣說：「怎麼，還沒人願意承認錯誤嗎，非要我揪出來？」

王允拿出一根煙，一副心不在焉的樣子：「趙局長，你直接說是誰吧，不管冤枉沒冤枉，我們總得知道吧。」

「老王，你當這個大隊長也不是一、兩天了，這麼沒水準的話你也能說出口？」

「局長，你那點心思我還不知道嗎？」王允將煙點燃，換了一種語氣。「這件事我已經徹查過了，整個警局的監視器都看遍了，甚至我還讓技術科的人對小陳的辦公室蒐集指紋，不過仍舊一無所獲。後來我們在檢查電腦的時候發現了一些痕跡，檔案是晚上十點左右在小陳的電腦上刪除的，也就是說當晚十點還在局裡的人都有嫌疑。換句話說，你是不可能知道誰偷走指紋鑑定結果的。」

「怎麼樣，我說得對嗎？」王允站起身，深吸一口煙，而後將煙頭丟進煙灰缸內，順勢走到趙局長的面前，一把掀開他面前的文件，紙上只有一些雜亂無章的數字。

「我還真是沒看出來啊，原來這是在跟我演苦情戲啊？一個個不說話，都知道我是要你們啊？」趙局長面不改色。

「趙局長，我們哪敢啊？」小陳第一個哭著求饒。他心裡知道，雖然趙局長不說，但是對於自己的處罰命令已經在路上了。指紋鑑定結果由自己保管，但現在卻丟了，自己當然是要受懲罰的。在這裡，情分這東西可以忽略不計。

「你看，趙局長，連小陳都看出來了，就是不敢說。」

趙局長瞪了王允一眼，將王允手裡的煙盒摸了過去，表情依舊嚴肅：「這件事已經鬧到市警察局去了，後果你們自己清楚，如果一個月內查不出是誰幹的，我們都得吃不完兜著走！特別是你，小陳，市警察局的初步處罰已經出來了，你將暫時離開警局，直到案件查清楚之後才能回來，並且要保持隨傳隨到，懂嗎？」

「我……」小陳沒有說下去，他知道自己無論再說些什麼都是白費力氣。市警察局的處罰決定已經下來了，任誰也更改不了。

「小陳啊，做錯了事就要付出代價。雖然你以往也有些成績，可是這次的錯誤實在太大了，我想幫你也幫不上……」還沒等趙局長說完，小陳苦笑著打斷了他的話：「局長，我知道，這事錯在我。」

「嗯，你能這麼想自然是最好。好了，散會吧。」趙局長鬆了口氣。如果說做錯了事就要付出代價，那自己應該付出的代價又是什麼呢，生命嗎？

話音一落，其餘幾個人陸陸續續都出了辦公室，各自長舒一口氣。趙局長的想法他們不是不知道，但明明知道卻還要弄這麼一齣，才是他們心裡最擔心的，趙局長到底想幹什麼呢？

會議室裡只剩下王允跟趙局長，兩人都默默地抽著煙，不時將桌上人偶擺弄一下。直到煙盒裡的煙沒了，王允才感覺自己的喉嚨裡像是塞進了什麼東西，咳不出，嚥不下。再看趙局長，也是一般模樣。

「老王，你說這人偶身上一共含了四種殺人手法，同時也預示給了李瀚，會不會只是巧合？」趙局長從抽屜裡又摸出一包煙，接著說：「吳離的死就沒有預兆，而且張衛國死的時候，這個人偶並沒有出現。」

「這事我也是跟李瀚分析出來的，要說是巧合，那可能性實在太小了。至於吳離跟張衛國，我想那是兇手作案後的一個想法。因為兇手知道了李瀚的存在。我認為這是一種考驗。為什麼呢？因為人偶是在吳離家中發現的，而發現的人就是李瀚，最重要的是她還跟李瀚撞見過，說過話。」

「你說的這些情況我都知道，我想知道的是理由。你說的這些都不是理由，而是推測，對於案件偵破沒什麼實質性的用處。」

「可能是因為鑑識心理學。」王允自言自語道。

「鑑識心理學？」

「對。李瀚是學鑑識心理學的，這個你是知道的，那個女人可能也是一個研究心理學的學者。」

「你是怎麼知道的？」

「作案手法以及她的心理軌跡。」

「是李瀚跟你說的？」

「對。他能看出這個女人的瘋狂，也能猜出她的一些心理活動。比如賈旭被殺案件，李瀚想到了汽油的來源問題，再連結到汽車油蓋，再到指紋以及鑑定結果出事，這個女人從最初是想要留下線索誤導我們，再到偷走指紋線索，這顯然是一場貓鼠遊戲。」

「嗯……」趙局長還想再說些什麼，又覺得不妥，有些事自己知道就行了。他以極快的速度轉變了思維，對王允說：「這件案子還是由你負責，不能再啟用小陳。還有就是既然你說兇手有跟李瀚較勁的念頭，那麼我們是不是該調查一下李瀚身邊的人，比如那個周月，或者跟李瀚一個宿舍的那個老二，我覺得都有嫌疑。」

「嘿，局長，你今天這是怎麼了？那個周月的父親雖然是自殺，可是我們定案的時候還是按照謀殺來定的，不然吳離也不會死得這麼快，現在死者的女兒怎麼可能會是兇手？」

「你自己都說了，我們定案謀殺，那是因為兇手拼死承認是他做的，我們又沒有證據證明周桐是自殺，所以周月還是有可能的。你可以找機會測測她的精神狀況，看看有沒有什麼異樣。」

王允有些哭笑不得：「這兩人都不是學心理學的，不用查了吧？全市心理專家那麼多我們不查，去查兩個學生，不是落人話柄嗎？」

「我只是提供意見，具體的你自己看著辦。好了，我要吃飯去了，你別跟著我。」趙局長說完話，板著臉走了，樣子有些奇怪，說不出是什麼感覺。

王允將桌上剩下的煙放進自己口袋裡，又看了兩眼趙局長，心想局長可能真的是老了，變得有些婆婆媽媽的，邏輯也不那麼清楚了，這麼簡單的道理還要怎麼說才算清楚？

籃球賽的獎盃穩穩地立在三一三寢室中央的桌子上，流光的造型、清晰的紋路，以及一些不長的紅綢布料讓獎盃看起來極為顯眼。對於狗兒威來說，這是一種認可，是努力了幾個月得來的獎勵。而它對李瀚和老二來說就沒那麼稀罕了，沒有親身參與的事，即便有些獎勵，也沒那麼真實和重要。

李瀚坐在床邊，腦子裡一片空白，直到一些汗珠流進了眼睛，一股刺痛感將他從回憶裡拉回現實。我的天，我到底做了什麼？李瀚忍不住想這麼問。初吻應該是讓人刻骨銘心的才對，但他的腦子有些模糊不清，他甚至有些記不起周月到底說了些什麼，怎麼一下子就跟自己抱在一起了？

我這是怎麼了？是因為寂寞，還是一時衝動？

「嘿！李瀚，你怎麼回事，見鬼了？」狗兒威跑過來，大力地拍拍李瀚的肩膀。

「我看是見著女鬼了，魂不守舍啊！」老五跟著起哄。

「說說吧，昨天晚上都沒回寢室，你去浪漫約會啊！」狗兒威一臉壞笑，說到「浪漫」兩個字的時候刻意拖長了聲音，讓人聽著很容易產生幻想。

「你們想什麼啊，就只是吃個飯而已。」

「還不老實交代，吃個飯能從晚上六點吃到晚上十一點，還夜不歸宿？騙誰啊！」狗兒威笑著說。

「隨便你們愛信不信。」李瀚有些心虛，沒再開口說話。他準備再補個眠，剛坐回自己床上，手機「叮咚」一聲響了，是周月發來的簡訊，大致意思就是一起吃早餐吧。李瀚一下子睡意全無，回覆道：「早餐已經吃過了。」

「那就一起吃午餐吧。」簡訊又來了。

李瀚在床上翻來覆去地想了很久，決定還是不要一起吃午餐了，他就蒙頭繼續睡覺。直到中午他跟狗兒威一起下樓去學生餐廳的時候，在宿舍外撞見了周月，她一身輕薄的衣物，手裡拎著一個便當盒。

見李瀚出來了，周月沒有提早上的事，只笑著說：「你總算出來了。」

狗兒威看得一愣一愣的，不過當他看到臉紅的李瀚時，他識趣地說：「你們聊，那我先走了。」

目送狗兒威走遠之後，周月這才低聲說：「早上怎麼不回我簡訊？害得我去了你家一趟才知道你在寢室。」

「早上回來的，爸媽不讓我睡懶覺，只能到寢室裡補補眠。」

「我在問你簡訊的事。」周月帶著些疑惑的語氣問。

「哦……簡訊啊，沒聽到，可能睡著了。」

「好吧，先去吃飯吧。」周月的表情說不出是不高興還是高興，他們一起往學生餐廳的方向走去。

一個是鑑識心理學的高材生，一個是校花級的美女，回頭率自然不用說。周月並不喜歡這種目光，但是也不討厭，怎麼說呢，這能讓她轉移注意力，不用去想那些不好的事。

李瀚跟做賊似地和周月坐在學生餐廳的角落裡吃飯，但他這麼做並沒有什麼用，很多人還是不時投來一些目光。尤其是市場行銷系的人，不僅伸長了脖子看，還聚在一起竊竊私語，內容大多是齊昊、周月以及李瀚三個人之間的關係。

漫長的吃飯過程終於結束，李瀚打了個招呼，便匆匆往學生餐廳外面走，還沒走出門口，就聽見周月在後面叫他，他一聽心裡更急了，加快腳步往前一邁，跟人撞在一起。

李瀚連連說不好意思，他剛站穩，就看到周月朝他快步走了過來。快走到他近前的時候，周月忽然笑起來，叫了一句：「成妍姐姐。」

這一叫可把李瀚嚇壞了，自己這麼慌慌張張地竟然撞到了學姐，這臉算是丟完了。

「李瀚，你這麼急著要去哪啊？」成妍看著滿臉通紅的李瀚，笑著問。

「學……學姐，妳怎麼在這裡啊？」

「現在是吃飯時間，我在學生餐廳不奇怪吧？倒是你，走這麼急，是見鬼了？」成妍一邊說，一邊看周月的臉色，心裡已將兩人之間的情況猜得差不多了。

「我還有專題沒做，老師等著要呢。」李瀚隨便找了個理由，專題確實要做，只是沒這麼急。

「老師還真是看重你呢，連專題都交給你做了。」

李瀚不好意思地抓抓頭，看了看一旁站著的周月，問：「妳剛才叫我做什麼？」

「我是提醒你前面有人，你都不看路的。」

成妍捂著嘴笑，又將手裡的便當盒在周月面前晃了晃，示意自己去吃飯了，便直接走了。

見成妍走遠了，周月的臉慢慢陰沉下來，目光也變得冷了：「李瀚，你是不是覺得跟我在一起很丟臉？」

「沒有啊。」

「那你跑什麼？」

「我……」

「你什麼你？」周月的語氣有些咄咄逼人，等了許久之後李瀚還是不說話，她嘆了口氣。「如果你不喜歡我就直接告訴我，你不要覺得你吻了我就要對我負責，大家都是成年人，別做這種傻事。」

周月頓了一下，繼續說：「你要做專題？」

「嗯……」

「那你去吧。」

李瀚轉身要走，又覺得這樣不好，背對著周月，低聲說：「你別亂想，晚點我打給你。」

「晚上？」

「對。」李瀚頓了一下。「如果沒意外的話，八點之前我打給妳。」

「好，你先回去做專題吧。」周月的臉色好轉了許多，輕輕推了李瀚一下。

離開學生餐廳後，李瀚如釋重負地回到寢室，感覺吃個飯跟演戲一樣，不過自己的演技真不怎麼樣，現場出糗。狗兒威還在端詳著籃球賽的獎盃，那目光就跟看自己的兒子一樣，吃飯都是在獎盃旁邊吃的。老二拿著籃球問李瀚去不去體育館，他拒絕了，準備再睡一下。現在回想起來，自己昨晚根本沒睡著。老四跟老五決定玩遊戲，寢室一下子又安靜了下來。

第七章
浮出水面

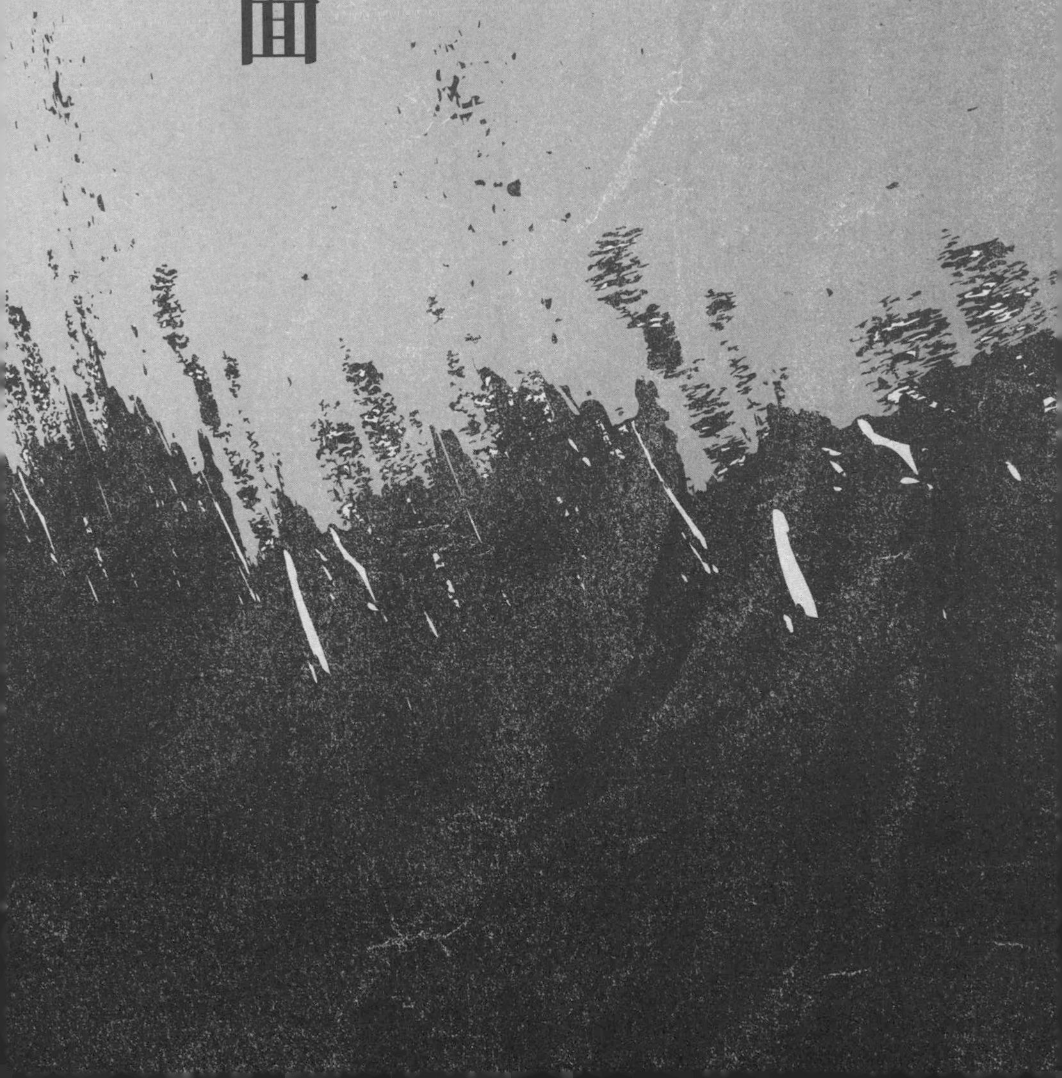

王允的電話總是來得這麼「及時」，還沒等李瀚的眼睛閉上，電話鈴聲就響了起來。

「小子，有時間嗎？出來坐坐吧。」

「有事？」

「有。」

「哪裡？」

「你們體育館？」

「不要，還是出去吧。」

「好，那你來刑警大隊吧，我先給你泡杯茶，如何？」

「好。」

李瀚翻身起床，小心翼翼地看了看樓下，確定周月不在附近之後才下了樓，直奔刑警大隊而去。

與此同時，周月拎著自己的小包下了宿舍，她也接到了王允的電話，理由也是有事，但具體是什麼事，王允在電話裡並沒有說。周月一口答應下來，她想的是刑警隊長給自己打電話，那肯定跟自己爸爸的案子有關，她一定要去看看。

兩人在校門口不期而遇，場面有些尷尬。

「你去哪？」周月皺著眉，問李瀚。

「我……我去刑警隊。妳，妳呢？」

「又出命案了？」

「不知道呢，過去了才知道。妳呢，妳去哪？」

「我也去刑警隊，我們順路！」

「你去刑警隊幹嘛？」

「不知道，王隊長打電話給我說有事，具體什麼事沒說。」

李瀚仔細想了想，實在想不到王允給周月打電話的理由，索性跟周月坐同一輛車，一起到了刑警大隊，看看王允這次賣的是什麼藥。同時叫兩個人來刑警大隊，自然是有原因的，而且還沒告訴周月具體情況，王允這次到底想做什麼呢？

刑警大隊的門出現在兩人面前。

「走吧。」

「你說王隊長叫我來做什麼，難不成也要我幫著破案？或者叫我跟你劃清界限，免得影響你繼續潛伏什麼的？」

李瀚有些哭笑不得：「妳想太多了，他肯定是有別的事。還有，我又不是特務，搞什麼潛伏。」

「我開玩笑的，你看你還當真了。」

「我哪有了……」

周月不理會李瀚，直接刑警大隊裡面走去。在第一個轉角處，周月跟李瀚撞見了王允。王允正一臉笑意地跟同事打趣，看樣子很高興，絲毫沒注意到他們就站在他身邊。直到李瀚用力咳嗽了兩下，王允這才意識到旁邊有人，尷尬地說：「你怎麼走路都沒聲音的？」

「你叫我過來就是要跟我說這個？」

王允笑笑，帶著李瀚往自己的辦公室走去，周月緊跟在他們身後。到了門口的時候，王允請周月在門外等著，自己則跟李瀚進了辦公室。桌子上果然擺著一杯泡好的綠茶，李瀚端起來喝了一大口，看著對面的王允，說：「說吧，什麼事？」

「也不是什麼大事，就是想問問你關於周月的事。」王允拿出一根煙在桌上敲了兩下，然後點燃。

李瀚心裡驚了一下，難道自己與周月的那點事連王允都知道了？但即便是知道了，也沒必要這麼興師動眾地來問自己吧？李瀚隱隱覺得事情沒那麼簡單，王允這話到底是什麼意思呢？

「她有什麼事？」

「你就沒想過，她可能就是兇手嗎？」王允抽煙的動作停止，兩隻眼睛死死盯著李瀚，試圖從他的眼睛裡找出一絲他渴望看到的東西，比如恐懼、震驚，抑或是一種認同。

「你胡說什麼！她怎麼可能是兇手！」李瀚不知道自己該說些什麼，臉不由得僵了，渾身的雞皮疙瘩也跟著冒了出來。「你可別嚇我。」

「我開玩笑的啦，看你緊張的。」王允手裡的動作恢復，他深吸一口煙後，換了一種神色看著李瀚。「你真就沒這麼想過？我只是說如果。」

「想什麼？她不可能是兇手！」李瀚意識到自己剛才的表現確實有些緊張，這對於王允的判斷來說有些誤導，畢竟對面坐著的是一個刑警大隊的隊長，可不是一個朋友身份的人。王允既然這麼問了，肯定是有自己的目的，他表現得越緊張，反而對周月越不利。

「你怎麼就知道不可能？你想想，整個殺人案件中，除了她爸爸是自殺以外，其餘人都是謀殺，而神祕女人出現的地方又是你們學校的體育館，這一切都是巧合？你自己信嗎？」

「證據呢？你這些都是捕風捉影的猜測而已！」李瀚反駁道。

「小子，你越來越急了啊。」王允的話題忽然一轉。

「我說王隊長，你是沒事跟我開玩笑嗎？」李瀚沒好氣地說。

「不是我跟你開玩笑，而是上面的任務交代下來了，讓我試試周月和你們寢室的老二，這不先叫你過來試試嗎？」

「試我幹嘛？」

「我也不知道為什麼，就是想看看你對這件事的看法。」

李瀚白眼一翻，起身便要走，王允急忙站起身，說：「小子，你等一下。」

「王隊長還有什麼要問的？」

「你就不想知道周月會怎麼回答？」

李瀚愣了一下，眉頭一皺，他重新坐回座位，端起桌上的茶杯，冷著臉，說：「你要在這裡問還是在審訊室？」

「她當然只能在審訊室了，在辦公室問可不合規矩。」王允笑著拍拍李瀚的肩膀。「你的待遇可不是一般人能享受的，一會兒我先進去，等我關上門之後，你在觀察室旁聽吧。」

李瀚點點頭，坐在椅子上看著王允將門打開，走了出去。

「久等了，你是叫周月，對吧？」

周月從走廊的座椅上站起來，想看辦公室裡的情況，無奈眼前的王允將門口堵得很嚴密，她幾乎看不見裡面的情況：「那個，我是周月，李瀚呢？」

「他在裡面喝茶，你跟我來吧。」王允帶著周月往審訊室走。「只是對你例行詢問，你不用緊張。」

「嗯。」

「你這麼擔心李瀚，是喜歡他嗎？」

周月愣了一下，捏著自己的左手指節，低聲說：「我跟他是男女朋友。」

「男朋友？難怪。」王允怪聲怪氣地笑笑，也不回頭看周月。

審訊室內。

周月坐在凳子上，看著面前的水泥地面，她不知道自己這是怎麼了，平時大大咧咧的，現在竟然緊張起來了。這個刑警隊長想幹什麼，是想問爸爸的私生活，還是問自己家裡的情況？抑或真的是問關於李瀚的事？

王允坐在桌案前，低頭看著卷宗，一會兒皺眉，一會兒笑笑，一會兒又是疑惑的樣子，周月似乎已經被他忽視了，整個審訊室內像是只有他一個人。此時李瀚就在外面看著這一切，他也不明白王允這麼做的目的是什麼，只是看到周月不安的樣子，他心裡有些難受

「王隊……王隊長？」周月試著叫了一聲。

「哦。」王允猛然抬起頭，睜大眼睛看著周月，故意表現得有些尷尬。「不好意思，看卷宗出神了。」

「沒，沒事。」

「好了，那我們開始吧，下面我會問你一些問題，你只需要如實回答我就可以了。」

「好的。」

「那麼你有什麼顧慮嗎？比如問及你家裡情況、你的男朋友、你的媽媽，甚至是你的奶奶？」

「沒……沒有。」

「好，那我們開始。」王允將桌案旁邊的一份文件拿到眼前，這其實是一份測謊問題綜合而成的文件。這還是市測謊中心的高主任給他的，只是王允沒想到的是執行的人會是自己。

趙局長的話在不經意間深深地影響了王允。周月的嫌疑確實比較大，前面說的死者身高和體貌特徵幾乎都和周月吻合，而眾多的死者中又包含周月的父親周桐，巧合的是兇手曾出現在死者周桐的死亡現場，再結合兇手在考驗李瀚這一點，調查李瀚身邊的人，周月一下子就進入了王允的視線裡。

起初王允認為周月並不是學心理學的，嫌疑並不大，可後來周月轉學鑑識心理學，這無疑刺激了王允的大腦。在這個敏感的時期做出這樣的舉動，是欲蓋彌彰嗎？

「妳的名字？」

「周月。」

「年齡？」

「二十一。」

「妳父親死亡當天妳去過體育館嗎？」

「沒有。」

「妳是否願意說實話？」

「我願意。」

「妳是學生，對嗎？」

「對。」

「妳是否去過翰林社區？」

「沒有。」

「妳見過妳父親的遺體嗎？」

「見過。」

「他是被人謀殺的嗎？」

「是。」

「他是自殺的嗎？」

「不是。」

「妳是怎麼知道妳父親遇害的？」

「母親告知。」

「妳母親是去學校找妳並告知妳父親死訊的嗎？」

「不是。」

「妳母親是打電話告知妳父親死訊的嗎？」

「是。」

「妳是否對我說謊？」

「沒有。」

「妳父親死的時候穿衣服了嗎？」

「穿了。」

「是什麼樣的衣服？」

「黑色西裝。」

「妳是否討厭這種裝扮？」

「不討厭。」

「那妳喜歡這種裝扮嗎？」

「不喜歡。」

「妳是否有人偶？」

「有。」

「妳是否喜歡人偶？」

「是。」

「妳是否喜歡在人偶上畫畫？」

「不喜歡。」

「妳有精神病史嗎？」

「沒有。」

「妳會時常覺得自己與眾不同嗎？」

「不會。」

「妳會不會覺得上帝在跟妳說話，或者別的什麼人一直在妳耳邊跟妳說話？」

「沒有。」

「妳相信我嗎？」

「相信。」

「妳相信自己嗎？」

「相信。」

「妳會欺騙自己嗎？」

「有時會，有時不會。」

「妳父親的西裝是紅色嗎？」

「不是。」

「妳父親的西裝是白色嗎？」

「不是。」

「妳父親的西裝是黑色嗎？」

「是。」

「妳知道妳父親有外遇嗎？」

周月愣住了，她早已想到會出現這個問題，心裡一直在想該怎麼回答才好，是回答知道還是回答不知道，是該面對還是該選擇遺忘？如果周桐沒有死，這些事是不是自己一輩子都不會知道，更不會面對現在這種局面呢？

「妳知道妳父親有外遇嗎？周月，請回答我的問題。」

「我……有，我知道他有外遇。」

「妳是如何得知的？」

「那個女人找上門了。」

「她是否知道妳爸爸已經死了？」

「知道，剛知道不久。」

「妳覺得她會是兇手嗎？」

「她？我倒希望是她，可惜不是。」

「妳是叫周月嗎？」

「是。」

「妳是否願意誠實地跟我交流？」

「是。」

「妳跟李瀚認識嗎？案發前認識嗎？」

「認識，但是不熟。」

「那個時候妳喜歡他嗎？」

「談不上。」

「妳是否是在C市長大？」

「不是。」

「妳父親是否有精神異常狀況？」

「沒有。」

「妳覺得他是自殺嗎？」

「不是。」

「為什麼？」

「我自己不信罷了。」

「妳父親是周桐嗎？」

「是。」

「他跟妳關係好嗎？」

「很好。」

「妳是否知道如果妳說謊將給自己帶來一些不必要的麻煩，甚至危及生命？」

「知道。」

王允的語速很慢，語氣也很溫和，偶爾重複問一個問題同時細看周月臉上的表情變化。這是簡單的測謊，同時也是一場心理的較量，只要周月有一絲隱瞞或者謊言，不管是她面前的王允還是外面盯著的李瀚都將揭穿她，那將會是一場災難。所幸周月完整地回答了所有的問題，這反而讓王允有些失望了。

臨近傍晚的時候，王允走出審訊室，臉上帶著倦容，看樣子是累壞了。這種工作本就不是他這種隊長來做的，但眼下局裡人手太少，只能他自己親自上了。只是還沒等他休息一下，李瀚迎上來，問：「怎麼樣，你下的結論是什麼？」

「下什麼結論啊，這是測謊題，得反反覆覆問很久，打心理戰，你懂吧？」

「別跟我扯這些，你就說她現在嫌疑大不大？」

「沒什麼嫌疑，我只是執行上面的命令，你別太緊張了。」王允看著一臉緊張的李瀚，笑了笑。「看你那緊張樣，你沒看我開著錄影設備嗎？就跟你們學生一樣，完成作業，懂吧？」

李瀚白了王允一眼，又看看還在審訊室裡的周月：「你這樣有點過分了。」

「沒辦法，上面交代的事，能不做嗎？」王允表情有些奇怪地說：「自從指紋鑑定結果丟了之後，我們局長就跟換了個人似的，整天神經兮兮的，將所有人都懷疑了一遍，現在就差沒懷疑我了，看誰都像是兇手，唉。」

「有這麼嚴重？」

「誰知道呢。」王允將煙點燃，繼續說：「待會你請你們寢室的老二也過來，例行詢問，配合一下。」

「好。」李瀚點頭，指了指周月。「她什麼時候能走？」

「隨時都可以走，我剛才就是試探她，現在試探完了，你可以把人帶走了。」王允忽然想到了什麼，改口說。「她可以走，你還得留下來待會。」

「有事？」李瀚自顧自地拿出一根煙來，向王允借了打火機，點燃後深吸了一口，對著審訊室裡的周月叫了一聲，後者這才抬起頭，有些茫然地朝他走了過來，看樣子是想起了很多不愉快的事。

「妳可以走了，李瀚還得留下來一會。」王允說。

周月點點頭，表情木訥，看了看身邊的李瀚，說：「那我先回去了。」

「嗯，回去休息吧。」

「嗯。」

周月走出了刑警大隊，看著外面的天空不知怎麼的，忽然覺得自由是那麼美好的事。生活還要繼續，自己既然選擇了遺忘，那就該忘得徹底一點，至少下一次被問到這些事，不會像這次一樣這麼尷尬和僵硬，這道坎一定要跨過去才行。

王允辦公室裡，李瀚坐在椅子上看著所有案件的卷宗，表情逐漸變得凝重起來，旁邊放著的是一卷錄影帶和一個失去意義的人偶。從張衛國案到現在，死者一共是四人，加上死掉的吳離，一共是五人。這五個人之間到底有什麼關係，這是一直困擾王允的最大難題。兇手隨機作案的可能性已經基本被排除了，不算被執行槍決的吳離，再排除掉自殺的周桐，剩下的都是有組織有預謀的殺人案件，絕不是一時興起。

人偶提供的線索已經中斷。兇手是否會再次作案，王允不得而知。可是這卷錄影帶一直都沒能破譯出來，這裡面到底講述了什麼，恐怕只有當事人才會知道了，可是事隔三十二年，又去哪裡找當年的當事人？

王允曾不止一次前往國家地質探勘隊詢問這卷錄影帶的內容，得到的答案近乎統一：不知道。所有人看到這卷錄影帶的第一反應都是緘口不言，而後迅速離開，彷彿在躲避瘟疫一樣。

這加深了王允的疑惑，而趙局長在他最為困惑的時候告訴他，這錄影帶上寫的時間雖然是三十二年前，但也有可能是別人故意這麼寫的，這並不是有力的證據。這一番話非但沒有讓王允解惑，反而讓他陷入了更深的思考中。如果連時間都是假的，那麼這卷錄影帶的意義何在？

人偶提供的線索已經沒了，斷裂的脖頸、上身的黑西裝、赤裸的腿以及被灼燒後的腳跟。如果C市不再出命案，那個神祕女人也不再出現，這一連串的凶案都將塵封，人偶會失去意義，錄影帶也會失去意義，這是王允最不想看到的結果。可是，如果再出命案，也不是王允想要見到的局面。而且，如果兇手繼續作案，坐在對面的李瀚能將她找出來嗎？

王允嘆了口氣，遞了一根煙給李瀚，表情有些嚴肅：「你之前說這卷錄影帶意義非凡，為什麼案件後續的分析中卻沒有提到它呢？」

李瀚接過煙，叼在嘴裡並不急著點燃，十秒之後他又將煙從嘴裡拿掉，將錄影帶放到面前，說：「我感覺這些死者都跟這卷錄影帶有關，或者應該說這卷錄影帶跟他們的死有關。這不是簡單的調換順序，而是因果關係。」

「內在的因果關係。」李瀚又補充道。

「你的意思是這卷錄影帶的存在，讓他們走向了死亡？」王允說。

「應該是這樣。這卷錄影帶是三十二年前拍攝的無疑，現在它無緣無故地出現在張衛國的房子裡，緊接著又連續死了這麼多人，我們可以大膽地假設一下，張衛國、賈旭、周桐、蔡玲或者說蔡玲的長輩以及兇手之一的吳離，都可能跟這卷錄影帶有關。具體關係我們可以假設為都是當年地質探勘隊的隊員，或者參與了錄影帶的錄製過程，這都是突破口。」

「我在詢問吳離的時候發現他的檔案裡缺失了十年，我不知道他在這十年裡做了什麼。我問了他，他只是簡單地說在躲避，卻沒有說在躲避什麼，是恩怨還是情仇？」李瀚深吸一口煙。「我感覺這些事就像是一個個點，已經漸漸成了一張網，甚至連警局內部都有人想讓這件事繼續隱瞞下去，你說到底會是什麼事呢？」

「你的意思是錄影帶裡有答案，只是我們看不懂？」王允一聽，立刻從椅子上坐直了身體，盯著對面的李瀚。事情討論到這一步，兩個人總算是找到了一個契合點。

「對，錄影帶的內容就那麼多，我們可能還得再看幾次才行。」

「好，你今天沒別的事吧？」王允已經激動地站了起來，接著說：「要不我們熬個通宵，再找個電腦專家來，非得把這東西搞明白不可！」

「但是……」李瀚說了兩個字，表情變得嚴肅起來。「這卷錄影帶時間已經太久了，我們再看幾次如果再沒有任何發現或結論，線索就會完全中斷，只能被動地去現場幫兇手收拾殘局，你懂我的意思嗎？」

「我知道！」王允臉色變冷。「這事我們還做得少嗎？」

「你有心理準備就好。對了，你似乎忘了一件事。」李瀚提醒道。

「什麼事？」

「我記得你們局裡懂電腦的好像就一個人吧？」

「小陳？」

「對。」

王允的臉色一變，嘆了口氣，說：「這就不好辦了，為了避嫌，趙局長不讓他來上班，畢竟指紋的事鬧得挺大的。」

「所以啊，我們只能去找小陳了。」

「對啊！」王允的兩隻手「啪」的一聲拍在一起，大聲說：「我怎麼沒想到，他不能來局裡，我們可以去他家裡找他啊！」

「我去拖錄影機，你等我。」王允說完，急匆匆地就往器材室跑去，留下李瀚一個人在屋裡默默地抽煙。

一個小時後，兩人驅車來到了小陳的住所外。

此時已經是晚上八點，兩人都還沒有吃飯。李瀚跳下車，還沒來得及站穩，王允已經走到了他的面前，抬頭張望著樓上，說：「不知道這小子有沒有在家，這次的事鬧這麼大，可能他心情也不好，前兩天還叫我陪他喝酒。」

李瀚看著周圍陸陸續續走過的人，再看看樓上零星亮著的幾盞燈，低聲說：「應該在家，今天距離指紋被偷的時間正好一週了。」

「這是為什麼？」

「猜的而已。」李瀚指了指四樓處的窗戶，繼續說：「你看那裡，窗戶緊閉，窗簾卻拉得很緊，而且窗簾後面還站著一個人，要是我沒猜錯的話，小陳現在正透過窗簾看外面的街道。」

「你小子就不怕分析錯了？」

「錯了就錯了，及時糾正就行了。我不是員警，不需要那麼嚴謹地活著。」

王允抱著錄影機，往四樓的位置看了看，招呼著李瀚往樓上走。

這是一棟較為新穎的大樓，走廊採用了老式的設計，在轉角的位置設置了消火栓以及垃圾清運的孔洞，看起來有些特別。只不過採光有些不好，只是八點的光景，整個走廊便已經什麼也看不清了。

王允敲開了小陳家的門，後者一身的酒氣，屋子裡煙霧繚繞，小陳看著有些失意和落魄。在看到王允的一瞬間，小陳瞪大了眼睛，手裡的酒瓶掉到了地上，白花花的泡沫從瓶口不斷冒出：「王……王隊長？」

「臭小子你想死的話能不能換個辦法，喝酒、抽煙致死率實在太低，我建議你從四樓跳下去，這樣比較有效率。」王允半開玩笑地說。

「王隊長，你別鬧我了，我都這樣了。」

「小子，不就是讓你暫時回家待命嗎，這麼作賤自己幹什麼？」

「心裡煩，我又是警察，總不能上街亂來吧？」

「算你還有點腦子。」

「進來啊，李瀚。」王允轉身的時候才發現李瀚並沒有進屋，而是站在小陳家門外。

「嗯?李……李哥也來了？」小陳想叫李瀚的名字，又覺得不妥，臨時改了。

「別亂叫了，什麼李哥，叫他小李子就行了。」

「嗯？」李瀚臉色一變，邁步進屋。

「還是說正事吧。王隊長，你找我是有什麼事嗎？」小陳忙著打圓場。

「是有事找你，你要是能把這件事做好，我就想點辦法，讓你盡快回去上班，怎麼樣？」王允笑著將錄影機放到小陳家裡的桌子上，一腳將地上的酒瓶踢到牆角的位置。

「好！你說什麼事，我保證……」

「別保證了，先看東西吧。」王允打斷了小陳的話。

小陳將桌上的垃圾收拾了，將酒瓶全都踢到牆角處，有的酒瓶子還流出些啤酒來，滴到地上，散發出一股股麥芽的香氣來。

「你該找個老婆了。」王允笑道。

「誰願意跟我這個窮光蛋啊。」

兩人說說笑笑地將錄影機打開，李瀚拿著錄影帶放進去，靜靜等著畫面出現在螢幕上。小陳忙了半天，手心全是汗也沒什麼進展。情況跟上次一樣，畫面根本播放不出來，小陳猜測這卷錄影帶可能是加密過的，只是時間久了，加密的程式被破壞，所以每次打開的時候都會出現這種黑白畫面的問題。

最早的畫面是白色的，帶著些黑點，是錄影帶上的廢片。王允不斷地拍打著錄影機，畫面上的黑點也開始跳躍起來，錄影帶的內容還在繼續往前播。

播了幾分鐘，螢幕上依舊沒有任何變化，李瀚有點著急，他看著螢幕，距離那一行字出現的時間已經很接近了。這一次一定要停下來，仔細看看那些字，以及那些字的背景什麼的，或許會有什麼發現也說不定。

王允停住手，將畫面慢慢往後倒退，那行字倒了出來，最後定格在了螢幕上。

這是一行極為潦草的漢字，應該是手寫的，雖然不知道是什麼意思，但還是能模糊看出來，這應該是一句嚴厲的警告。那個驚嘆號，讓他心裡再次一顫。接著往下播，又有一行黑色的字漸漸在螢幕上變得清晰起來：「特情08絕密＊工程部隊。」

「絕密」兩個字，讓人感覺有些滑稽。既然是絕密，為什麼會被張衛國從國家地質探勘隊裡帶出來？又為什麼會被人破譯出密碼，這「絕密」兩個字只是裝飾嗎？

「工程部隊」這個詞聽起來也非常奇怪，可能是沿用了以前的名稱，但他在C市從未聽過這種名稱。那行字很短，李瀚最初看的時候曾猜想，這應該不是說這是一卷絕密錄影帶，你沒有權利觀看之類的，它一定蘊含了其他資訊。因為它很短，而且只是寫在錄影帶上，在螢幕上顯示的時間不會超過一秒，不等別人意識到的時候，就已經過去了。

李瀚跟王允打了個招呼，王允立刻反應過來，又開始接著弄錄影機。幾秒之後，畫面再次回到之前觀看的地方。

連續的畫面，長短不一，前面除了那個吃東西的畫面，其餘都是零散的資料，之後就是漆黑一片。可以確定，那漆黑的畫面裡其實是有內容的，可能是當時拍攝的光線不足或者是因為年代太過久遠，讓人根本看不清楚是什麼，只是偶爾閃過的一些白點，讓李瀚知道錄影帶的內容還在繼續。

屋裡一片寂靜，王允看了李瀚和小陳很多次，希望他們能說點什麼，比如錄影帶的內容銜接不上、場景似乎不是真實的，但是誰也沒有說話。

從錄影機上顯示的影像來看，可以分辨清楚裡面一部分的山石和人物，但是卻沒有聲音，不知道它本來就是個默片還是因為這台錄影機的音響壞掉了。裡面的內容很少，感覺沒有任何鋪陳氣氛，更注重於表現裡面的細節和人物。

第一部分畫面是模糊的，黑白的畫面上就是那個人瘋狂地吃著什麼東西。

第二部分畫面是白天，能看到晴朗的天空，有十幾個人在搬運東西。鏡頭拍攝到一個女人，但鏡頭很快又掉轉，改成拍一個年輕人。這樣重複了好幾次後，畫面不斷切換，給人一種很急促的感覺。沒等李瀚看清那個女人的樣子，鏡頭又對著那個年輕人了。

他像是在講解著什麼，因為沒有聲音，李瀚也不知道他說了什麼。漸漸地，連嘴形都變得模糊起來。接下來，鏡頭自上而下拍攝，能看到一路上的森林、河流。接下來錄影機的螢幕裡就是一片雪花，等再次出現畫面時，已經是所有人在黑暗中圍著一個火堆了。

在李瀚的要求下，畫面退回到模糊的部分，也就是那個黑白畫面上，一個人瘋狂吃東西的地方，這是整卷錄影帶裡最奇怪的地方。且不說這模糊的樣子讓人有些心驚，單單就是這誇張的動作就讓人感覺心裡特別害怕。李瀚盯著螢幕看了許久，而後很無厘頭地問了一句：「他是怎麼了，是餓壞了還是瘋掉了？」

長期的探險生涯，遇到沒有食物的情況會很多，而經歷一、兩次之後精神異常的人也很多。畢竟是荒無人煙的地界，無論是人的身體還是心理都飽受折磨，一旦精神出了問題，那將會萬劫不復，而要是沒有了食物，情況也將會是一樣。

「我看像是瘋了，我們原來以為他是在吃東西，可是為什麼只有他一個人，其他人為什麼沒來吃東西呢？還有一點就是吃東西用不著這麼誇張的動作吧，簡直像演戲似的，還演的是乞丐。」小陳分析道。

「能不能把畫質調清楚點，這什麼都看不清，怎麼下結論？」王允嚴肅地說。

「可以試試，不過能不能調好就不知道了。」

「那先等我們看完了再說。」

「好。」

「我覺得他就是在吃東西，至於畫面是黑白的，我想是有人故意這麼做的，而且是在拍攝的時候故意弄成這樣的。」小陳道。

「這不是脫褲子放屁嗎？」王允拿出一包煙，分給小陳一根。「既然要弄成黑白的，還要弄花不讓人看見，何必要拍攝呢，直接不拍不就行了？」

「對，既然拍了又要弄花，為什麼還要拍？」李瀚用類似反問的語氣說。

「我看是不會有什麼結果了。不如拿給小陳，讓他去弄，他是專家級的。」

「等等，再看看第二部分的。」李瀚對王允說。

第二部分的畫面很快又在螢幕上顯現出來。晴朗的天空下，十幾個人在搬運東西，一個女人出現在畫面裡。她穿著緊身衣，看不出顏色，只能模糊地看到一些拉鍊以及她手裡拿著的一些儀器，表情幾乎看不清。然後是一個年輕人，看年紀應該不會超過二十歲。

這樣的年紀就能進國家地質探勘隊，確實很難得。畫面一跳又回到那個女人身上，這樣來來回回好幾次之後才穩定下來。

最後是一個中年人表情嚴肅地講話，而後整個錄影帶終止。

這一次小陳沒有看李瀚的態度，而是直接取走了錄影帶，拿回自己房裡去了，這得到了王允的默許。客廳裡只剩下王允跟李瀚兩個人坐著，默默地抽煙，長長地嘆息著。

許久，王允開口問：「你覺得這群人像人嗎，會不會真的有鬼？」

「什麼鬼？」

「這些人走路時候的動作都很謹慎，至少在我看來是這樣的，但是這種謹慎給人的感覺很不好，有點像是電視劇裡的鬼魂似的在飄，你覺得呢？」

「你覺得這世上有鬼存在？」李瀚反問。

「不知道，鬼神之說由來已久，誰又知道呢？」

「我可真沒想到這句話會從你嘴裡說出來。」李瀚看著王允，感覺自己的腦子有些不夠用了。這些話居然從一個刑警隊長的嘴裡說出來，確實稀奇。

「我就是隨口說說而已。」

「這些人肯定是真的人，我可不相信這世界上有鬼。還有就是這卷錄影帶應該是記錄了探險隊面臨險境，再到解除險境的過程，不過其中應該是以犧牲什麼作為代價，比如一個人的生命。」

「怎麼看出來的？」

「你可以數數。第一個畫面裡，人是以長條形的雪花出現的，一共是十一個。而第二部分的畫面裡，人物變得清晰起來，人卻少了一個，畫面裡一共是十個人。那麼，消失的那個人可能就是代價。再來就是第一部分畫面裡出現的人顯得很緊張，動作也很誇張；第二部分的人卻顯得極為平靜，平靜到讓人感覺不到他們的存在。這表明兩個畫面間他們所處的環境完全不一樣。」

「難道說死了一個人？」

「我只是猜測，因為錄影的人可能疏忽了一個人也是正常的。」

王允臉色一變，不由得想到了當年的「彭加木離奇失蹤」事件，同樣是在野外，同樣是離奇失蹤後再無線索，彷彿人間蒸發一般，這兩者之間又會不會有什麼關聯或者雷同呢？

王允盯著李瀚，說：「那我們先查查幾個死者的背景以及檔案？」

「好。如果他們都曾消失了幾年的話，那問題就簡單了。而且還有一點，張衛國是單身，吳離也是單身，周桐有女兒，而蔡玲卻死了，這就形成了兩組情況，有兒女的一組，沒有兒女的一組。」

王允似懂非懂地點了點頭，什麼一組一組的，他完全沒聽懂，他只知道自己現在該回去了，抓緊一分鐘是一分鐘，只要想到兇手還逍遙法外，就讓他寢食難安。不過等他回過神的時候才發現時間已經是半夜三點了，窗外早已黑成一片。從小陳家的窗戶望出去是一條窄巷子，巷口立著一個老式的冰櫃，上面趴著一個老人，看樣子已經睡著了，而一邊臥著的小狗則是警惕地看著四周。夜，已經很深了。

「我們今晚就在這裡將就一下？」王允環視屋子一圈之後，立刻改變了自己的主意。「算了，我們還是回去吧。」

「我還以為你要在這裡陪小陳呢。」

王允尷尬地笑笑，跟小陳打了一聲招呼，兩人就下樓，驅車前往C大。

第八章 意料之外

在C大保衛科混了這麼多年，科長楊志還是第一次遇到這麼邪門的事。

自從被代理校長的電話從被窩裡叫出來之後，楊志馬不停蹄地在體育館忙了大半個上午，接待員警、安撫學生，以及維護現場的秩序，等他終於好不容易抽出時間準備去學生餐廳吃點東西，保衛科的下屬又打電話來說，市刑警大隊的人來了。

一個年齡與他相差無幾的男子坐在桌旁，一臉倦容，聽著先前趕到現場的員警彙報。看到楊志走進來，男子抬起頭上下打量著他；一旁的保衛科人員急忙介紹道：「這是我們保衛科的楊科長，這位是市刑警大隊的大隊長王允。」

楊志點點頭，站在王允面前，後者並沒有要站起來的意思，只是點點頭，算是打過招呼了。楊志感覺有些尷尬，清了清嗓子，說：「發生這種事，我們校方感到十分痛心，這說明我們學校的保衛工作做得還不夠，先是周校長被害，現在又是學生被害，我們一定積極配合警方，爭取早日破案……」

王允已經有些不耐煩了，站起身來：「先去看看現場吧。」

十分鐘後，王允站在C大體育館的門口，打量著這座嶄新的體育館。

據李瀚說，修建這座體育館，一是為了緩解學校學生活動場地有限、器材有限的局面，二是為了迎接C大的校慶。但現在的情況是校慶當天校長墜樓身亡，如今在校學生在體育館內活動，也死了。

門口是一道長長的自動門，右邊是警衛室，同時也是保衛科室，室外的牆壁上是公告欄，上面寫著「某某系某人的東西遺失」。警衛室的門口站著兩個人，一個是年輕的女老師；一個是中年男人，穿著一身警衛服，看起來很強壯。

「這位是刑警大隊的王隊長，來看看情況。」

「嗯。」中年男人低沉的聲音有些不怒自威的感覺。「上次那個王隊長？」

「是我，怎麼了？」王允瞥了一眼中年男人，隨後將目光移向不遠處的籃球場。

「沒，沒事。上次校長死的時候，楊科長不在，還以為我們不認識呢。」中年男人說。

楊志愣了一下，怪模怪樣地看了看這個警衛，心想真是活該一輩子當警衛，不長腦子的東西。本來就已經尷尬到了極點，還被一個警衛拆臺，楊志的臉色更難看了。他正要說話，一旁的女老師忽然說：「王隊長，案發現場就在裡面。」一邊說著，一邊用手指了指籃球場。

「對對，先去現場看看吧。」楊志在一邊附和道。

王允點頭同意，可剛走過體育館的門，他又停了下來，對著一旁的女老師說：「你現在有時間嗎？」

不等女老師說話，楊志搶先一步說：「對了，這是昨晚值夜的老師，劉芳。」

劉芳被楊志這麼一說，顯得有些緊張，因為她發現王允的眼神突然變得犀利起來，一反剛才的和善，也不是上一次校長死的時候他眼睛裡有的那種躊躇，這次是一種質疑的目光。

「找個地方坐下來說吧。」王允自顧自地往前走著，身後幾個人緊跟上去。走了一圈之後發現除了看臺上可以坐之外，就只有值班室了，王允索性直接走到案發現場旁邊坐下來：「坐吧。」

幾個人陸陸續續坐了下來，眼睛有意無意地看向籃球場上的死屍，又覺得心驚，只能將目光移向面前的地上。

王允並不急著問問題，而是默默抽著煙。他來回打量著整個體育館，從門口的位置，一直到各個場館，以及看臺和高樓，整個景象一覽無遺，屍體正好在整個場館的正中央。

「這裡除了大門可以進出外，還有別的什麼地方嗎？」王允問。

楊志第一個反應過來，站起身指著對面的廁所說：「除了大門以外，那裡的窗戶也可以進入體育館。不過上次校長死後，我們已經將窗戶加固了鋼條，早上看的時候並沒有被破壞的痕跡。」

「除了這兩個地方就沒有別的地方了？」王允似笑非笑地看著楊志。

「應該沒有了。」

「應該？」

「沒有了！」楊志閉著眼睛，大聲回答道。只是他剛說完話就聽見一邊的中年警衛說：「不對，還有一個地方能進來。」

「還有地方？」

「對。」中年警衛指著體育館角落裡的綠化帶。「那草叢裡有個地方能進來，因為護欄破了，一直沒修理。」

「帶我去看看。」

一行人往體育館的角落走去，楊志的臉色難看到了極點。自己剛說完沒有，還帶著保證的語氣，不到五秒鐘就被人戳穿。他現在尷尬得說不出話來，自己這個保衛科的科長怕是做不久了。

體育館角落裡有一個洞隱藏在草叢後，足以容下一個人進出，而附近的腳印十分之多，看來這已經是個公開的祕密了。王允將頭伸出去看了一看，這個洞正對著C大周邊的餐館。難怪會有個洞，學生從這裡出去，比走正門要近很多，至少能省去十分鐘的路程。

「這是什麼時候的事？」王允看著那個中年警衛問道。

「好像是上個學期末的事，那個時候體育館剛剛修建好，還沒開始使用，很多學生來這裡，可能就是他們把圍欄給剪開的。」

「為什麼上次沒呈報給我？」

「上次？校長死的那次您沒問我這個問題啊……」

王允的臉色有些不好看：「好了，劉芳留下，你們可以回去了。」

楊志愣了一下，看了看劉芳，又看了看那個中年警衛，然後拉著中年警衛走了。楊志邊走還邊往回看，眼神很怪異。

「王隊長，我……」

「把你留下來沒別的意思，就是想再瞭解一下情況。」王允將就著在綠化帶上坐下來。「昨天妳是幾點關的體育館門？又是幾點巡視的體育館？什麼時候回的值班室？」

「我是晚上十點半關的門，順便在體育館走了一圈，發現沒有學生後才回值班室，大約是晚上十一點左右到值班室，之後再也沒有出來過。」

「那妳晚上聽到什麼動靜沒有？比如打鬥聲、爭吵聲，或者別的什麼聲音？」

「好像沒有。」劉芳一副若有所思的樣子，忽然一下子手一抬，像是想到了什麼，激動地說：「哦，對了，我想起來了，昨天晚上我躺下之後曾聽到窸窸窣窣的聲音，原本以為是下雨了就沒在意，因為以前下雨也是這聲音，結果今天早上起來一看，並沒有下雨。不知道是怎麼回事。」

「下雨？窸窸窣窣的聲音？」

「對，以前下雨就是這個聲音，所以我沒在意，不知道這跟案子有沒有關係。」

「嗯，妳繼續。」

「其他的倒是沒什麼了……」

王允嘆了口氣，讓劉芳自行回去了。他一個人坐在路邊，手托腮，自言自語地說：「下雨，窸窸窣窣的，難道是腳步聲？不對啊，誰的腳步聲能這麼大，而且還專門跑到值班室外面走動，這不是找死嗎？」

十分鐘後，王允來到案發現場，周圍的情況已經調查清楚，現在是該看看死者的時候了。那是一張年輕而稚嫩的臉，他生前一定是一個愛笑的男孩子。他原本是坐在籃框上的，之後被法醫移到了地上。死因初步判定為機械性死亡，他殺。屍檢報告和現場勘查報告下午應該就能出來。而現在王允要做的事是去三一三寢室，因為死的人不是別人，正是李瀚的室友老二。

老二，原名謝晉，男，二十一歲，C大國際金融系在學生。

一行人來到三一三寢室門前，由楊志敲門：「開門！」

「誰啊？」裡面傳來一個男聲。

「保衛科的。」

「哦，馬上就來。」

門很快開了，一個臉色潮紅的男生站在門口：「進來吧。」

幾個人魚貫而入。王允走到李瀚的床鋪旁，問：「這小子去哪了？」

「你是說老三……李瀚，是吧？」男生顯得有些緊張。「他回家去了。」

「哦，你打電話給他，就說我找他。」王允平淡地說。

「員警叔叔，老三他是犯什麼法了嗎？」

王允哭笑不得：「沒有，你快打電話，就說我急著找他，王允。」

「哦。」

男生撥通了李瀚的電話。

「喂，是老三嗎？」

「狗兒威，什麼事？」

「有個員警找你，說是有急事……」

沒等狗兒威說完，李瀚打斷他，說：「王允？」

「嗯，是他。」

「好，我馬上過來。」

等李瀚的期間，王允將老二的死告知了狗兒威。狗兒威聽完之後一直喊不信，但是看幾個人的臉色都很嚴肅，最後他只能沉默著不再鬧。

李瀚回來的時候，三一三寢室裡已經靜得落針可聞。王允一臉嚴肅地坐在李瀚的床上，而狗兒威回到了自己的床上，蒙著頭，不時地傳出一些啜泣聲。

「你們怎麼都來了？」李瀚笑著跟王允打招呼，他注意到王允身邊的楊志衣服上印著「C大保衛科」的字樣，心裡一緊。「你是楊科長？」

「嗯。」楊志點頭，並不多說。

「說吧，什麼事，是死者檔案調查清楚了？」李瀚坐到王允身邊，拿出一根煙點燃。

「你效率挺高的啊，我還以為你至少要查上半個月才能有結果呢。」

「謝晉死了，就在昨天晚上。」

「誰？誰死了？謝晉？謝晉是誰？」李瀚頓了一下，很快笑容就變得有些僵硬。他將煙從嘴裡拿出，猛地嗆了回去，劇烈地咳嗽了兩聲後，他一把抓住王允的肩膀：「你說誰死了？謝晉？老二？」

「對，就在籃球場，確認是你們寢室的謝晉……」楊志剛說了一半，李瀚已經跑出寢室。他不相信還會死人，即便是死人了，又怎麼可能是老二？難道又是因為自己嗎？

不，肯定不是老二！

李瀚瘋了似地衝出宿舍樓，撞到了好幾個同學。他在一片叫罵的聲音中穿過學生餐廳，穿過綠化帶，穿過女生宿舍樓，最終跑到體育館大門前。

老二，你不要死，不要死！

李瀚用盡最後一絲力氣跑到籃球場，老二的屍體就擺在籃框下面，他雙眼緊閉，一動不動。李瀚渾身發抖，他伸手去摸老二的臉，旁邊的員警圍過來，一看是李瀚又散開了，但他對這一切都渾然不覺，只是感覺腦子裡一片空白。他抱著老二的屍體，嘴裡不停地念叨著：「醒醒，我求求你醒醒，老二，老二，你給我把眼睛睜開！」

終於，李瀚失去了所有的力氣，他趴在老二的身上，隔了幾分鐘又突然起來，他用力在老二的胸口上按壓，見沒有效果，又掐老二的人中，直到感覺到老二身體徹骨的冰寒以及不斷出現的屍斑，他這才告訴自己，老二走了，這個跟自己關係最好的男生就這麼走了。

一隻手搭在李瀚的肩膀上，是周月。

「算了，李瀚，別這樣，他已經死了。」

李瀚甩開她的手，瘋了似地開始給老二做人工呼吸，周月的手再次搭在他的肩頭：「李瀚，你別這樣，這個人已經死了。」

醒醒！李瀚依舊在繼續著。

他的身子稍微偏開了一點，周月這才看到老二的臉，那一瞬間，她感覺腦子裡天旋地轉。幾秒後，她低聲說：「怎麼會是他？」

李瀚的眼睛裡佈滿血絲，看屍體的腐敗程度以及屍斑出現的情況，死亡時間應該是六個小時左右。六個小時前李瀚在做什麼？對，他正坐在王允的車上準備回C大，但就在那個時候，老二死了。

一些帶著腥味的紅色液體在李瀚體內翻湧著，胸膛似乎在下一刻就要爆炸開來，一聲長嘯響徹整個體育館：「為什麼！為什麼！為什麼是他，而不是我。你來殺我啊！來殺我啊！你這個懦夫、瘋子、劊子手！」

一旁的員警和周月一動不動地看著李瀚，許久之後才看到他面目猙獰地倒在老二旁邊，看樣子他是真的沒力了。他那雙呆滯而無神的眼睛讓周月一生難忘，那該是有多麼大的恨意和絕望，才會將一個人逼成這樣呢？

「先回去吧。」王允趕過來，擺手示意周月先回去。

周月憐惜地看著李瀚，最終她離開了體育館。而李瀚則是緊緊地抓著王允的衣服不放：「她在哪？」

「不知道。」

「她在哪？」第二聲，李瀚是哭著喊出來的。

「我說了不知道！」

李瀚掙扎著從地上站起來，他瘋狂地往體育館門口的方向跑去，但還沒跑兩步，王允就一把將他拉住，反手擒拿將他按在了地上：「你幹什麼？」

「我要抓住她，我要抓住她！」

「這些事我們員警會做！」王允手上的力度加重了不少，無論李瀚如何掙扎，始終都被王允壓在身下不能動彈。

「王八蛋！」

「你罵誰啊？」

「你管我罵誰！」

「你跟我發什麼瘋？」

「啊——」一聲大叫後，李瀚不再掙扎，任憑王允壓著他。他只感覺心中有一股悶氣，一陣乾嘔之後鼻涕眼淚橫流，接著便是撕心裂肺的痛苦。

「你好好聽我說，事情已經這樣了，我們得想辦法解決！」

「你這樣子鬧下去是沒用的。」

「你在聽我說話嗎？」

「李瀚？」

「你看起來挺成熟的，其實還是個孩子！」

「別怪我說話難聽，你自己好好想想。」

王允吩咐手下的人開始打掃籃球場，並將老二的屍體運走，留下李瀚一個人躺在地上，他依舊是一動不動的樣子。

從一起觸目驚心的殺人案演變為C市連環殺人案，再到自己身邊的人受到波及，李瀚已經不知道該怎麼來表達自己的心情了。如果可以，他寧願當初沒有參加張衛國的案子，或許那樣老二就不會死了。可是，沒有如果，只有正在進行時。

男生宿舍樓下，周月已經頂著炎炎烈日在這裡站了一個中午了。她有些事要問李瀚，或者說想聽一個解釋。老二的死在她看來沒那麼簡單，因為李瀚的那一聲呼喊實在有些怪異，現在回想起來則更加可疑了。李瀚將老二的死歸究到他自己身上。周月雖然不明白原因，但只要是個人都能聽出一些端倪來，那就是兇手的目標是李瀚，而老二只是被波及而已。

想到這些事，周月不免有些懷疑李瀚，倒不是懷疑他的真誠和人品，而是懷疑他隱瞞了什麼事，絕不是表面看起來那麼簡單。還記得上一次她餵李瀚吃飯的時候，她已經得知兇手在考驗李瀚，可是她沒有料到的是這種考驗會逐步升級，甚至連同李瀚身邊的人都會受到波及。

下午兩點，氣溫已經升至一天中的最高值，男生宿舍樓下不時有一些男學生側目看著站在門邊的周月，那一頭的香汗以及火辣的衣服看著讓人暑意全消，而周月則是面無表情地站著，給人一種冰山美人不可接近的感覺。任誰也猜不到此時的周月已經等得有些不耐煩。如果李瀚在下一個十分鐘裡還沒回來，她就直接坐計程車去刑警隊，她實在等不了了。

「十，九，八，七，六，五，四，三，二，一！」周月嘆了口氣，自言自語地說：「不等了！」

話音剛落，遠處一個垂頭喪氣的少年慢慢走了過來，看到宿舍樓下的周月，他全無反應，直接從周月身邊走過，上樓。他的所有動作都很緩慢，看起來卻那麼沉重。等周月看清李瀚臉上表情的時候，她有些退縮了。那是一種什麼樣的表情呢？絕望、堅定、憤怒，還是屈服？

周月沒有叫住李瀚，而是跟在他身後進了宿舍。樓管阿姨看著兩人一前一後上樓，索性也不理了，一個剛死了室友，一個剛死了父親，自己何必去觸這個霉頭呢？

三一三寢室對李瀚來說第一次進得這麼艱難，每一步都像是踩在了老二的身體上，他緊咬著牙看著地上的紋路，拳頭緊握，輕聲說了句對不起之後轉過身，看著周月：「妳回去吧。」

「嗯？」周月見前面的李瀚忽然停下來，自己差點撞了上去。

「我說妳回去吧，以後也別來找我了。」

「你就打算這麼消沉下去？老二的仇不報了？」

「那是員警的事，不關妳的事！」

「老二也是我同學，你怎麼能這麼說？」

「妳別跟著我就行了！以後也別來找我，聽不懂嗎？」

「可是，為什麼？」

「我不想見到妳，這個理由足夠嗎？」李瀚嘶吼著說。

「不夠！你當我是什麼人，想要我來就來，想要我走就走嗎？李瀚，你怎麼能這麼輕易就放棄呢？」周月忍著眼睛裡的淚水，為自己爭辯道。

「我不管妳是什麼人，反正以後我跟妳沒關係了！別再來煩我！」

「你到底怎麼了，是害怕我也受到傷害嗎？」周月急得眼淚掉了出來。「我不怕的，我真的不怕！」

「妳想太多了，我沒那麼好，妳現在可以滾了！」李瀚的拳頭緊握，指甲幾乎快要掐進掌心的皮膚裡了，一股疼痛感讓他有了一絲解脫的感覺。

「我知道你現在心情不好，我明天再來。」周月任憑眼淚一直流，也不擦，轉身往樓下走去。她的腳步越來越快，眼睛裡的眼淚也越來越多，她告訴自己一定是李瀚心情不好才會對自己發火。對，還有他想保護自己不受傷害。對，一定是這樣的。

周月的身影消失在樓梯的轉角處。李瀚鬆了口氣，緊握的拳頭鬆開，青白和通紅交替，掌心已經隱隱有了一些血絲。他是想保護周月，是的，是這樣。李瀚知道老二只是一個開始，他若是繼續插手那個女人的案子，厄運還會再次降臨到他的身邊，而周月是他最想保護的人。他不能看著她受到傷害，那麼只能對不起了。

三一三寢室，蛋蛋若無其事地在地板上踱步，陽光從窗外灑進來，空氣裡彌漫著溫暖的氣息。四個人都躺在床上，李瀚一動不動，眼睛望著天花板。即便陽光溫暖，他們四個人的內心也是一片陰涼。

老二，這個帶著些戲謔的詞，如果在昨天提起還是某些愛情動作片的代名詞，或者是瘦猴的代稱，可現在這個名字成了四個人心裡的傷。這個陽光而乾瘦的男孩子在昨晚被人輕易地結束了生命，沒有留下一句話、一個眼神，甚至是一點氣息。他就這樣走了，永遠地消失在三一三寢室。

狗兒威還記得老二第一天住進三一三寢室的時候，老二幫著大家摺被子、去茶水間裝水、去學生餐廳打飯，甚至幫他擠過臉上的痘痘，一臉笑容，沒心機的樣子。到後來狗兒威才知道老二的父親死得早，他很早便獨立了，學會了生活，遠比寢室的其他四個人要能幹得多。

蛋蛋跳到狗兒威的床上，在他枕邊臥了下來，牠將頭埋進自己的爪子下，而後不動了。

「你也不想面對嗎？」狗兒威將目光移向蛋蛋，輕聲問：「你終於知道他的好了嗎？」

傍晚五點，李瀚坐上了去J市的客運。他是去老二的家裡，把老二死亡的消息告知老二的母親。一路上他都在想自己應該怎麼開口去說，總是想逃避、退縮，可是在周月的事上他已經退縮了一次，他不能再給自己退縮的機會了。他必須站出來，面對所有的問題，面對那個瘋子一樣的兇手。

李瀚走進居然社區的時候已經是晚上七點，眼前是一個已經有些年代的鐵門，大樓是老樣式。他睜大了眼睛仔細尋找著六號樓的門牌，好在社區並不是很大，他很快就來到了六號樓的下面。三樓，對，老二的家在三樓三〇二室。

他慢慢地上樓，沿著走廊走到三〇二室的門口。面前是一扇已經有些生鏽的鐵門，門上倒貼著福字，寓意福到了。李瀚輕輕敲門，但沒有人應答，側面的窗戶也沒有燈光，難道她已經睡了？

李瀚又敲了幾下門，還是沒反應；他加重了力氣一敲，門竟然自己開了。

「有人嗎？」李瀚伸頭進去喊道。

沒人回答。

他輕輕推開門走進去，屋子裡黑漆漆的，一點亮光也沒有，隱約能看見電視機反射著街道上的燈光，以及一些電器上的指示燈亮著。右邊是廚房，左邊是客廳，再往裡面就是臥室了。李瀚小心翼翼地往前走，試圖找到開關打開燈，他並不怕老二的媽媽責怪自己，畢竟以前他們見過一次面。

漸漸地，李瀚隱隱地能聽到屋裡有呼吸聲，但仔細一聽似乎並不是一個人，他停下來仔細聽著，同時眼睛不斷地注視著周圍的牆壁，試圖盡快找到燈的開關。忽然，他想起自己口袋裡就放著打火機，他急忙將打火機拿出來，打了幾下，小火苗很快在他手裡亮了起來，周圍的一切也終於能看清了。

客廳裡擺著長條的沙發，電視機在自己斜向的位置，而電燈的開關竟然就在自己身後。

「阿姨？」李瀚輕聲喊道。

電燈開關被李瀚按下，屋子裡亮起來，沙發上赫然躺著一個人！

老二的媽媽筆直地躺在沙發上，她一隻手放在胸前，一隻手揚在沙發外側。從李瀚的角度看去，他並不能看到老二媽媽臉上的樣子，她是在客廳的沙發上睡著了嗎？

李瀚慢慢走過去，一邊走，一邊輕聲喊著「阿姨」。只是他剛走到沙發前，就忽然聽到「砰」的一聲，屋子的門被關上了，緊接著屋子裡的呼吸聲也變大起來，幾個人陸陸續續從廚房以及臥室裡衝了出來，嘴裡喊道：「抱頭蹲下，蹲下！」

「再不蹲下就開槍了！」

李瀚一驚，還沒來得及說話便被幾個人按在地板上。他的臉貼著地，打火機滾落到一旁的地上。他掙扎著想看清來人的樣子，剛抬頭迎來的卻是一個拳頭，打在他嘴角的位置，他的嘴裡立刻有了一絲血腥味。

「你們是誰！」

「看清楚這是什麼！」一個中年男人的聲音在李瀚腦後響起，緊接著一個警官證件擺在了他的眼前。

晚上八點，剛離開警局不久的王允被電話叫了回來。

「喂，哪位？」

「是王隊長嗎？」

「是我，你是哪位？」

「打擾了，我是J市警局東城分局的段剛，還記得嗎？」

段剛？哦，對，去年去J市抓捕一名詐騙犯的時候打過交道。

「是你啊，你好，你好。」

「這麼晚了，沒打擾到你吧？」

「沒事，你找我有什麼事？」

「你認識李瀚嗎？」

王允一下子變得嚴肅起來：「李瀚？認識啊，怎麼了？」

「他被我們抓起來了。」

「啊？為什麼？怎麼回事？」

「我們轄區裡死了個女的，他當時在現場。」

「你是說他殺的？」

「不不不，你別誤會，他只是在現場，目前沒有證據證明是他殺的。不過我們詢問他的時候，他說他在協助你辦理一起案子，我這才打電話給你確認一下。」

「嗯，我知道了，死者是姓馮，對嗎？」

「對，嗯？你怎麼知道的？」

「這個你先別管了。」王允一下子明白了，J市正是謝晉的戶籍所在地，而馮姓女子正是謝晉的媽媽。「這樣吧，你們先別審了，我跟你擔保這件事跟他沒關係，我馬上過來。」

「好，我在局裡等你。」段剛爽快地同意了。

王允趕到J市的時候已經是晚上十點，段剛在門口迎接他。來不及多說一句話，王允著急問道：「人呢？」

段剛把王允帶到審訊室裡，李瀚正坐在椅子上，昂著頭，他身上披著一件警察制服，嘴角以及臉上有一些青腫。

「你們打他了？」

段剛有些尷尬地說：「抓他的時候，看他不配合，手下的人打的。」

王允不急著責怪，先將李瀚從審訊椅上解下來，問一旁的段剛：「到底是怎麼回事？」

「是這樣，今天下午居然社區三〇一住戶回家的時候發現三〇二室門開著，叫了兩聲沒人應，進去看的時候發現自己的鄰居死了，於是報了警。我們趕過去的時候發現他當時就在樓下，鬼鬼祟祟的，於是跟著他上樓，這小子直接進了死者屋裡，我們就在外面蹲守，後來衝進去將他抓了個正著。」

「死的女人是叫馮楠，對吧？」

「是，你是怎麼知道的？」

「嗯，她是我最近在查的一個案子的死者家屬。」

「這樣啊。」

「他沒說為什麼會在現場？」王允問。

「一開始什麼都不說，後來叫我們放了他，他要去看現場。」

「後來呢？」

「後來他就把你的名字說出來了。」

「嗯，我現在能帶他走嗎？」

「現在？現在恐怕不行。」

「為什麼？這案子跟他沒關係，我拿人頭跟你擔保。」

「王隊長，不是我們不放人，而是這小子不肯走。」段剛有些尷尬。

「我跟他說。」

「好，那我先出去了。」

段剛拉上審訊室的門，讓李瀚跟王允獨處。

「還不走？」

「我要去看現場。」

「小子，這裡不是我的地盤，我做不了主的，能把你保出去就不錯了。」王允有些哭笑不得。他忽然覺得自己以前太放任著李瀚了，什麼事都不避諱，養成了李瀚現在的怪脾氣。

「我要去看現場。」

「你小子怎麼這麼固執己見啊，聽不懂我的話嗎？」

「我要去現場。」

「你小子變復讀機了？」王允有些生氣了。「我下午不是跟你說了嗎，叫你明天跟我一起來，結果倒好，你自己來了，還被人當成嫌疑犯。」

「我要……」

「好好好！我去跟他們說！」王允打斷了李瀚的話，起身朝審訊室外面走去。他實在是受不了李瀚這復讀機模式了，再聽兩遍他就要吐了。他其實也想去看現場，但這在警界來說是違規的，自己做了怕是上面知道了，到時候追責的話那就慘了。不僅事辦不成，自己還要受連累。

審訊室外，段剛跟另一個員警在旁邊抽煙，見王允一個人走過來了，便說：「怎麼樣，這小子願意走了嗎？」

「不願意。」王允從口袋裡拿出煙，給兩人一人遞一根過去，接著說：「老段啊，跟你商量一件事。」

「呦，王隊長，有事你吩咐就是了，我段剛能做的肯定幫你做了。」

「能帶他去看看現場嗎？」

「他？李瀚？」

「是。」

段剛面露難色，抽了口煙：「王隊長，這警局的規定你也是知道的，你這事我不好做啊。」

「你告訴我，行是不行。」王允果決地說。

「不……不行，王隊長，你別為難我……」

「不行是吧？好，那我回去了。老段，你行。」王允做出一副要走的樣子，眼睛一直盯著段剛。

「你別走啊，王隊長。」段剛拉住王允，低頭頓了一下，說：「非要看？」

「你這不是廢話嗎，你不給我看，我回去跟趙局長申請調解，我還就不信看不著。」

「王隊長，這點小事就不用驚動趙局長了吧？要看也行，不過得晚點。」

「這不就得了嗎，我跟你說，老段，這小子是C大鑑識心理學的高材生，一直幫著我破案呢，要不我能拉下老臉來求你？」

「別這樣說。王隊長，那晚上十一點我過來叫你，你先在局裡休息一下。小高，去給王隊長弄點吃的來。」

「好。」段剛身邊的員警說。

「這才像話嘛。」

晚上十一點，J市的夜生活已經開始，霓虹燈下三個人的身影拉得老長，煙霧一縷縷地往上飄。街邊的小販不停地吆喝著自己做的美食，而穿著暴露的女子也開始在街道上穿梭，眼睛不時地從過往的人群身上掃過，然後略微帶著些失望的神色離開，隱沒在一邊的酒吧裡。

王允盯著李瀚，他在想眼前的這個小子真的還只是個孩子，也許在學識上有些獨到的見解，可是心智還算不上成熟，遇到事情不夠冷靜，現在看來這小子又不太適合當員警了。下午老二死亡的事剛剛發生不久，王允原本以為李瀚會沉寂兩天，自己還特地跟他打了招呼說明天再去老二家裡通知死訊，但這小子竟然自己來了，還被誤會成兇手。

王允越想越覺得這件事有些蹊蹺，怎麼李瀚走到哪裡，哪裡就要死人？他真正的想法是老二剛剛死，老二的媽媽跟著也死了，這難道還是那個女人的傑作？目的還是為了考驗李瀚？可說是考驗似乎也不對。王允之前會認為兇手是在考驗李瀚，是因為人偶的出現，但現在人偶提供的線索已經斷了，凶案卻再次發生，難道自己一開始就錯了？

種種難以解答的問題讓王允一陣頭痛，錯綜複雜的案件讓人有些喘不過氣來，這個女人到底想幹什麼？王允開始有些懷疑自己了，會不會一開始就錯了，這些案件背後的人不是一個女人，而是好幾個兇手？因為他實在想不出一個女人殺這麼多人的原因。除了仇恨，他實在想不出任何原因了。

但「仇恨」這個詞讓人很是費解，一個女人怎麼可能跟這麼多人有仇？或者說只是一個厭世者的殺人遊戲？

居然社區已經在面前，三個人的表情都有些嚴肅。段剛想了許久，還是開口說：「要不你們進去吧，裡面有法醫還在現場勘查，我就不去了。」

「避嫌？」王允側目。

「對。」

「你不進去，我們怎麼可能進得了現場？」李瀚反問。

「你腦子倒是挺好的，你們直接進去就是了，報我的名。」

王允點頭，拉著李瀚往社區裡面走。

警戒線依舊拉著，兩名員警靠在警車旁，默默抽著煙。畫面看起來極為祥和，配上路邊的燈光，給人一種極為寧靜而悠閒的感覺。不知情的人還以為是兩個員警在值夜班，事實卻是樓上死了人，這是一種死寂，空氣近乎凝固的死寂。

「發什麼呆，上樓。」

李瀚看了幾眼走廊，再看看樓下的兩個員警，轉身上樓：「你不覺得奇怪嗎？」

「奇怪什麼？」

「一連死了兩個人。」李瀚面色凝重，剛一開口說話，嘴角又扯得發痛。「她如果是報復，完全可以殺我或者殺了老二之後將目標對準我周圍的人，為什麼是老二的媽媽，而不是別人？而且這次是一天內死了兩個人，還是母子。」

「你也發現了？我感覺她似乎並不是在考驗你，而是在執行她自己的計畫，或許也有考驗你的成分，但這不是重點。她一直在做她要做的事。」王允頓了頓。「看來我們還是太低估她了。」

「低估？我們被人耍得跟猴子一樣，你才發現嗎？是我們高估了自己。」

王允尷尬地笑笑，推開三〇二室的門。

馮楠，女，五十一歲，生前為某國企員工，是謝晉生母。案發時，死者所處狀態不明，死因為機械性死亡。在死者鼻腔及口腔中發現乙醚成分，推測兇手是將死者迷暈後拖到沙發上用繩子勒死。死亡時間約為六個小時，屍體屍斑呈現紅色，稍微有些膨脹跡象，胃內容物呈高度糜爛狀，顯示死者生前並未進食。

屍長大約一百七十公分，除脖頸處勒傷外，無其他創口。經走訪發現馮楠平時為人低調，極少與人發生爭執，人際關係簡單，在男女關係上也無任何牽扯。據鄰居稱，馮楠平時深居簡出，在公司也是如此，基本上可以排除仇殺。再連結到謝晉同時死亡，與之前案件連結，是同一兇手所為。

得到結論，王允第一時間告知了段剛，後者先是半信半疑，而後決定上報局裡併案處理。J市和C市的員警將要一起辦案，這在段剛看來算是一件喜事。之前他協助王允抓捕一名詐騙犯的時候，他就明白王允的能力很強，這次跟他一起合作，案件自然容易偵辦得多，可還沒等他想完這些，王允的話就讓段剛徹底絕望了。

這是一起錯綜複雜的連環殺人命案，兇手作案手法極為嫻熟，而且精通心理學，善於跟警方玩貓鼠遊戲，時而提供線索，時而獨斷獨行，甚至時而出現在命案現場。面對這樣一個對手，段剛感到有些沮喪，C市警方竟然對兇手一無所知，長什麼樣子、年齡多大、叫什麼名字，一概不知。

十月的C市天氣已經有些微涼，紛飛的銀杏葉給人一種別致的美感，落到地上鋪成厚厚的一層，踩上去發出「吱吱」的聲音，葉片就碎裂開來。樹上的枝椏裸露在外，準備迎接寒冬。街邊的小販將爐火捅旺，又到了賣板栗的時節，香氣傳遍幾條街巷，吸引著人們前來購買。

距離老二離開已經有一段時間了，三一三寢室裡氣氛仍舊有些怪。李瀚開始喜歡站在窗前望著體育館的方向發呆，而狗兒威還是喜歡逗蛋蛋玩，老四和老五變得不愛說話，一到寢室裡便直接洗澡睡覺。臥談會已經停了快一個月，少了個人，大家心裡總是空空的，偶爾忘了，老四會叫一聲：「老二，幫我去裝一壺水吧？」而後又想到現實，一陣悲涼，他就默默自己提著水壺往茶水間走去，路上腦子都在想，老二去哪了，是天堂還是被人拉進了地獄？抑或就在體育館的籃球場裡看著自己？

經過調查，最終嫌疑還是落到小陳身上。

王允由於涉及丟失指紋鑑定結果案件，由協力廠商的段剛進行調查，最後段剛還是覺得小陳的作案嫌疑最大。首先是時間上很吻合，指紋鑑定當晚小陳就在現場，而後離開警局的時間也很模糊，並無人證可以證明小陳在何時離開；其次是作案機會，鑑定結果是在小陳的辦公室內丟失的，他進行起來最為方便；最後是模糊的作案動機，小陳為什麼要這麼做？

這種監守自盜的行為小陳不可能做得這麼拙劣，這是王允想到的第一點，其次是這樣做有些前後矛盾。為什麼這麼說呢？因為積極提取並鑑定指紋的人就是小陳，現在小陳反而成了最大嫌疑人，恐怕沒人會這麼笨。

對此，段剛有不一樣的看法，他認為這是一種欲蓋彌彰的行為。就是要做得很明顯，讓別人覺得不會那麼簡單，利用人的這種心理，將自己的嫌疑撇開。

段剛的話不無道理，但王允依舊不願意相信，他反而開始懷疑鄭華。

鄭華，男，四十二歲，在C市警局已經工作了十個年頭，一直從事法醫以及技術方面的工作。鄭華平時不愛說話，但做事還算認真，屬於挺悶的一個人。沒人知道他的過去，也沒人跟他特別熟，有一種「鶴立雞群」的感覺。

可隨後的深入調查發現，鄭華在指紋鑑定結果被盜的當晚在一家酒吧酗酒，酒吧老闆以及他的一個女性朋友可以證明，嫌疑一下子又被排除了，這讓王允有些意外。

再往下查就是局長趙勇了，王允暗地裡阻止段剛。這件事不管是不是小陳做的，現在都得由小陳來背鍋，等案件查清楚了再還他清白。

段剛問了一句半真半假的話：「王隊長，是不是你做的？」

「你懷疑我？」王允板著臉。

段剛笑笑：「我開玩笑的。」

「所有的玩笑都有認真的成分，你要是想查我，你就查，現在權力在你手裡。」王允沒好氣地說。

「不用了，王隊長。」

王允點燃煙：「沒什麼事我就先走了？」

走出警局，王允嘆了口氣，段剛確實在查他，只不過沒有證據。一個連環殺人案，現在連辦案的人都在被審查，破案不知道要等到什麼時候了。

第九章 接近真相

梁教授找到了李瀚，說是找到了當年地質探勘隊的一些資料，並請他立即過去。

梁教授望著站在門口的李瀚，心裡很不好受。好好的一個孩子被捲入殺人案中，變得失魂落魄，上課沒精神，下課不見人，成天泡在警局裡，分析案件、整理兇手遺留的線索，還要面對朋友死去的痛苦。

「進來吧，呆站著幹什麼？」

梁教授領著李瀚進屋，坐到沙發上。

「師母呢？」

「她啊，在廚房呢，聽說你要來，買了一大堆菜，說是你好久沒來了，做點好吃的給你補補身體。」梁教授盯著李瀚的眼睛，接著說：「最近怎麼樣，案子有進展嗎？」

「沒什麼進展，警局內部在查指紋鑑定結果丟失的事，所有人的神經都繃緊了，但就是沒人繼續追蹤殺人案，除了王允和段剛。」李瀚端起面前的茶杯，喝了一大口，朝廚房的位置望了一眼，發現師母的確在廚房忙碌著，繼續說：「上次我請您幫忙查的東西查到了嗎？」

「這個不急，先說說你吧。」

「我？」李瀚臉色一變。「我怎麼了？」

「你最近沒照鏡子嗎？」梁教授抽出一根煙點燃，又遞了一根給李瀚。「你現在的樣子比之前老了至少十歲，我原本是想讓你去警局實習歷練一下，沒想到會是這樣。」

「該來的總會來，我已經習慣了。」

「想過明年畢業之後進警局嗎？」梁教授將煙灰缸拉到兩人中間的位置。「如果想的話，我可以幫你牽線，這方面我還是有些人脈的。」

「我不適合當員警。」

「為什麼這麼說？」

「我的性格原因，您知道的。」

「性格是會變的，你之前是個學生，是個孩子，而現在已經變了許多。」

「變了，對，人是會變的，我也不知道自己變成什麼樣了，是好是壞，是對是錯，誰知道呢？」

「年輕人不要這麼悲觀，你師父我經歷的事不比你少，這點事就難倒你了？」梁教授笑笑，將手裡的煙頭杵進煙灰缸裡，朝著廚房的位置喊：「飯好了沒？」

「快了，快了，別催，你們聊完了？」

「沒呢，這小子沒精打采的，聊什麼聊？」

李瀚下意識地坐直了身體，打起精神注視著梁教授。梁教授的這些話明顯是說給他聽的，自己這種狀態怕是誰看了都有些不耐煩：「對不起，師父，我……」

「有什麼不好意思的？我只是希望你不要失去精神支柱以及對生活的積極心態。」

「嗯，我知道了。」

「現在說說那卷錄影帶的事吧。我托人打聽了許久，終於知道了一些當年的事。大約是三十二年前吧，當時有一支地質探勘隊進入陰山進行礦產勘查，後來他們跟外界失去了聯繫，期間發生了什麼事無人知曉，只知道最後出來的一共是十個人。而且這十個人出來之後都消失得無影無蹤，無論是檔案局還是地質探勘隊都查不到他們的資料，應該是涉及了國家機密的層次，所有人都被抹掉過去，以全新的身份進入社會。

「你們在張衛國家裡找到的錄影帶，應該就是記錄當年的探勘過程，這東西要嘛應該在國家檔案館裡保存著，要嘛就應該被徹底銷毀才對，他手裡的那卷錄影帶應該是翻錄的，或者是當年他自己私藏下來的。能夠讓他這麼做的原因只有一個，那就是錄影帶裡記錄了一些祕密。」梁教授頓了頓，重新點上一根煙，接著說：「一個不為人知的祕密，涉及很多人，並且跟現在的殺人案件有關。

「你可以試想一下，這樣的一卷錄影帶放在他身邊這麼多年，而他自己也是因此喪命。我們現在統觀整個連環殺人案件，除了小一輩的兩個人——蔡玲和謝晉，其他人的年齡都在五十歲到六十歲之間，也就是說都是同一輩的人。這一輩人有的有後代，比如蔡玲和謝晉以及周月；有的沒有後代，比如張衛國和賈旭，甚至要聯繫上吳離這個人。

「我們可以大膽地假設以上所有的被害人都跟三十二年前的地質探勘隊有關，或者直接參與過，或者是當年那些人的後代。那麼，事情就變得簡單了。這一群人在三十二年後遭到『清洗』，我們姑且用這個詞來形容，那麼原因就很清楚了，利益衝突是不太可能的，畢竟時隔三十二年，再大的利益衝突也該告一段落了。再來就是感情方面，這也不太可能，剩下的就只有仇恨了。」

「只有這兩個字能長期伴隨這些人的左右。當年一定是發生了什麼重要的事。雖然他們在極力地掩飾，但傷疤總會有被揭開的一天。現在也許正是兇手覺得適合的時機，她是來討債的。」

梁教授一口氣說完這些話，看了看坐在對面一臉嚴肅而又帶點震驚神色的李瀚，他輕聲喊道：「李瀚？你有在聽嗎？」

「哦……嗯，我在聽，師父，您繼續。」李瀚震驚的原因是他想到了一件很簡單而又普通的事，關於老二的。

如果他沒記錯的話，老二之所以能夠來C大讀書，一大部分是因為周桐。按照老二的話來說，他高中時候的學習成績很差，能來C大是因為家裡跟周桐是親戚關係。而這種關係老二並沒有說清楚，到底是什麼親戚？姑表還是娘舅，抑或別的什麼？

當然這些都還只是一些猜測。

「如果兇手是三十二年前參與過地質探勘的人，年齡應該是在五十歲左右；如果是當年參與過地質探勘隊成員的後代，那麼兇手的年齡應該在十八歲至三十二歲之間。」梁教授說。

「那個，師父，底線是十八歲這個比較好理解，因為蔡玲就是十八歲，但上限為什麼是三十二歲呢？」李瀚皺著眉頭，他越發覺得梁教授的假設可能就是真的，因為只有這種解釋才能說得通。

「你呀，你呀，這一點都想不到嗎？」梁教授笑了笑，端起桌上的茶水喝了一口，將杯子放回了原位。「為什麼是三十二歲？這個很好理解，其實在我看來，兇手的年齡比這個還大都有可能。為什麼呢？你想想，地質探勘這個職業本身就帶有危險色彩，地理條件的艱苦、跋山涉水的危險，以及野外可能遇到的各種問題，人出意外的可能性很大，一般都是有了孩子或者不打算要孩子的人才會做這種工作。既然我們設定兇手就是他們那些人的後代，那麼他們去陰山的時候就已經有了這個孩子，所以年齡上限一定會是三十二歲，或者還要稍微大一點。」

「嗯……」李瀚若有所思。「五十歲上下的人，當然有的人也可能年齡大一些，三十二年前的話應該都是年輕人。對，錄影帶裡的人確實都比較年輕。」

「這些都是假設。」梁教授話鋒一轉，露出很是驚訝的表情。「你這話倒是提醒我了。既然錄影帶裡能看清一些人的模樣，那為什麼不和那些死者進行比對呢？看一看不就知道是不是了嗎？」

「對啊！」李瀚猛地從沙發上坐起來，激動得不能自已。「只要一比對就知道答案了！如果當年錄影帶裡的那些人就是現在的死者，那兇手就很容易找到！」

「對了。我之前也沒想到。還是你說錄影帶能看清楚一些人的模樣，我才想起來。」

「對對！我現在就去刑警大隊！」李瀚將手裡的煙熄滅，看了看廚房裡忙碌著的師母，有些尷尬地說：「那個，師父，我先走了啊，改天再來吃飯，到時候我煮給您和師母吃！」

話音剛落，李瀚已經急匆匆地出了門，師母的聲音從廚房裡傳了出來：「李瀚！這孩子怎麼跑了？是不是你又罵他了？」

梁教授老臉一紅，沒好氣地說：「我有那麼喜歡教訓人嗎？」

「你還好意思說，每次李瀚來你都沒好臉色，要是我，我肯定生你氣。」

「我又不是故意擺架子，是這小子做事不穩重，我說他兩句有錯嗎？」梁教授為自己爭辯道。

「看吧，自己承認了吧？你就是喜歡教訓人。」

梁教授自知跳入了自己挖的坑，他再次端起茶水準備喝，一仰頭才發現杯子裡沒水了，他尷尬地對老婆說道：「給我倒點水。」

「要倒自己倒。」

「李瀚剛走，我在這家裡的地位就直線下降啊？」

一陣笑聲從屋裡傳出……

法醫小陳家中，三個人坐在沙發上，一動不動。

李瀚面前的茶水冒著縷縷熱氣，他手裡的煙已經燃盡。三個人臉上的表情出奇地一致，眼睛則都死死地盯著面前的錄影機。

畫面一點點地動了起來，螢幕上黑白的雪花莫名地讓人有些緊張，錄影機裡不時發出一些「嗡嗡」的聲音，提醒人畫面即將展現。

王允的手心裡已經捏出了汗，照錄影機這個卡頓的速度下去，難保他不會直接砸了這東西。自從李瀚將梁教授的分析跟王允說了之後，王允整個人都變得有些奇怪，也許是為了早點抓住兇手破案，也許是為了別的什麼。

黑白的畫面卡在第一部分已經足足十分鐘了，仍舊沒有一絲要繼續播放的意思，一半的黑白，一半的雪花，不時的「嗡嗡」聲讓人的情緒開始煩躁。終於，王允將手裡的煙頭扔掉，而後一巴掌打在小陳的大腿上，後者整個身子一顫，一臉無辜地看著王允：「王隊長，你發什麼瘋啊？」

「你是不是把錄影帶弄壞了，都十幾分鐘了，還卡在這裡一動不動的！」王允怒道。

「冤枉啊，王隊長，我也不知道是怎麼回事啊。」

「你還不老實交代？」王允怒目圓睜，瞪著小陳，試圖從後者的眼睛裡看出一些心虛的痕跡來。

「我……我真沒破壞，我還指望著這東西還我清白呢，我哪敢亂來啊。」

「我們不在的時候，你是不是又偷偷放過錄影帶？」

「沒……沒有啊。」小陳看王允的臉色冷下來，急忙補充性地說道：「我發誓，你們不在的時候，我只放過一次……哦，不，兩次。」

「你想幹嘛？要是弄壞了，我剁了你的手！」

「王隊長，這是犯法的！我可是清白的，你別急，我們再等等？」

「你最好祈禱不會出問題，不然我……」王允抬手要打，小陳立刻躲到一邊，連連求饒；看王允的手沒落下來，小陳這才起身去調整錄影機。

這台老舊的錄影機雖然是從二手市場買回來的，但保存得還算完好。雖然偶爾會有一些異常的響動，但並不影響使用。現在的問題肯定是出在錄影帶上，這種錄影帶的保存年限一般為三十年，按道理來說它應該早就壞掉不能用了。而這卷錄影帶顯然是人為翻錄過的，這麼做可能讓它保存的時間至少多上十年，不過弊端在於每十年都需要重新翻錄，而且畫質會越來越差，直到最後什麼都看不見，成為一個黑白的默片。

王允心裡是清楚這一點的，也正是因此他才有些生氣。這種老舊錄影帶放一次壽命就會縮減很多，小陳獨自放了好幾次，弄壞的可能性自然很高。要知道這是抓住兇手最後的機會了，王允不想再擔任老鼠的角色，總是處於被動的狀態。要真是這樣的話，那他這個刑警隊長早晚要被革職。

「你們兩個安靜點，行不行？」李瀚偏過頭看著王允，然後從他的手裡將煙搶了過去，又將目光移向正在擺弄錄影機的小陳，說：「到底行不行？」

「別急，我還有辦法。」

「有辦法就趕緊說，難道要發呆等兇手來自首？」王允罵道。

「別急，別急，我的王隊長，我有一個辦法，可以試一試，不過後果嘛……」

「什麼後果，你直接說，拖拖拉拉的。」

「辦法是讓它清晰地放一次，後果是永遠消失。」小陳頓了一下，仔細想了想之後，很認真地說：「其實後果不止於此，這卷錄影帶是最重要的線索，但同時也是最重要的證據。我的意思是說我們以後抓住兇手，這東西是要當作證據的，但我的辦法會讓它在放映一次之後徹底失效，變成沒有畫面的黑白默片。」

「這麼邪門？」

「你他媽的這是什麼鬼辦法，殺敵一千，自損八百啊！」王允罵道。

「我也沒辦法了，要不要試試？」小陳說著說著，忽然笑開了。「對了！我想到了，我們可以拿手機將它翻拍下來，這樣就不會出問題了。」

「這倒是個辦法。」

王允一聽，頓時笑著說：「臭小子，這不是有辦法嗎？」

「我也是急中生智。」

「趕緊做事，別發呆了，再等下去天都亮了。」

一個小時後，錄影機再次運轉起來。比起之前，錄影機「嗡嗡」的聲音變得更大了，整個機身都有些微微的顫動。伴隨著聲音越來越響，螢幕上開始出現一些清晰的雪花，黑白的畫面上幾個人僵持地站立著，一些類似水波的東西不斷扯動著人物，最後將他們抽象化。看不清他們的長相，也看不清他們手裡的動作，更看不清周圍的情形。

小陳試著以一種很有節奏的頻率敲打著錄影機，雖然畫面品質比之前高了不少，但還是看不清，好在並沒有再出現卡頓的現象。

「你到底行不行？別直接給我毀了！」王允質疑道。

「噓！」李瀚做出一個噓聲的姿勢，再次將目光移到螢幕上。

「特情08絕密＊工程部隊」一行字快速地閃過，而後第一部分的內容跟著放映而過，跟之前的情況一樣，依舊是看不清的。

王允已經將幾個死者的照片拿在了手上，就等著螢幕上的人物出現，進行一一比對。山石、草木、白色的陽光，沒有一絲鋪陳的氣氛，畫面直接跳轉到一個女人的身上，小陳在第一時間按下了暫停鍵。王允將死者的照片一一比對之後，眉頭皺得更深了，張衛國、吳離、周桐、賈旭、蔡玲、老二以及他的媽媽，沒一個人能夠對上，難道梁教授的猜想是錯的？

「這，好像不對啊。」王允表情嚴肅，想了一會兒，很認真地說：「這幾個人裡面就一個女的，算上老二的媽媽也就兩個女的，但長相根本不一樣啊，一個是瓜子臉，一個是大餅臉。」

「會不會是容貌變了？畢竟三十二年都過去了。」

「你覺得這些人還會去整容？」王允瞥了小陳一眼。

「現在流行這個啊，你看我們局裡抓到的一些殺人犯或者毒販，整容的還是有幾個的。」小陳不屈不撓地說。

「不可能。」李瀚將手裡正在錄影的手機放下。「這些人沒理由去整容，老一輩的人可不像我們這一代，動不動就想整容，他們是不會這麼做的，而且缺少動機。為了變美是說不通的，逃避追捕也不太可能，他們根本沒有案底。」

「對。」

「那是梁教授弄錯了？」小陳帶著有些委屈的聲音說道。

「再看看後面幾個吧。」

畫面繼續播放，約莫五秒後，畫面中出現一個男人。那個男人一身軍裝大衣，手裡拿著一把軍用鐵鍬，正在對旁邊的人說著什麼。王允看到他第一個想到了賈旭。對，他的身高以及臉部輪廓跟賈旭很像，再仔細比對之後，王允確定這個人就是賈旭。而後的幾個人分別是吳離、周桐以及幾個不認識的人。

對於突如其來的結果，王允顯得有些不安，雖然現在證實了錄影帶裡的人就有死掉的這些人，但更加巨大的疑團開始在他的心裡產生。

兇手為什麼要殺死這些人？動機到底是什麼？畫面裡這麼多人，死掉的只有幾個人，是不是意味著兇手還會繼續殺人，直到裡面的人全部死掉？還有最為重要的一點，兇手會不會就是這些人裡面的一個？

「這，他媽的，還真是這樣啊。」小陳說。

「看來老師的猜想是對的。」

「對，可是問題也越來越多了。」王允的面色凝重，沉默了幾十秒後繼續說道：「國家地質探勘局根本不允許警方調查當年的探險活動。即便我們知道了是這些人，但我們根本查不到他們的案底。檔案肯定也被銷毀了，這是最大的難題。」

「沒有別的辦法？」

「趙局長出面都沒有辦法，還能有什麼辦法？」

三個人同時沉默了下來。

十一月末的夜晚，天氣已經很涼了。

這座並不是很繁華的城市已經漸漸顯出一些蕭瑟的景象，寒風似刀子一樣刮過人的臉頰，留下一些龜裂的紋路。遍地可見枯黃的落葉，踩上去會發出一些脆響，讓人莫名地有些舒坦。C大校園裡的路燈靜靜立在兩側，燈光從上而下照在路邊的臺階上。

一個小販靠在燈柱上，守著一個將要熄滅的爐子，腦袋有意無意地往自習室的方向看去。除了幾個閒逛的學生之外，再也看不到其他人影，相較於夏日的喧囂和燥熱，此刻的氣氛顯得更加寧靜和舒適。鈴聲響起的時候，小販直起身子，手忙腳亂地將爐火捅旺，熱呼呼的烤地瓜成了冬日裡最為暖心的食物。

三一三寢室的牆壁上掛著一個人的黑白照片，他微笑地看著寢室裡的幾個人，一動不動。他的表情似乎僵住了，只能微笑，不能再有別的動作。他只能待在相框裡，被掛在牆上，看著昔日的兄弟們一個個消沉地玩著遊戲

啤酒瓶子、瓜子殼、花生殼、煙頭遍佈在寢室的每個角落，偶爾從樓下傳來幾聲口哨，門口匆匆走過幾個穿著拖鞋、披著毛巾的同學，他們一點也不願意往三一三寢室裡面看一眼。宿管阿姨照例在晚上十點開始查寢，目的不是為了確保每一個學生都在寢室，而是檢查寢室裡的閒雜人等以及各層廁所的窗戶。

走到三一三寢室的時候，宿管阿姨停了下來，她看了看牆上的照片，再看看臭烘烘的寢室，不禁眉頭深皺，但很快又舒展開來。她嘆了口氣，徑自下了樓。這群孩子不知道是重感情還是什麼，照片一直掛著，就是不肯拿下來，鬧得整棟樓裡的學生都有些避諱，畢竟一張放大的黑白照片實在是讓人發毛。

C市的連環殺人案已經到了收尾階段，說是收尾其實就是掩人耳目。經過三個人分析錄影帶之後，得到的線索確實很重大，王允第一時間呈報給趙局長，請求對國家地質局進行調查，並要求調查這些人的檔案，但得到的答案還是「不行」兩個字。國家地質局拒絕了所有的調查請求，讓案件調查一度難以展開。

在反覆研究錄影帶以及比對人員的過程中，李瀚得出了自己的一些結論，比如死的這些人均是當年地質探勘隊的成員、這些成員的家屬以及後代。拍攝錄影的人應該是張衛國無疑，而蔡玲的爸爸、老二的爸爸也是其中一員，他們的死也與此有關。按照這個線索，蔡玲的媽媽李媛死亡的機率也相當大，因此王允在第一時間安排警力保護她並在暗中調查可疑人員。

一切都在按部就班地進行，周月以及周月的媽媽董青也被納入了保護名單。做完這些之後，王允開始研究剩下的那些陌生面孔。除了老二的爸爸謝東升、蔡玲的爸爸蔡陽以外。還有三個人身份未知、生死未知、去向未知。

對於這種局面，王允不得不放棄了對陌生面孔的追查，因為根本無從查起。三十二年過去了，誰也不知道這三個人去了哪裡，現在在做什麼，是死了還是活著。

鑑於李瀚提出的非一次作案設想，王允調出了警隊近二十年的檔案，目的是為了在嫌疑人和死者當中找出這三個人來，但找了一個月，也沒有任何發現。

這三個人要麼是離開了C市，要麼是隱居起來，要麼就是已經死掉了。

距離第一件案子——張衛國被殺案已經過去整整五個月了，臨近年關，王允手上的事也變得多而複雜起來。在對蔡玲的媽媽李媛、周月以及董青的保護中並未發現任何可疑人員，王允決定撤銷保護，改由專人繼續跟隨一個月。若是再沒有動靜，那就要撤掉所有保護措施，對案件進行冷處理。同時也意味著案件的偵辦方向將不會放在這些活著的人身上，錄影帶這個證據也會被隱藏。

由錄影帶得出的推論沒有任何瑕疵，但缺乏證據以及關鍵的檔案資料。而警方辦案的重心也漸漸轉移到另外一起詐騙案上。

李瀚悶在寢室裡已經兩個星期了，除了必要的上課時數以外，他幾乎都在一遍一遍地看著手機上的錄影，這是那次他在小陳家用手機拍下的錄影帶內容。每看一次，李瀚的感覺都不一樣，起初讓他在意的是第二部分的人物特徵、活動以及周圍環境，後來則是將所有的精力放到了第一部分的內容上。

從模糊的錄影裡可以看出這些人處於很窘迫的狀態，似乎是沒有食物的境地，按照這個邏輯來說，第一部分的內容其實是第二部分的可能性很大。為什麼這麼說呢？因為如果第一部分的內容是所有人都處在食物短缺的狀態，那麼第二部分中的人應該是沒精打采或者很虛弱才對，但第二部分裡每個人都精神很好，雖然顯得很嚴肅，但狀態確實很好。

這說明錄影帶裡的內容可能是顛倒的，第一部分應該在後，第二部分應該在前。這個設想在李瀚的腦子裡縈繞許久之後，他發現了一個最大的漏洞。第一部分內容中人物雖然模糊，但仔細數的話應該是十一個人，而第二部分卻是十個人，少了的這個人去哪裡了？

一開始李瀚以為是拍攝者把自己漏掉了，可對比第一、第二部分，畫面都在移動，這說明錄影設備是被人拿在手上而不是固定在一個地方，這表明第一、第二部分都有拍攝者。這麼一想，人數還是少了一個，那麼這個人去哪裡了？他三十二年前就消失了，三十二年後又沒有成為死者中的一個，他到底是誰？

正當李瀚焦頭爛額的時候，周月的電話將他拉回了現實。

「喂？」

「你……你好。」

「有什麼事嗎？」

「我知道你們在做什麼，我們家周圍還有兩個員警在蹲守著，是吧？」

「被妳看出來了。」

「這麼明顯的蹲守，誰會看不出來，兇手又不是傻子。」

「有總比沒有好，至少能讓她忌憚一點。」

「你總是這麼有理。」

李瀚沉默了。

「你來我家一趟吧，我媽媽找你有事。」

「去妳家？什麼事？」

「關於殺人案的，她好像知道一些你們不知道的事。」

「錄影帶？」

「不是，是一個很短的筆記，或者說只是一張紙，殘缺的紙。」

「嗯，我馬上來。」

「沒事就不能叫你過來？」

「不是……」

周月嘆了口氣：「就這樣吧，我們在家裡等你。」

李瀚收起手機，拿上一包煙，就匆匆往周月家裡趕去。上次的事還沒過去，他那樣吼周月，她竟然真的沒再來找自己。起初他是有些欣慰的，但緊接著就只剩愧疚和後悔了，她在不在自己身邊又如何，如果在的話是不是會更安全一點？至少自己可以隨時待在她身邊，護她周全。

十分鐘後，李瀚敲開了周月家的門。

周月和她的媽媽董青坐在屋子裡的沙發上，客廳裡還掛著周校長的遺像，下面是一些香蠟紙錢。再下面趴著一條狗，是李瀚的學姐成妍帶過來陪周月的。

「來了？」

「嗯。」

「東西在桌上，你自己看吧。」董青蜷縮在沙發上，她點上一根煙，又將桌上盛著液體的杯子拿起，大喝了一口之後，她張大嘴巴，然後又緊閉，人就倒在沙發上，眼睛盯著周校長的遺像。

「別喝了！」周月的語氣很不好，帶著斥責的意味。

「伯母怎麼了？」李瀚自顧自地坐下來，上下打量著眼前的這個女人。

「酗酒、抽煙，前段時間染上的臭毛病。」周月臉色有點冷。

李瀚感覺有些不自在，低聲說：「還是我改天再來？」

「改天來還不是一樣？」

李瀚悻悻然地摸了摸脖子，然後將桌上殘破的日記本拿起，不再理會對面坐著的董青。

日記本裡的紙張是上好的宣紙，不過現在已經變得殘破不堪，紙張的邊角地方薄如蟬翼，想來應該是被人拿在手裡看過很多遍，多次摩擦的緣故，感覺輕輕一碰就會碎裂掉一般。紙的中央位置有一些黑色和黃色相間的圓點，似乎是墨水和油印，整張紙看上去已經有些年頭了，保存到現在已經算是奇跡。

「這是在哪裡找到的？」

「爸爸的書櫃裡。」周月低著頭，眼睛注視著那杯白色的液體。「我昨天整理爸爸的書櫃時找到的。」她頓了頓，抬起頭，很認真地說：「我們準備搬家了。」

「搬家？這麼突然。」

「不突然，早就想搬了，只是一直拖著。」

「搬到哪裡去？」

「我帶媽媽去外婆家住一段時間，也許還會回來，也許就不回來了。」

「嗯……」李瀚有些不知所措，這個時候，他不知道該說些什麼好。如果讓她留下來，他該用祈求的語氣還是命令的語氣？抑或協商的語氣？

「我能幫你的就這些了。」周月的語氣不冷不熱，臉上也沒什麼表情，她就這麼坐在沙發上，將一隻手搭在她媽媽的手臂上。

「謝謝。」

李瀚覺得不應該這麼說，又改口道：「我是說謝謝你為我做的一切，在我最沮喪的時候陪著我。」

良久，周月輕聲說：「都過去了，忘了吧。沒什麼事的話，你帶著它離開吧，我想陪我媽媽安靜地待會兒。」

「好。」李瀚起身要走，一直蜷縮在沙發上的董青忽然坐直了身體，說：「等等。」

「嗯？」

兩人一同看著董青。

「你不想知道三十二年前發生了什麼事嗎？」

李瀚愣了足足兩分鐘才反應過來，他坐回原來的位置上，略有些急切地看著周月的媽媽，問：「您知道？」

「我知道一點。他們當年犯下的罪行，現在死了也是應該。」

「罪行？他們到底做了什麼？」

「看來你們已經知道了三十二年前的一些事了，既然知道了，還沒找到兇手嗎？哦，不，他不是兇手，他是來復仇的，他根本不是人。」

董青的話讓李瀚渾身都有些不自在，不是人還能是什麼，鬼嗎？

「您能詳細說說嗎，我們掌握的資料很少，只有一卷錄影帶。」

「陳年舊事了，還提它做什麼？」董青停頓了一下，將周月的手拉到近前，對李瀚說：「我擔心的只有她了。」

她起身拉著周月走到李瀚面前，不等他反應過來，董青又將他的手拉起，把周月的手放在他的手上，董青才說：「你願意保護她嗎？用你的生命去保護？」

「阿姨，我們……」

「願不願意？」

「我願意。」李瀚的心跳驟然加速，他感覺口乾舌燥，坐立不安。「阿姨……」

「有你這句話，我也就可以放心地走了。」

「走？去哪？」

「她說她會死。」依舊平淡的語氣，但周月的話讓李瀚再次愣住了。

一陣沉默。十分鐘後，李瀚鼓足了勇氣，用盡全身的力氣說：「阿姨，您不會有事的，我保證！」

「有這份心就行了，逃不掉的，你還小，『宿命』這個詞你還不懂。」

「他到底是誰？」

「你自己看筆記吧，裡面有一些東西是你需要的。」

李瀚努力讓自己的情緒平靜下來，他小心翼翼地拿起日記本，翻開，仔細地看著：

一九七九年夏，晴

今天是他一週年的忌日，這一年來，我總是夢見他，夢見他像當年一樣的笑容，夢見我們一起穿山越嶺，一起喝酒聊天，醒來總是一身冷汗。我思前想後，坐立不安，最後決定拿著準備好的禮品去看望他的女兒。他不在了，我總應該好好照顧他的家人，才好稍稍彌補當年的罪孽。

沒想到他的家早已經人去樓空。我問他家的鄰居，他的妻子和女兒去了哪裡？鄰居告訴我說他的妻子在聽到消息的兩週後就自殺了，留下一個五歲的女兒沒有人照顧，被送到了孤兒院。我嚇壞了，瘋了似地往孤兒院跑，最後從院長的口中得知，他的女兒在來到孤兒院後，每天都只默默看著別的小朋友玩，沒有說過一句話，後來大概過了三個月，她就被人領養走了。

是吳離。

我知道他這麼做的原因——他是在為我們活下來的人贖罪。

一九八〇年冬，雨

我收到吳離的來信，他的女兒離開了。

在這個寒冷的冬季，我實在想不到她究竟能去哪，要知道她還只是一個七歲的孩子啊。

吳離在信裡說她在無意間看到錄影帶裡的內容，我回信問他是什麼錄影帶，他說是當年我們地質探勘局裡的絕密檔，他偷偷拷貝了一份，自己平時會看看，寫寫筆記，為當年的事贖罪。沒想到出了意外，讓他的女兒看到了錄影帶的內容，我想她一定是知道了什麼。

吳離說那孩子帶走了他的筆記以及一些錢，只留下幾個字：「我會回來的。」

他不知道是什麼意思，問我，我也不知道，說會不會是她出去散散心，之後再回來？結果等了一個月，她還是沒有回來。我漸漸感到恐慌起來，總覺得下一刻他的女兒就回來找我報仇，為我當年犯下的罪孽。她一定會來的，該來的總會來的……總會來的。

可是我還不想這麼快就結束生命。雖然每天過得都愧疚難安，但我還是想活下去，我捨不得我的月兒，如果我走了，我的月兒要怎麼辦？希望他的女兒不要來找我。

一九八五年，夏

窗外大雨如注，轟隆隆的雷聲響個不停，今天收到了張衛國的信件。張衛國說讓我跟他一起去找到他的女兒，趁著她還小，斬草除根，以絕後患。

可是，我們已經讓他那樣悲慘地死去了，怎麼能再做這樣的罪惡之事呢？不能，我不能，我們都不能，錯的是我們，是我們……不能一錯再錯了。

我寫信給吳離，問他那孩子這十年間跟他聯繫過嗎？他沒有回覆我的信，我等了許久，等來了一個電話。

是賈旭。

一九九〇年，夏

他在電話裡罵了我一頓，說當初明明約定好了，從那之後不聯繫、不從政、不經商、不當官，說我不該出去找這樣的工作，更不該那麼明目張膽地競選校長，最不應該跟吳離聯繫，這會破壞當初的誓言。他問我是不是不記得自己當年說過什麼話了，對啊，我想起來了，我們是說過——所有活下來的人都不得生育後代，不得再出去工作，各自散開，隱居起來。可是我現在有了乖巧的月兒，當了C大的校長，是我太貪心了，是我太不知足了，是我錯了。

我沒有反駁他，問他的情況，他直接掛了電話。

我後來想，那孩子若是還活著，應該已經十七歲了吧？正是青春年華的時候，不知道生活怎麼樣？

我有點擔心了，又有點更加恐懼了，那孩子已經長大了。

二〇〇二年，夏

今天是他的忌日，我獨自一人去他的墓前掃墓，發現了一些鮮花以及紙錢，還有一個人偶娃娃。那孩子應該還活著，那孩子真的還活著，只有她會來這裡，我在想自己是不是該在那裡等等，或許她還會來，我想見一見她。

可是我又慌忙地逃開了。我不敢見她，我心裡怕，怕她出現，但心底又有些希望她能出現，我也不知道我在想些什麼，我覺得快被自己逼瘋了。

我知道我們都錯了，可是已經晚了，有些事做過了就再也抹不掉，有些錯誤一旦犯了就再也沒有回頭的機會了。

那孩子應該二十九歲了吧？竟然都過去二十四年了，不知道什麼時候才是盡頭。

二〇〇九年，夏

好久沒有寫日記了，這個日記本都快要破掉了。

吳離忽然聯繫上了我，要我辭去校長的職務，讓我離開C市。他說它回來了。

我很奇怪，他為什麼會用「它」，而不是「她」？

我們都是讀過書的人，這種錯誤顯然不該犯。他難道是在說他的魂魄？

我原本並不相信鬼神一說，或許是因為心裡有愧，才有這樣的念頭。

我又開始頻繁夢見他了，還是當年的樣子，這次我連他的女兒都開始夢見了，夢見她小時候孤獨無助的樣子，夢見我殺了她，又夢見她來找我報仇。心中不好的預感越來越強烈，有時候都分不清現實和夢境了。

二〇一〇年，春

最近總是睡不好，當年的事一幕幕浮現在眼前，我們到底做了什麼？為什麼當初會有那樣荒唐的想法？

我感覺自己的記憶似乎出了問題，也許我是真的老了。我準備辭去校長的職務，帶著月兒離開C市，去一個誰也不認識我們的地方。時間就定在校慶後吧，過完這個校慶也算是完成我的一個心願，從此之後就平平淡淡地度過餘生吧。這一生的罪孽不知道還不還得清，只希望我的月兒不要受到牽連。

不知道他的女兒現在怎麼樣了，應該是三十七歲的女人了吧？不知道結婚了沒有？如果結婚了，孩子也應該上學了吧？

筆記的內容到這裡就沒有了，但中間顯然還有很多，不過已經被人撕掉了。

這本看起來很殘破的日記其實並不破，只是時間久遠，宣紙變得有些薄，而中間是人為剪開又粘在一起的，那些內容怕是看不到了。

李瀚沉默了幾分鐘，面色有些凝重，問董青：「信裡面的她和它是誰？還有當年到底出了什麼事？」

董青似乎早就知道李瀚會問這樣的問題，等他剛說完，她就回答：「她是那個人的女兒，而它，一個被殺死的魔鬼，現在回來復仇了。」

「那個人是誰？」

「他的同事。」董青望著周桐的遺像，輕聲說：「他死的時候我就該明白的，是它回來了，可是我為什麼沒想到呢？」

「名字？」

「陳平。」

「他女兒呢？」

「陳開慧。」

「它呢？」

「它不是人，不對，它是人，一個已經死了的人。」

董青說完這些，端起桌上的白酒，仰脖子一口喝掉之後，抹了抹嘴巴：「你回去吧，我累了。」

李瀚皺著眉想了許久，站起身，指了指桌上的日記本：「我能帶走嗎？」

「隨便你。」

李瀚小心拿起日記本，放在口袋裡，從周月家走了出來。

並不寬闊的馬路上只有寥寥幾個行人，李瀚的內心久久不能平靜。他像是發現了一個天大的祕密，可是這個祕密又隔著一層面紗，明明答案呼之欲出，可總也抓不住關鍵。

陳開慧這個名字被王允在戶籍檔案裡搜索了上百次，全國一共有兩萬多人叫這個名字，而C市一共有六個，周圍城市一共有十三個，經過對比檔案資料以及戶籍資料，年齡在三十七歲，名字叫陳開慧的，只有一個人，而這個人目前還在C市。王允激動地帶著幾名警官，荷槍實彈地前往陳開慧的戶籍所在地準備抓捕，但到了之後卻大吃一驚。

這個陳開慧已經死了。她戶籍登記的地方最初是在C市，但在二十六年前已遷移到L市，不久因病死亡。戶籍資料沒有刪除，L市警局給出的理由是沒有人前來註銷戶口登記。這讓王允陷入了狂怒的狀態中，可無奈人已經死了，追查下去也不會有任何的結果。

回到C市之後，王允想到了改名換姓的可能，只有這個辦法才能讓別人找不到她。按照L市的說法陳開慧是在二十六年前被標記為死亡，而當年那個女人才十一歲，是誰幫她做了這些掩人耳目的事？

線索再一次中斷，陳開慧改名換姓的可能性極大，現在調查起來幾乎不可能得到什麼有用的資訊。好在知道了陳平這個人的存在，以及三十二年前他死亡的消息。但令王允感到更吃驚的事是，警局的戶籍檔案裡竟然查不到陳平這個人。雖然查到了一些同名的人，但這些人與三十二年前的事毫無關係，或者說他們的戶籍檔案都是完整的，沒有死亡記錄，也沒有加入過地質探勘隊的資料說明。

一個盲點出現在了王允面前。

C市外的小茶館。

兩杯熱騰騰的茶水擺在他們面前，寒冬裡喝上一口既能暖胃又能解渴。店裡的服務生送來一壺熱水，囑咐兩人自己加水，最近生意太忙，他們顧不了每一位顧客。

李瀚並不在意，提起水壺準備給王允加水。兩人已經坐了快一個小時，各有各的心思，若兩人要是再不說點什麼，就沒有繼續坐下去的必要了。

王允伸手將水壺擋下，說：「茶半酒滿，不懂嗎？」

「有得喝就不錯了！」李瀚放下水壺，坐下。

「嗯，說說正事吧，這次你帶來的消息很重要，不過這兩個人都消失了，至少目前的狀態是這樣。」

「正常。」李瀚理了理思路。「我想沒人會這麼傻，等著你去抓。」

「也對。」

「你想過吳離嗎？」

「他？他怎麼了？」

「他是第一個殺人的兇手，他殺人的目的何在？」李瀚反問。

「為了替陳平報仇啊。」

「你覺得他會幫陳平報仇嗎？要報仇的話為什麼不早點報仇，非要等到現在？他的動機是什麼？」

「你的意思他是受人唆使的？」

「有這個可能。」李瀚端起茶杯喝了一大口茶水，又將茶杯放回原位。「我們之前一直在問自己，吳離為什麼殺人？我們起初覺得他是精神有問題，後來又覺得他是在復仇，但最後呢？他不僅讓我們抓住了，而且直接認罪，甚至連周桐的案子也頂了下來，你不覺得奇怪嗎？」

「是那個女人？」

「我覺得是。而且不僅如此，他一定見過，甚至跟那個女人有過密切的接觸，也就是陳開慧，是她教唆吳離去殺人，目的當然是為了復仇，為了她的爸爸。吳離從作案到被捕，再到認罪被槍斃，這一系列的事都太順利了。我感覺吳離是自己想幫陳開慧頂罪，就像筆記裡說的那樣，為了贖罪。我們再回頭來看陳開慧，有人幫她殺人，幫她頂罪，我們才抓到吳離。這一切是她都安排好的。吳離是自願為她做這一切，直到死亡。」

「對，是這樣！他一個殺人兇手殺了人後早該逃走，卻這麼輕易被我們抓住了，實在很可疑。」

「還不止，你再想想周桐，他是自殺的，為什麼？也是為了贖罪，只不過他跟我們開了一個天大的玩笑。在生命的最後關頭，他沒有打電話報警，也沒有呼救，甚至沒有告訴家人，反而設計了一個心理問題的陷阱等著我們。他在餵鴿子，顯得很悠閒，最後學著鴿子飛的樣子結束了自己的生命。」

「嗯，你分析得沒錯。」王允面露喜色。「但是我有一個問題，這個女人是怎麼做到讓人心甘情願地幫她去殺人，幫她頂罪，甚至是自殺的？一個贖罪，理由有些不夠。再來就算是贖罪，到底是贖什麼罪？」

「這也是一直困擾我的問題。」

「贖罪的意思是指用錢物贖免罪行，或者用某種實際表現抵銷罪過。他們要贖的會是什麼罪？如果換作是我，絕不可能這麼輕易地放棄自己的生命，這個罪到底會是什麼呢……」

「在基督教的教義中，認為人類有『原罪』，故人生來皆負有罪孽。耶穌的死是為了世人贖罪，他們的死是為了給自己贖罪。顯然，這個罪過不小，我們能想到的無非是探勘隊在進行探勘作業時導致陳平的死亡之類，但顯然並不是這樣，或者說不僅僅是這樣。」

「連基督教義都出來了，除了這種生死的大仇，還能有什麼？」

「不知道，也許……」李瀚停住了，他沒有說出後半句，因為他覺得這種想法太瘋狂了。

「也許什麼？」

「沒什麼，還有別的事嗎？」

「有，周月提出要搬家。這加大了我們的疑慮，還有就是保護措施不好進行。再來就是蔡玲的媽媽根本不信我們說的，認為是我們警方辦事不力，故意找的藉口，拒絕接受保護，並跟執行保護任務的員警發生了一些言語衝突。」

「周月的事我來處理。蔡玲的媽媽李媛，你自己搞定，那女的看上去柔柔弱弱的，實際上就是個『潑婦』。」

「沒辦法呀，我最近頭痛得厲害，你說這些人腦子怎麼想的？」

「我要是能知道別人怎麼想的，還會坐在這裡跟你閒聊？」

李瀚說完，又喝了口茶，起身離開茶館。

聖誕節對時下大學生來說是最受重視的節日之一，儘管不是傳統節日，但這些孩子的積極性比過春節還要高。從十二月中旬開始，C大周圍的餐館、鮮花店、水果店就開始舉辦宣傳活動，校園裡隨處可見白鬍子老頭的形象，各種廣告和傳單紛飛。男生開始存錢買禮物，而女生則是開始憧憬會收到什麼禮物，抑或會不會有人跟自己告白。有些大膽的女孩子也在悄悄計畫著怎樣跟心儀的男生表明心意。

李瀚對這種氣氛很感冒，他單身這麼多年，根本沒有聖誕節的概念。而周月的離開讓他甚至有些厭煩這樣的氣氛，以至於狗兒威拉著李瀚要去買禮物的時候，他還搞不清楚狀況，買什麼禮物，買給誰？

狗兒威氣呼呼地說：「這次可是個機會，你要是再不理周月，小心她一腳踹走你。」

「踹走我？李瀚內心苦笑，她早已被我親手推開了。不過聽到「周月」這兩個字的時候，他還是心動了，她會不會去聚會呢？見到自己，她還會不會像以前一樣明媚地笑？

當狗兒威第三次試圖拉著李瀚上街的時候，李瀚「勉為其難」地答應了。他想幫周月買個禮物，買個聖誕節的禮物，哪怕不是戀人，就當是朋友間的相互關心也好。

狗兒威像個女人一樣在商場裡穿梭著，不時問李瀚這個怎麼樣，那個又如何，李瀚一律聳肩回答：「還行。」狗兒威開始覺得自己找錯人了，隨便找誰逛街都好，偏偏找個木頭。

路過一家鞋店的時候，李瀚停了下來，一雙黑色的鞋子引起了他的注意，流線的外形和材質讓他忍不住多看了兩眼。

店員熱情地招呼李瀚進店，並跟他介紹說這是最新款的夜跑鞋，很適合喜歡在夜間跑步的人。燈光一打上去，鞋子就會發出三種不同顏色，給人一種亮眼的感覺，可以提示過往的車輛，保護跑步者的安全。

白色的吊牌，價目表上寫著近千元的價格。店員將李瀚帶到櫃檯後的小倉庫，關掉燈，而後打開一個手電筒照在鞋子上，反射的光頓時讓人有些目眩的感覺：「這款鞋子是最新款的，非常適合送給女朋友當禮物呢。」

「是嗎？」李瀚喃喃地說了一句，他掏出錢包付了款，請店員將鞋子放進鞋盒裡。至於包裝袋的顏色，他選擇了黑色，這樣看不出裡面是什麼東西。

他提著東西出了店門，狗兒威也從人群中擠了出來，手裡拿著一個不大不小的袋子，說：「你也買了啊，速度真快啊！買什麼？我看看。」

「你買什麼？」李瀚將袋子往身後一藏，反問道。

「嘿嘿，這是祕密。」狗兒威一臉壞笑，他伸手又想奪過李瀚手裡的袋子，他確實有些好奇，李瀚這根木頭會買什麼東西呢？

顯然，狗兒威的意圖已經被李瀚看穿，他腳下一退，順勢躲過去，然後推了狗兒威一把，兩人相視一笑，離開了商城。

十二月二十四日，平安夜。

三一三寢室在校外的一家 KTV 預訂了包廂來舉辦聖誕派對，活動費用ＡＡ制，晚餐則是在 KTV 樓下的火鍋店裡，大家邊吃邊討論學校裡的一些趣事。

李瀚沒什麼想說的，他一個人靠在窗邊看著街上人來人往，心裡不禁想起老二來。如果那天晚上他沒跟王允去看錄影帶，而是跟著老二去體育館打球，或許老二就不會死。還有老二的媽媽馮楠，如果自己早點過去，也許她也不會死。

正當他冥思苦想的時候，玻璃窗外忽然有了一個人的輪廓。

「想什麼呢？」周月隔著玻璃問李瀚。不等他回答，周月已從玻璃外走開，從正門的位置走了進來。正埋頭吃飯的同學看到周月來了，頓時熱情反應，有的為周月挪位置，有的負責拿碗筷，有的直接上前迎接去了。狗兒威眉頭一皺，推了推身邊呆坐著的李瀚：「你還不去？」

「沒我的事了。」李瀚苦笑著說，他原本是打算趁著這個機會好好勸勸周月。雖然他們兩個人已經沒可能在一起了，但他答應過董青要護周月周全，那他就一定要做到。在老二的事情上他已經錯過了太多，他不能再眼睜睜地看著周月走向死亡，他也不捨得看到周月受到傷害，當初自己故意推開她不就是怕傷害到她嗎？只不過現在看來自己才是傷她最深的人。

「你就不能積極點？」

李瀚摸摸脖子，湊上前去。

周圍人看李瀚來了，趕緊讓開路，一時間大家都安靜下來，只好奇地看著他們倆。

「來了？」李瀚的聲音有些小心翼翼。

「嗯。」周月的臉上依舊是明媚的笑容，只是不經意間多了一絲傷感。

「那坐下聊吧？」李瀚的聲音比剛才更輕了。

「嗯。」周月低垂了眉眼，找尋空著的座位。

簡短的對話聽得周圍人一愣一愣的。狗兒威反應過來之後，趕緊將位置讓給周月，端著自己的碗筷坐到邊角的位置。

遠遠地，他只見周月和李瀚慢慢地聊著，不見熱情，也不見尷尬。

吃完飯，就是千篇一律的娛樂活動——KTV。

他們進KTV的時候已經是晚上十一點了。

狗兒威跟老四迅速將整個包廂的氣氛帶起來，不得不說狗兒威唱歌確實好聽，至於老四嘛，那聲音跟殺豬沒什麼區別。

包廂裡除了三一三寢室的四個人，還有狗兒威邀請的女生以及老四的女朋友。那五個人玩得倒是很嗨，唯獨周月跟李瀚兩個人坐在沙發上既不唱歌也不跳舞，偶爾喝兩口酒，表示人還沒走。

「你怎麼不去玩？」老五湊過來問李瀚。

「你又不是不知道我五音不全，你去玩吧，不用管我。」

老五看看李瀚身邊的周月，欲言又止。正在這時，唱得正嗨的狗兒威忽然停了下來，他手裡提著一個袋子，俐落地取出裡面的東西，然後他一手拿著麥克風，一手拿著禮物，單膝跪地。老四跟預謀好的一樣，立刻關掉所有的音響和包廂內的閃燈，站在門口的位置，看著狗兒威跟心儀的女生告白。

「萌萌，在這個特別的日子裡，我要送妳一份特殊的禮物。」

坐在他對面的衛萌，臉「唰」地一下紅了：「你……」

「萌萌！」狗兒威笑著打斷了衛萌的話，接著說：「萌萌，我愛妳！從第一眼見妳的時候我就喜歡妳了，只是我一直不敢跟妳說。今天是聖誕節，我想了很久，還是決定勇敢一次，以後我肯定會對妳好的，我會好好聽話，我哪裡做得不好，妳告訴我，我改。衛萌同學，我喜歡妳，喜歡妳三年了，請妳做我女朋友，好不好？」

衛萌激動地站起來，手捂著口鼻，竟然哭了起來。狗兒威順勢起身上前將她抱住，一把將禮物丟到老四手裡，來了個熱吻。老五看著看著竟也有點難受，大聲說：「這也太閃了，快把朕的狗糧端來。」

一眨眼工夫，兩人擁抱著坐下來，老四立刻上前點了首《相思風雨中》，狗兒威接過麥克風，笑看著衛萌，深情地唱了起來。老四回到自己女朋友身邊，互相交換禮物去了。

再一眨眼，周月的手裡多了一個小小的金屬盒子，她將手往前一遞：「送給你，聖誕快樂。」

「謝……謝謝！」李瀚接過來，打量著鐵盒子，上面印著「zippo」的字樣，是打火機。

「你不打開看看嗎？」周月有些期待地看著李瀚，李瀚小心翼翼地將盒子打開，是一個銀色的獅子頭，印著「500/1000」的字樣，限量版，市價不會低於一千元。

「喜歡嗎？」周月話鋒一轉。「以後少抽點煙，對身體不好。」

李瀚有些哭笑不得，送打火機之後又叫自己少抽點煙，這邏輯上怎麼也有點說不過去啊……

他猶豫了一下，從坐著的沙發旁拿出鞋盒：「送給你的。」

「嗯？這是什麼？」周月有些疑惑地接過鞋盒，忽然說：「你不會送我鞋子吧？」

「有問題嗎？」

「啊？你真的送我鞋子啊？」周月顯得很吃驚，她快速打開鞋盒，裡面躺著一雙「NIKE」鞋，在有些黑暗的環境中反射著一些光線，綠、藍、紫，看上去很漂亮。

「我……我很喜歡。」周月的臉色並不好看。

狗兒威跟衛萌湊過來，狗兒威看著周月手裡的鞋盒子，說：「我靠，老二，你居然送鞋子？你知道送鞋子是讓人走，表示分開的意思嗎？你這個豬腦袋！」

衛萌為李瀚辯白著說：「也不一定，其實送鞋子最開始是諧音『送邪』的意思，大家都避諱，但是我們也不是迷信的人。狗狗說的也是一種解釋，不過還有一種解釋，那就是『我想跟你走下去』的意思。」

周月尷尬地笑了笑，她將鞋子的鞋帶綁好之後，放到地上，脫掉鞋子試穿了一下，有些驚喜地說：「很合適呢。」

「李瀚還是很有心的。」衛萌在一邊說。

李瀚根本沒想到送鞋子還有三種意義，他只是單純地覺得這鞋子很好看，穿著跑步既安全又舒適罷了……

玩到淩晨四點的時候，大家都累了，老五挺不住直接躺在沙發上睡著了。桌上滿是凌亂的酒瓶和果皮。老四的精神最好，拉著沒睡的幾個人圍在桌前喝酒聊天，不時玩一些骰子遊戲。狗兒威提議講點鬼故事聽，馬上就有人同意，老四的女朋友更是直接說起自己看過的《山村老屍》。膽小的衛萌嚇得躲到狗兒威身後，只露出兩隻眼睛，膽戰心驚地聽著。

「你們這些都是假的，這世界上哪來的什麼鬼啊，要聽恐怖的還是得李瀚來講。」老四已經喝得有些醉了，靠在沙發上。「人家才是真材實料的。」

衛萌跟老四的女朋友來了精神。

「是啊，李瀚，你不是在幫員警查案嗎，說兩個出來聽聽？」

「我聽說前段時間有個瘋狂殺人的罪犯是被你逮住的，說一下吧。」

李瀚看著一張張好奇的臉，突然想起老二來。她們並不關心別人的死活，也不在意老二的命運，死亡成了一種刺激神經的話題，只有狗兒威臉色有些難看，心裡暗暗怪老四喝多了，口無遮攔。

李瀚板著臉，冷冷地說：「沒什麼好講的。」

兩個女生「切」了一聲，各自散開，繼續喝酒，周月輕聲說：「不用生氣，她們只是好奇而已。」

「我沒生氣，是想起一些人和事，心情不好罷了。」

「想起了老二還是我？」

李瀚沒想到周月會這麼問，顯得有些尷尬：「都有。」

「如果下一個就是我，我希望她一下子就殺死我，最好是在背後，在我沒有防備的時候，不要讓我看到她的樣子，那樣我會產生恨意，我不想帶著恨意死去。」

李瀚默默看著周月，許久之後，他一把拉過周月的手，輕聲而又堅定地說：「我會保護妳的。」

周月沒有說話，只是笑笑，拉著李瀚又繼續喝酒。

第十章
離奇失蹤

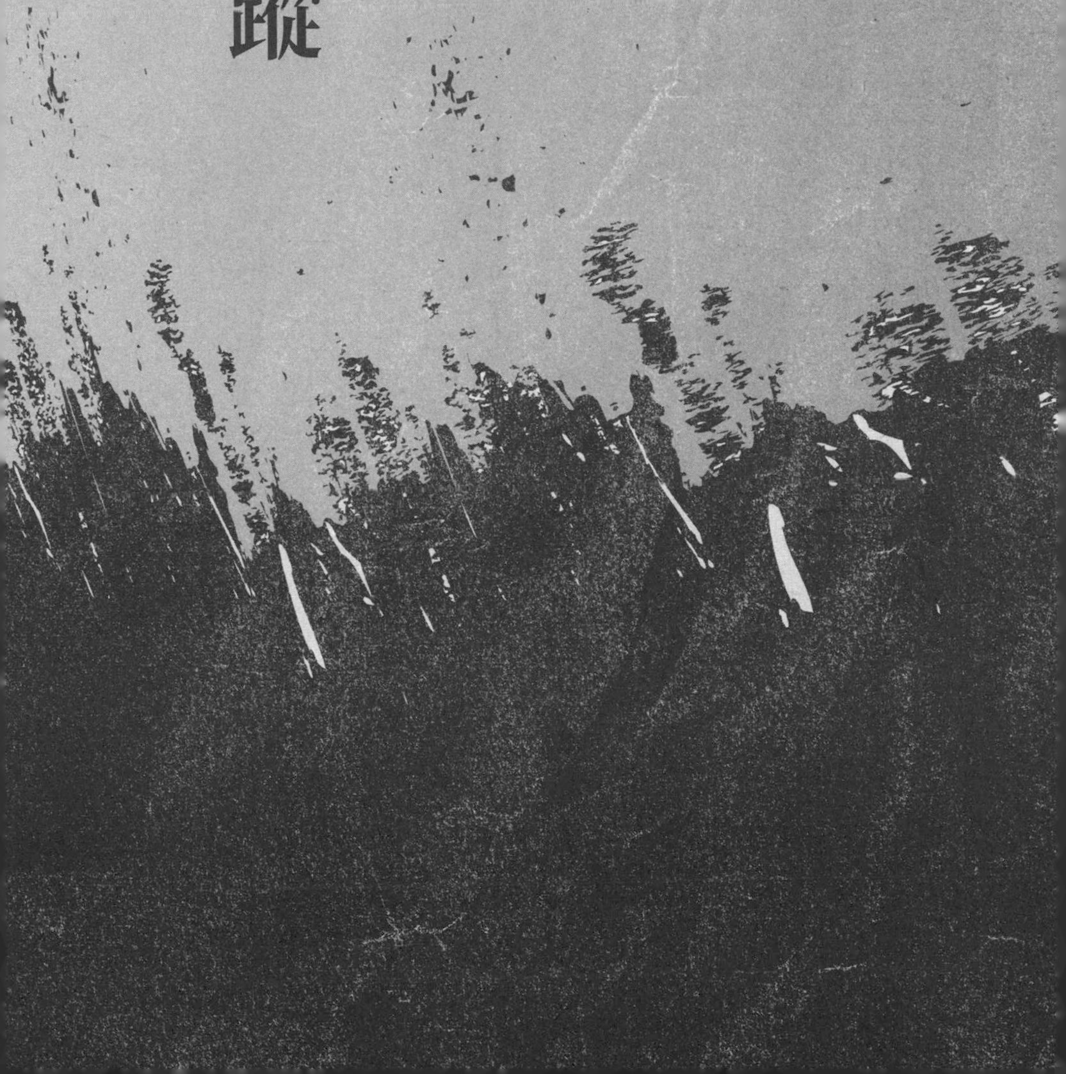

蔡玲的母親——李媛忽然失蹤，讓整個警局陷入混亂。

當晚正在執行保護任務的刑警在李媛家附近蹲守，之後來了一輛車，從上面下來一個男人，上樓將李媛帶出，而後驅車離開。刑警立刻開車跟上，但車子出了郊區之後就隱沒在小巷弄中，跟丟了。

王允調閱了警車的行車記錄器，依據車牌號碼找到車主，但對方只是一個專車司機，對於帶走李媛一事的解釋是收到訂單前往那裡接人，目的地是郊區的一處民房。

王允立即組織警力準備前往，但還沒出發就又有了新情況。據該專車司機表示，他將李媛送到目的地之後，又由另外一輛車將人帶走，對方也是一名專車司機。但在後來的調查中發現，第二輛專車屬於套牌車，車主查詢不到。雖然第一個專車司機還記得對方長相，可是模糊的記憶對警方來說並沒有任何實質意義。

當詢問到是以何種理由讓李媛跟著專車司機走的，司機的話讓人大吃一驚，對方只說了一句：「我是來接你的。」李媛就這麼跟人走了，顯然是事先跟別人約定好了。司機做的事只是接人，其他一概不知。

讓人煩心的事總是一件接著一件，繼李媛消失後，在C大教職員工宿舍樓蹲守的刑警傳來消息，董青也消失了。董青消失的時間是在晚上八點左右，她出門前往一家便利商店買麵包，特意跟樓下蹲守的刑警打了招呼，之後董青在便利商店內逗留了一小時都沒有出來。刑警進去查看，才發現人早已經不在了，懷疑是從便利商店的員工通道走掉了。

據刑警回憶，董青外出一般是從不打招呼的，他們也是自動跟隨，而那天晚上董青卻故意說了要出去做什麼，現在想想確實有些可疑。隨後警方前往該便利商店仔細調查並調閱監視器，發現當天是由一名便利商店的員工將董青送入員工通道，隨後目標消失。當詢問店內員工之後，王允得知當天上班的員工一共五人，分為早晚班，而送董青離開便利商店的店員竟然是便利商店的老闆——成妍，C大心理痕跡學副教授、梁教授門下弟子、李瀚的學姐。

據成妍表示，當天董青找到她，說身後有人跟蹤她，要求成妍幫助她，成妍這才將董青帶入員工通道並送離，之後的事她一概不知。當聽到董青曾對成妍說自己被人跟蹤，王允想到了自己派過去保護董青的員警，看來董青是故意要離開警方的視線，他一時也沒了主意。

成妍出警局的時候，李瀚恰巧也抵達警局，兩個人一見面，都感覺很驚訝。

「學姐，妳怎麼在這裡？」

「這個問題你就要去問問王隊長了。」成妍似笑非笑，想來是對於王允的詢問，心裡有些不悅。

王允有些難為情地笑笑：「是個誤會。」

「倒是你，小學弟，你怎麼來警局了？王隊長也要找你問話？」

「學姐說笑了，這個案子是師父叫我過來協助的，你知道的。」

「跟你開玩笑啦。好吧，我得先回去了，還有兩堂課沒上呢。」成妍說完話，徑自出了警局。

李瀚看著王允，臉色有點難看：「你找我學姐幹什麼，難道還認為她有嫌疑？」

「也不是，董青失蹤在她的店裡，例行詢問，誰知道她態度這麼不好。」

「換了誰能態度好？」

王允清了清嗓子，說：「好了，好了。」隨後他將這兩天的事跟李瀚說了一遍。王允帶著李瀚回到自己的辦公室，兩個重點保護的人突然失蹤，對於案件的偵破來說確實是個麻煩，這也意味著兩個人隨時都會有生命危險。

成妍是最後一個見過董青的人，但是店裡的監視器顯示成妍只是將董青帶入員工通道，自己並未離開。而員工通道通往便利商店後面的一條巷子，巷子裡並未安裝監視器，董青的去向一時間難以找到。

李瀚試著給周月打了電話，周月說董青並未回家，再聯想到母親之前的種種奇怪舉動，周月已經泣不成聲。李瀚沒有辦法，只能叫周月來警局，以便保護周月。她的母親已經消失了，若是她再有什麼閃失，那他就真就後悔莫及了。

周月坐計程車到了警局，在王允的安排下住在警局裡的一間辦公室。

王允知道周月跟李瀚的一些事，特地叫人買來一些生活用品給她，又囑咐一名女員警二十四小時保護她。但李瀚還是有些不放心，又買了些水果過去看她。這個時候她是最為脆弱的，需要人的關心和溫暖。

一間不大的辦公室，辦公桌已經被人搬走，檯燈立在牆角的位置，靠窗的地方擺了一張單人床。白色的床單，略帶些花色的被子，床前放著一個臉盆、一張椅子，椅子上放著一堆疊好的衣服。

周月望著窗外的警車，完全沒有注意到李瀚已經站到了自己的身後。

「妳……還好嗎？」

「嗯？」周月愣了一下，轉過身就看見李瀚站在門口。「你來了？」

「嗯，來看看妳，這裡晚上會有點冷，我待會回家帶床被子來。」

「好。」周月欲言又止，想了許久才問：「我媽媽呢？」

「正在找，別急。」

「我不急，我怕，我怕她跟爸爸一樣。」

「不會的，她不會有事的。」

「嗯。」周月應了一聲，坐回床上不出聲了。李瀚只好退出來，往王允的辦公室走去。

王允此時正盯著桌上的人偶，見李瀚進來了，抬頭說：「怎麼樣，安頓好了嗎？」

「就這樣住在警局裡，趙局長會不會有意見？」

「趙局長？他都好幾天沒來局裡了，不知道在忙什麼。這個你就不用擔心了，就算他回來了，我跟他說說情，他不會為難那孩子的。」

「嗯。」李瀚忽然感覺有些不好意思，頓了一下，繼續說：「那，謝謝你了。」

「你居然還跟我客氣起來了。」王允笑笑，起身接了一杯水。「坐啊，站著做什麼。」

「你有沒有一種不好的預感？」李瀚坐到王允對面問道。

「不好的預感？」王允頓了頓。「有啊，我感覺這兩個人都會死，只是時間問題。」

「那你還不開始在全市搜查？」李瀚急得站了起來。

「還需要你提醒我？今天早上，全市近五十個便衣員警已經開始到處搜查了，這是暗的。明裡還有幾十個員警開始檢查全市所有的酒店以及娛樂場所。只要有一點線索，我這邊馬上就趕過去，抓她個正著。」

聽王允一說，李瀚懸著的心終於放下了一些，但一想到可能還會死人，他的心又懸了起來。

「你要沒什麼事就先回去吧，我這邊有情況，第一時間告訴你。」

「好，那我先回去了。」

李瀚說完，起身離開；臨走的時候又看了周月一眼，周月還是盯著窗外，一言不發。

狹窄的空間讓人感覺有些呼吸困難，周圍一片漆黑，只能模模糊糊地看到一些物體的輪廓。不遠處立著一個洗手台，旁邊是一個浴缸，浴缸上方亮著一團微弱的光，它漸漸地變得明亮起來，而後又迅速地暗下去，接著再明亮起來。

浴缸裡是滿滿的一缸水，排水栓堵塞在浴缸的排水口，上方搖擺的燈發出的光忽明忽暗，仔細看才知道它是被人用細鐵絲綁在天花板上的。顯然，綁它的人並不用心，燈忽地一下從上方掉進浴缸裡，整個房間就是一暗，隨後又亮起來，燈漂浮在水面上，左右搖擺。

這是一個不大的礦燈，掉到水裡也沒有滅，它隨著水波飄到浴缸的一頭，照亮了浴缸裡的另一個物體——那是一張人臉。

「咕嘟咕嘟……」

「咳咳……咳……」

躺在浴缸底的女人突然睜開眼睛，水灌進她的口鼻，她被水嗆醒過來。她的身體掙扎著想要站起來，動了動才發現自己的腳趾連接到了浴缸底部的排水栓塞。女人毫不在意，再次用力掙扎起來，排水栓塞被拉開，水「咕嘟咕嘟」地流進浴缸底部的排水洞裡。一個閃爍著金屬光澤的物體隨著流水掉進洞裡，沒了影子。

女人扶著浴缸邊緣艱難地站起身來，她已渾身濕透，被凍得瑟瑟發抖。要知道現在已經是十二月的末尾，氣溫已經接近零度。她有些筋疲力盡，無暇顧及身上的冰涼，她只想早點離開這裡。她一隻腳剛踩到浴缸外面的地板，整個人頓時失去重心，跌倒著出了浴缸。

渾身的冰寒和刺骨的疼痛感讓她清醒了許多，她呻吟了幾聲後掙扎著爬起來，喘著氣在黑暗中摸索，試圖找到可以依靠的東西。終於，她摸到了牆面，心裡一喜，可隨之而來的是無邊的恐懼。

「我這是在哪？」

她看著黑暗的地方，用盡渾身的力氣大喊了一聲：「有人在嗎？」

前方一片黑暗，讓她心裡空蕩蕩的，到底發生了什麼？

「有人在嗎？」黑暗中她似乎聽見了些聲響，可沒有人回答她，她又朝前方的黑暗試探性地再次喊道：「喂？」

黑暗裡依舊沒有人回答她。

她失望地轉過身，摸索著牆面繼續一點點地挪動自己的身體，試圖在這黑暗的空間裡找到一個可以幫助自己的人。

「呼，我怎麼會在這？」女人停下來，揉了揉自己發紅的膝蓋，嘆氣地說。

「妳最好待著別動，這樣會好受一些。」一個男人的聲音突然從黑暗裡傳了出來。

女人嚇了一跳，猛然轉過身，朝著黑暗裡張望：「是誰？是誰在那裡？」

「不要再喊了，沒用的，我已經試過了。」男人的聲音十分平靜卻帶著深深的絕望。

女人在黑暗中伸出雙手，一邊摸索著，一邊緩緩向前移動著腳步：「把燈打開，好嗎？」

女人確定剛才和她說話的確實是人沒錯，既然有人，那麼活下去的希望又大了幾分。

「我也想。」

女人被現在的情況弄得有些摸不清，她不敢再向前走，只得無奈地退回牆邊，蹲下身子，有些苦惱地說：「怎麼回事，我們怎麼會在這裡，這又是哪裡？」

「我也還不知道！」這次聲音中夾帶著一絲怨憤。

女人好像突然聞到了什麼奇怪的味道，她用力吸吸鼻孔，確實有奇怪的味道。不過得知此刻身邊還有一個人，女人就像找到同伴一樣，立刻向他詢問：「那是什麼味道？」

黑暗的那端沒有聲音回答她。

沒過一會兒，黑暗的那端傳來了聲音。

「噓——等等，我好像摸到了什麼。」

「轟！吱——」

「轟！吱——」

……

黑暗裡，房間裡的燈突然接二連三地亮了起來。舊式的燈管，有的還有幾塊骨架支撐，但已經支離破碎，有的索性只剩下孤零零的管子搖搖欲墜地吊在上方，那一盞盞燈整齊地從女人的頭頂上方向遠處排列。

燈管發出強烈刺眼的光，女人一把捂住眼睛，這種眩暈的感覺讓她更加難受了。不一會兒，女人慢慢睜開眼，漸漸看清了周圍的一切。

這是一個廢棄的地下室，頭頂是縱橫交錯的水管，燈管吊在水管上。四周是貼滿瓷磚的斑駁牆壁，牆面上到處是汙跡，有的地方瓷磚已經掉落，露出黑漆漆的牆壁，看樣子這地方有些年月了。

女人的右前方不遠處放置著一個抽水馬桶，馬桶很久沒有被人使用過了，沒有蓋子，馬桶下面的管道也應該被堵塞了，馬桶裡積著墨綠色的污水，發出一陣陣噁心而刺鼻的氣味。

女人左邊的牆面上有一面較大的鏡子，鏡子周圍貼滿一些小小的已經有些泛黃的貼紙。女人此刻站在右邊牆壁旁，身後不遠處是一個浴缸。女人轉過頭，在明亮的燈光下，她看到自己剛剛躺著的浴缸已經被歲月打磨成了黑色。

她發現遠處有一扇極大的長滿黑鏽的鐵門，沒有把手，應該是從外面鎖住的。門的右邊，與女人成對角線的位置有一個男人，剛才與自己說話的應該就是他。

男人內裡穿著一件藍色的襯衫，外面是一件警服，他的胸口和手臂都已被水浸濕，頭髮凌亂，左臉上有處破皮的傷痕。他雙手抓著頭頂斷裂的細水管，與女人一起打量著這個是非之地，臉上寫滿了驚恐與不安。

兩人對視片刻後，視線都不禁停留在了屋子的中間。地上的東西讓女人驚訝地又向牆角挪了挪——她剛才並未注意到屋子正中的情況。她瞪大雙眼，向牆角位置又挪了挪，這才看清了地上的東西——那是一具屍體。

血泊中，一個女人臉朝向地面，趴在地板上，烏黑的血液已經浸透女人白色的衣裳。

她穿著棉襖，腿彎曲著成一個「O」形。她趴在地上一動不動，血液早已從屍體處流到女人腳邊的位置。此刻那血液已經變得黏稠，看來死者死去有一陣子了。

這個女人左手握著槍，食指放在扳機的位置，動作已經僵硬，右手掌下壓著一個答錄機。觸目驚心的是，她似乎就是用她左手中的槍打死自己的。牆角的女人看了眼趴在血泊中的那個女人：「啊！我的天呀！」

女人轉過身開始不停地作嘔。

對面的男人站起身，向前走了兩步，突然感覺腳被絆住了，他低頭一看，自己的腳踝被一根有手腕粗細的兩米長鐵鍊鎖住，並與牆角的污水管道連在一起。男人也被眼前這一幕驚呆了，他也害怕地後退幾步，卻沒有其他表現。

男子伏著身子，又向後看了一眼，正想著該如何脫身時，一邊的女人歇斯底里地大喊道：「救命啊！」刺耳的聲音在地下室裡迴蕩著，令人毛骨悚然。

「救命啊！救命啊……」

「不會有人聽見的。」對面的男人扶著斷裂的水管失望地說，眼睛試探地看著不遠處血腥的畫面。

「妳冷靜一點。」男人在遠處擺擺手，思考片刻後詢問說：「妳有受傷嗎？」

女人轉來轉去看了看自己的身體，除了衣服是濕漉漉的，其他沒什麼異常：「我不知道！沒有吧。」

男人蹲得有些累了，他一手扶住大腿，勉強站起身來：「妳叫什麼名字？」

女人心裡焦急萬分，不敢想像接下來會發生什麼更詭異的事情，她索性耍起性子，胡說道：「我叫莫名其妙，你呢？這是怎麼回事？」

男人低下頭，長嘆一聲，表現出的是更多的絕望：「我叫趙勇，是個員警，我也是在這裡醒來的。」

女人沒有再理會對面的男人，她一屁股坐在地上，用力地想把鎖在腳踝上的鐵絲掙脫下來，但鐵絲死纏在了她的腳踝上。她用力一扯，鐵絲頓時勒進了血肉，疼得她發出「啊——啊——」的叫聲。

趙勇把注意力轉到了前方的屍體身上，他企圖從死者身上弄清楚些緣由，但一無所獲。趙勇顯得很失落，他看著屍體問：「你認識她嗎？」

「不認識！」女人蹲在牆角，不敢再看屍體一眼，她沒有做任何思考就連忙回答。說完，她繼續輕輕地擺弄著腳踝上的鐵絲，試圖讓自己好受一些。

就在這時，從地下室的另一個邊角位置傳來一陣清脆的鐵鍊撞擊聲。伴隨著天花板上忽明忽暗的燈光，一個衣衫襤褸的女人慢慢地從角落走進兩人的視線裡。她光著腳，腳踝處裹著幾圈鐵鍊，拖到地上，使得她的步履顯得格外沉重。

她很鎮靜地看著眼前的一男一女，從屋子中央的女屍旁邊走過，而後坐到了浴缸的邊緣上。

趙勇沉默了許久之後，問：「你是怎麼來的？」

「我不知道。」女人安靜地坐在浴缸邊緣上，一邊打量著眼前的兩個人，一邊鼓弄著腳踝上的鎖鏈。

「妳記得妳最後做的一件事是什麼嗎？」趙勇問。

「我是在便利商店裡遇見了熟人，她叫我去後面的巷子裡等她，說是有什麼事要跟我說，後來我就不知道了。你呢？」女人對這一切都感到奇怪，她真希望這是自己的一場夢，一邊說手還不忘扒著鐵鍊。

「我不知道，我像是睡著了，也可能是被人迷暈的。」趙勇摸著身旁的污水管道。

趙勇嘆了口氣，接著說：「我下了班準備回家，後來有些累了，就在車子裡睡著了。對，應該是這樣的，其他的就都不記得了。」他沉住氣說了說自己能回憶起的線索，希望能找到解決面前的困境的方法，雖然他現在已經心亂如麻。

牆角的女人看著鐵絲依舊深深陷在自己的血肉裡，每動一下給自己帶來的只是多一分的痛楚，最終她放棄了掙扎，坐在地上，心灰意冷。她害怕地又瞄了一眼那具屍體，蜷縮成了一團：「有個女人打電話給我，說以前認識我女兒，要告訴我一些關於我女兒的事情，叫我悄悄去找她。我就聽她的安排，上了一輛她派來的車，半路又換了一輛，後來她叫我在一個沒什麼人的路邊下了車，要我等她，我就在路邊的石頭上坐著等她，沒幾分鐘就覺得眼睛睏得睜不開，再醒過來，我就到了這裡。」

趙勇重新坐下來，摸了摸腳踝上的鐵鍊：「看來，有人不希望我們離開這裡。」

浴缸旁邊的女人忽然想到了什麼，她突然站起來，扒開自己的外衣，轉過身去摸著自己的前胸後背，著急地問道：「你們身上有看到傷口嗎？他們都這樣，綁架下藥，將你泡進生理食鹽水裡，然後取走你的腎拿去賣掉。」

「沒人取走你的腎。」趙勇無力地搖著頭，看著浴缸旁邊的女人肯定地回答。

「你怎麼知道？」浴缸旁邊的女人還摸索著自己的身體，她真的害怕會遇到那樣的事。

「真的那樣的話，妳醒來之後會痛不欲生，甚至早就死了！」趙勇說道。

女人確認身體完好無損後又蹲下身研究著鐵鍊，接著問趙勇：「你是員警？」

「沒錯。」趙勇癱坐在地上。

「所以……妳到底說不說名字？」趙勇皺眉將視線移到牆角的那個女人身上。

牆角的女人轉過身，看著趙勇：「李媛。」

趙勇站起身，撐住污水管道：「李媛……我們必須做的是想清楚來龍去脈，下手的人大可殺了我們，但是沒有，那麼這個人一定是有其他目的。」趙勇望著頭頂的水管和電燈，思索著說：「是什麼目的呢？」

趙勇又四處瞭望，他向前走了一步，發現在自己左後方的牆壁上掛著一個時鐘，他手指向鐘：「它是全新的。」

李媛不知道趙勇在這個鐘上察覺出了什麼，她問：「所以呢？」

趙勇說：「顯然有人要我們知道時間。」說完他發現鐘的下方有一道鐵門，這道門看上去很小，像是清運垃圾的出口，他拖著鐵鍊挪動過去。「等等，我應該摸得到門。」

趙勇趴在地上，將身子平躺，而後極力伸出手，用力想把鐵門向裡拉開，可是鐵門卻絲毫沒有移動。

李媛在遠處看著趙勇，突然她感覺褲子口袋裡好像有什麼東西，她將手伸進口袋裡摸了摸，確實有東西。那是一個被透明塑膠信封包裹著的東西，裡面還附著一張紙條，上面寫著「李媛」兩個字。

趙勇轉過身，看著李媛打開信封，他站在遠處看不清那是什麼東西，問道：「那是什麼？」

李媛看著手中的東西，沒有回答，趙勇再次說道：「我在問妳話。」

李媛不解地回答：「是錄音帶。」

她看著錄音帶，錄音帶背面寫著「PLAY ME」。

趙勇急忙問道：「在哪裡找到的？」

「我的口袋裡。」

趙勇想了想，立刻摸了摸自己的口袋，他發現左邊的口袋裡似乎也有東西，他急忙摸出來，也是一個被透明塑膠信封包裹著的東西，同樣裡面也有一張紙條，上面寫著「趙勇」兩個字。

李媛對趙勇說：「這錄音帶上寫著『PLAY ME』。」

趙勇急忙撕開信封，倒出裡面的東西，也有一個錄音帶，上面同樣寫著『PLAY ME』。除此之外還有一發子彈、一把鑰匙。

趙勇見到鑰匙，立刻坐到地上試圖用鑰匙打開腳踝上的鎖鏈。對面的李媛見到有鑰匙，彷彿看到了希望，她對趙勇說：「快點！」

趙勇拿著鑰匙開了一會兒也沒有打開，李媛向他揮了揮手，說：「開門！」

趙勇失望了，他知道這把鑰匙不是開自己腳上的鐵鍊的。他看了看李媛急切的眼神，最後把鑰匙插進了身後鐵門上的鑰匙孔裡，但依舊打不開鎖。他又重新坐下來，顯得有些失望。

「打不開？」浴缸旁邊的女人出聲詢問。

趙勇把鑰匙隨手一扔，坐在地上無奈地咂著嘴。

李媛忽然又看見壓在那具女屍右手下的答錄機，她急忙拿起剛被她放在地上的錄音帶，看了看上面寫的『PLAY ME』，突然好像明白了什麼。

她拖著鐵絲爬向那具屍體，想拿到答錄機，可是她發現鐵絲並不只是綁在她的腳踝上，鐵絲還連接著趙勇身後的鐵門，她能夠到達的距離只能到屍體的前方，根本碰不到屍體。她從浴缸裡出來的時候並沒有發現鐵絲原來只是比趙勇腳下的鐵鍊長了一點點。

趙勇忽然說：「用衣服鉤過來。」

「什麼？」

「你的外套！」

李媛一聽，立刻脫下自己的外套。衣服脫掉的一瞬間，她感覺自己快要被凍死在這裡了。她抓住外套的一頭，將另外一頭扔向屍體手中的答錄機，但依舊碰不到。她拖回襯衫，再一次扔出去，還是碰不到，她又拖回來……

「快啊！」趙勇說。

李媛站起來：「行不通！」

趙勇將目光移向浴缸邊緣的女人身上，剛想說話，但浴缸旁邊的女人已經倒在了浴缸裡，只剩下兩條腿露在浴缸外面。他著急地喊了兩聲，但浴缸裡的女人沒有一絲反應。他轉而對李媛說：「找一下，一定有東西可用。」

李媛的眼睛朝四周看了一圈之後，無奈地攤開雙手：「什麼也沒有！」

趙勇沒有放棄：「一定有！」

李媛又朝四處看了看，她起身往浴缸旁邊走去，但腳踝上的鐵絲長度只能讓她在牆角和浴缸之間來回走動，她在身後的浴缸中發現了剛才用來堵排水口的排水栓塞，還有用細鐵絲與之相連的燈。李媛撿起排水栓塞，將它綁在一條袖子上，然後又趴在地上，準備像剛才那樣用這件加長的裝置鉤到答錄機。趙勇坐在對面，心裡靜靜地祈禱著，他對李媛說：「加油，妳可以的！」

李媛甩出衣服，袖子上綁的排水栓塞沒有鉤住答錄機，反而鉤在了女屍的衣服上。

「再試一次。」趙勇說。

李媛忍著強烈的噁心感，將排水栓塞強行拉回身邊，而後她再次甩出衣服，這次排水栓塞穿過了答錄機，趙勇臉上也微微露出一點笑容。

李媛小心翼翼地拖回衣服，終於拿到答錄機，她解下排水栓塞，將錄音帶放了進去，按下播放鍵。答錄機裡傳出一個女人的聲音，聲音有些清冷，帶著一絲陰鬱的感覺，語速也很緩慢。

「李媛，你該醒醒了。你可能在想這是哪裡，我來告訴你，這是你的葬身之地。過去你一直躲在暗處，現在是時候站在陽光下了。你是個奇怪的綜合體，易怒卻又冷漠，不過主要是心腸歹毒、見死不救，所以今天你要看著自己死去，沒人能阻止。」

「這什麼意思？我不懂。」李媛奇怪地看向趙勇。

趙勇說：「把答錄機扔過來。」

李媛看了眼趙勇，又看了眼答錄機：「不！你把錄音帶扔過來。」

趙勇瞪著李媛，表情嚴肅：「聽著，我們想逃走就得合作，快扔過來！」

李媛說：「摔壞了怎麼辦？你扔過來。」

趙勇覺得李媛說得有幾分道理，便準備把錄音帶扔給她，但不知為什麼他還是猶豫了片刻，最後不情願地將手中的錄音帶扔過去。

李媛撿起帶子，換下自己的錄音帶，按下播放鍵。

答錄機裡傳出和剛才一樣的聲音：「趙局長，我來叫醒你，你每天的工作就是抓捕犯人，將別人押進監獄裡等死，現在你成了死囚，你的目標是殺死李媛，時限在晚上八點之前。現場還有另一個人，她唯有自盡才能解脫，咳咳……」

李媛和趙勇靜靜地聽著女人的說話，像是在接受死神的宣判。

女人的聲音再次傳來：「解脫的途徑就藏在周遭。記住，『X』標示了藏寶處，要是你沒有及時殺死李媛，趙琳就會死，而你會在這裡腐爛。現在，讓遊戲開始吧……」

趙勇站起來，向李媛伸出手索要答錄機：「給我，快點！」

李媛聽到會有人死，有些害怕，她急忙把答錄機扔給趙勇，但扔出去的時候才想起自己就是李媛，而眼前趙勇的任務就是殺死自己！她嚇得渾身發抖，眼睛死死地盯著趙勇，身體不由自主地離開了浴缸，回到牆角，似乎這樣能讓她有一絲的安全感。

趙勇接住答錄機，將帶子往回倒了一段，再次按下播放鍵。

「……趙琳就會死，而你會在這裡腐爛……」

李媛大聲質問道：「你要殺我？」

答錄機裡還播放著女人的聲音：「讓遊戲開始吧……」

趙勇朝四處看了看，輕聲說：「她認識我們。」然後他莫名地「噓」了一聲，又將帶子倒回去，按下播放鍵。

「可能是惡作劇，對吧？」李媛疑惑地問趙勇。

趙勇又「噓」了一聲，說：「妳聽……」

「聽什麼？」

「有水聲。」

「水聲？」李媛感覺有些不解，這裡出奇地安靜，除了迴蕩著的錄影機裡的聲音，哪裡有什麼水聲？

等等！

水聲？

答錄機！

水聲來自答錄機！

「對，她在錄製錄音帶的時候身邊是有水聲的。那聲音不是來自水龍頭，可能是溪流，也可能是小型的河流，抑或下雨的聲音。」

可是李媛從發現線索的驚喜裡跳了出來，這個時候發現水聲有什麼用呢？當務之急是要解開纏繞在自己腳上的鐵絲以及如何逃出去。她努力讓自己平靜下來，蹲回牆角，下意識地看了趙勇一眼。她心裡有些擔心，如果趙勇真的要殺死自己，那她該怎麼辦？在注意到鐵絲的位置以及趙勇的位置之後，她鬆了口氣，因為趙勇跟她之間至少隔著五、六米的距離，他想要殺她似乎根本不可能，那粗重的鐵鍊讓她放下心來。

她正想著，倒在浴缸裡的女人在一聲驚呼中掙扎著從浴缸裡坐了起來。她滿頭大汗，身上的衣服已經被浴缸裡剩下的水浸濕。她瞪大眼睛，看著眼前的兩個人，問：「我怎麼睡著了？」

趙勇想說什麼又忍住了，改口問：「妳叫什麼名字？」

女人有些艱難地說：「我叫董青。」

話音剛落，趙勇忽然低下頭不說話了，再看角落裡的李媛也是一般無二。董青有些不解，當然她並不打算問。這個時候個人情緒沒那麼重要，重要的是出路。她知道自己腳上的鐵鍊足足有好幾十斤重，拉不上去，拽不下來，牢牢地固定在她的腳上，裡面還夾雜著一些血跡、膠水和鐵絲，中央的位置還用銅鎖鎖了起來，想要憑雙手掙脫幾乎是不可能的。

她知道這一天會來，只是不知道會這麼快。

現在是下午四點十五分，趙勇終於有了要說話的意思，他有些艱難地叫了董青一聲，而後將手裡的鑰匙丟了過去，咬著牙說：「去試試能不能打開門，如果不能，那就找找還有沒有別的門。既然有鑰匙，那就應該有能打開的門才對。」

董青再一次仔細地打量著眼前的趙勇，細密的鬍渣，臉上像是抹了一層油脂，反射著燈光，眼睛則是給人一種堅定的感覺，雖然他的腳已經被鐵鍊牢牢鎖住。

拿到鑰匙的一瞬間，董青感覺到了希望。若是她知道了鑰匙的來源，恐怕就不會產生這種荒誕的想法了——那是來自一個魔鬼的贈禮。

地下室再一次呈現在董青的面前，頭頂上的燈依舊是忽明忽暗，她腦子裡沒有恐懼，沒有任何想法，甚至沒有任何情緒。在這個空間裡待的時間越長，她越是覺得不安，但這種不安超過負荷的時候，反而變成一種病態的自我折磨的享受。

門就在眼前，董青顯得很鎮靜，她將鑰匙插進門孔之後輕輕扭動，但沒有絲毫反應。她試著加大力氣再次扭動，但結果還是一樣。她嘆了口氣，湊近一看才發現這道門上有兩個鑰匙孔，看來是需要兩把鑰匙才能打開，但她的手裡只有一把。

她收回鑰匙，轉身往回走了一步，不知是哪裡覺得不對，董青忽然又轉身對著門，狠狠地踢了一腳：「殺了我吧！殺了我！殺了我！」

董青雙手扒在門上，她慢慢滑到地上，眼淚順著臉頰流下來。

半個小時後，三個人聚在一起盯著眼前的錄音帶和鑰匙都不說話，鼻子裡都冒著白氣，氣溫已經低至零下。

趙勇搓著手，將目光移向身後的小鐵門，那確實是一個清運垃圾的通道，只不過已經被鎖死。

「看什麼呢？」李媛問。

「沒什麼，沒想到我們三個素不相識的人會死在這裡，也算是有個伴了。」趙勇頓了頓，繼續說：「妳身上一定有什麼線索，不找找嗎？」

李媛臉色一變，將衣服的領口拉緊了：「你想幹什麼？」

「妳別誤會，就是想讓妳檢查一下妳身上，看有沒有什麼鑰匙或者紙條的東西。她肯定留了東西，不然她叫我殺妳？既然是殺了妳，我才能出去，而且我女兒才能活命，妳想妳身上是不是該有什麼東西才對？」

「檢查個屁！我身上有沒有東西我自己還不知道嗎？你想幹什麼別以為我不知道，想殺我？別作夢了！」

李媛一邊說著，一邊往牆角的位置走去。她知道趙勇腳上的鐵鍊束縛著他，讓他根本碰不到牆角的自己。

此時趙勇有些鬱悶，但隨即又想到一個問題，錄音帶裡的女人要自己殺了李媛，卻又把自己束縛起來，這讓自己怎麼殺她？

想到這裡，趙勇開始翻找自己的衣服和貼身的東西，除了一個打火機，根本沒別的東西。鐵鍊是註定打不開了，那接下來他該怎麼辦呢？他肯定不能殺人，他也不想坐著等死，這真是兩難的境地。

接下來的一個小時裡，三個人各自守在自己的位置上，除了偶爾有人肚子咕嚕地叫兩聲之外，沒有一點聲響。距離晚上八點只剩一個半小時了，誰也不知道一個半小時後這裡會發生什麼。趙勇的心裡開始有些動搖，他不只一次地想過殺了李媛，但他下不了這個決心，來自內心的譴責不斷將他拉回現實；他是一個員警，不是聽人使喚的殺人工具。

趙琳才十六歲，正是一生中最為燦爛的年華，趙勇不想她在這個年紀遭受任何傷害，但腳上的鐵鍊不僅束縛著他的雙腳，還束縛著他的心。只要鐵鍊還在，他就不能有所動作，雖然他不只一次地想過放棄一切信仰和抵抗。

「叮。」牆上鐘的時針指到了「7」的位置上。伴隨著這一聲響動，三個人的內心同時一顫。只剩最後一個小時了，趙勇已經在腦海裡將趙琳的死相播放了無數次，他這個時候才意識到與虎謀皮的滋味。自己當初的想法真是太過單純，以為幫她一把，將指紋鑑定結果抹去，就能讓她知道進退，自己收手，但結果卻是變本加厲。

他明白她內心的決絕——除了死亡帶來的快感，什麼也打動不了她。

在董青的勸說以及遮擋下，李媛對自己的身體進行了全方位地檢查，但除了全身凍傷，她的身上沒有任何有用的東西，「鑰匙」這個詞對他們來說已經變得遙不可及。

這個廢棄的地下室將是他們的墓地。

幾卷錄音帶、一把鑰匙、一個排水栓塞，以及一些凌亂而又冰冷的鐵鍊，將伴隨著他們走向死亡。

但他們並不甘心就這樣死去。

誰會想要死呢？

活著總有活著的好。

接下來的半個小時裡，三個人都不怎麼說話了，隱約能聽到一些啜泣聲，聲音很低，低到讓人覺得絕望和傷悲。

趙勇回想著自己從警的這些年，以為是問心無愧，申揚正義，但終究逃不過自己內心深處的悔意和罪責。他當年怎麼沒有阻止他們，而是扮演了幫兇的角色？

答案變得不重要，對就是對，錯就是錯，因果輪迴，報應不爽，他懂了。

牆角忽然傳來一陣冷笑聲，李媛坐在地上，她低著頭，手猛地將腳踝上的鐵絲一扯，頓時一陣疼痛感讓她整個人蜷縮成了一團。她抱著腳倒在地上，用極為痛苦的聲音說：「演，接著演，我們還能演到什麼時候？」

「你們以為她會在旁邊看著我們嗎？你們難道還覺得我們有機會出去？」李媛慘笑著抬起頭，手依舊抱著腳踝的位置，目光慢慢變得怨毒起來。「三十二年前你們做的事，以為我不知道嗎？老蔡還在世的時候就叮囑我去找他的後代，但你們呢，你們做了什麼？」

「怎麼，不說話了嗎？」李媛問。

趙勇看著董青，董青看著趙勇，兩個人面無表情，各自扭過頭去，沉默著不說話。

「老蔡說當年你們是有約定的，你們這幫人不能從政、不能經商、不能再做傷天害理的事，甚至不能有後代。但你們呢？趙勇當上了警局局長，周桐當上了C大的校長。不僅如此，你們還都有了後代，你們這樣做，真的以為別人不知道嗎？當年你們犯下那樣不可饒恕的罪孽，好不容易撿了條命回來，不知道安安分分地贖罪，竟然還貪戀更多的東西，真是人心不足啊！如今好了吧？都得到報應了吧？一個都逃不掉！」

「那蔡玲不是你的女兒？」董青冷著臉反問道。

「蔡玲？那只是一個意外！當年我懷上她的時候就準備打掉，可是那個時候老蔡病重，生死就在一線之間，我難道要讓他絕後？」李媛的聲音這次有些心虛，音量也漸漸小了下來。

「妳不覺得妳說話自相矛盾嗎？」

「矛不矛盾我不知道，我只知道我們都要死了，她回來了！」李媛的話鋒一轉，對著鐵門旁邊的趙勇說：「你該不會真的相信她說的話吧？殺了我，然後拿到線索，再逃出去？」

趙勇低著頭，依舊不吭聲。

「都什麼時候了，妳就不能安靜點？」董青說。

「安靜？我都要死了，還安靜個什麼勁？還不讓我把話說完了？」李媛的手按在腳踝處，看著鮮血慢慢地從她的指間流出來，流到黑漆漆的地板上，與污垢混成暗紅色，直讓人覺得噁心，李媛慌忙別過頭。

「都別吵了，再想想辦法，我們還有半個小時的時間，總要試試的。」

「試試？老趙，你好歹當了這麼多年的員警，這點常識都沒有嗎？這個鬼地方根本不會有人來，我們旁邊什麼東西都沒有，不是餓死在這，就是冷死在這，不要說還有半個小時，就是再給我們三天也不可能了！」李媛氣急敗壞，繼續說：「當初我就說過，你們既然想出來做事，想延續香火，那就得幹掉她！現在好了，她長大了，我們成了魚肉！」

「夠了！」趙勇怒喝了一聲，瞪著牆角處的李媛：「你說的這些還是人說的話嗎？我們當年做錯了事，現在只是報應到了，死了是應該，否則老周會自己跳樓自殺？」

坐在浴缸旁邊的董青渾身一震，她轉過身，瞪大眼睛看著趙勇：「你……你知道他是自殺的？」

「我怎麼會不知道呢？看老周死的樣子，肯定是自願跳下去的，這還用分析嗎？」

「既然如此，你為什麼還讓王隊長一直在調查？」董青反問道。

「王允？他查案子可不是我授意的，而且我總不能說這件事不查了吧？」

「那你的意思是你本來就不想查清楚？」

「可以這麼說，不過我還是希望她能收手的。」趙勇說到這裡，忽然想起自己做的那一系列事，頓感羞愧難當。作為警局局長，他偷走了兇手的指紋鑑定結果，已經是知法犯法。他的用意倒不是保護那個女人，而是想讓她明白她該收手了，但結果是她將自己一併列入死亡名單裡。要知道趙勇當年只不過是作為一名員警，隨同探勘部隊進入陰山而已啊。

「癡人說夢！」李媛感覺自己的話已經說得夠多的了，也陪他們演了這麼久的戲，是時候該收場了。腳踝深陷的鐵絲以及不時流出的鮮血讓她已經難以站立，之後的時間裡，她怕是只能坐著了。李媛將錄音帶丟到那具女屍的旁邊，忽然想到一個問題：「她是誰？」

問題一出來，趙勇立即站起身來，指著面前的女屍，問：「對啊，她是誰？」

回想整個過程，三個人不是忙著求生就是爭吵，根本沒人在意地上的女屍，她會是誰呢？趙勇將當年相關人員想了一遍，似乎知道這件事的女性，除了眼前的這兩個……剩下的人應該都已經死了才對。這具女屍會是誰，為什麼會在這裡自殺？

「她會不會是賈旭的女人？」李媛的聲音顯得怯生生的，這讓董青有些意外，董青接話道：「可能吧。」

「也對，那老小子死前都還在酒吧裡風流，只有他才有這個可能，可惜結果只是又多害了一個人罷了。」

「你們現在才想知道我是誰嗎？」熟悉而陌生的聲音在地下室裡響起。

不遠處躺著的女人忽然動了……

第十一章

因果輪迴

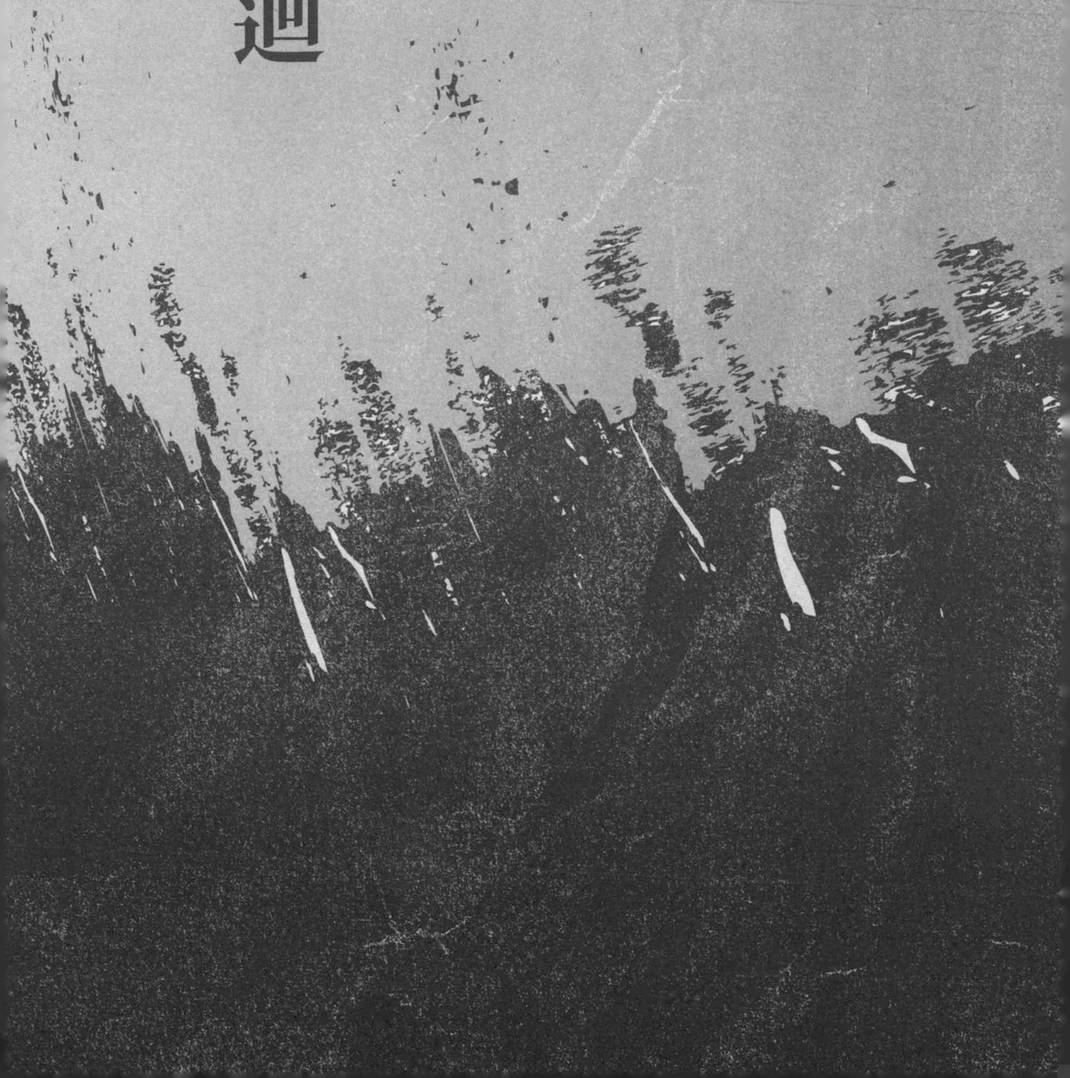

全市的調查工作還在繼續，兇手的名字確定是陳開慧，但這個已經在人間蒸發的人找起來談何容易？王允看了看桌上擺著的手機。

董青失蹤了，李媛也失蹤了，現在連趙局長也不見人影……王允越想越覺得想不通，到底是哪裡錯了？是哪條線索還沒有想到？董青與李媛的失蹤跟兇手有關，那麼趙局長的失蹤是不是也跟兇手有關？王允隱隱覺得，這三個人同時失蹤，也都跟這個兇手有關，趙局長也跟三十二年前的那件事有關？

如果趙局長也真的跟兇手有關係的話，那他在其中又扮演了什麼樣的角色？如果他們幾個都是被兇手綁架或者已經殺害了，那當初處決的吳離又算什麼？王允越想越覺得心驚，眉頭緊緊皺在了一起。

每一個問題都讓王允坐立難安。

但接下來的一個發現證實了王允的猜想。因為趙局長連車帶人失蹤，王允只好帶人搜查趙局長的辦公室和家裡，結果在趙局長辦公室發現了那份丟失的指紋鑑定結果。這讓王允難以置信，趙局長竟然就是盜走指紋鑑定結果的那個人？但他這麼做的目的又是什麼？包庇犯罪嗎？

不可能！

王允知道趙局長是什麼樣的個性。他與趙局長共事的十幾年裡，趙局長帶著他破獲了多起命案，趙局長更是敢於與兇手和毒販正面衝撞，這樣的一個人不可能做出這樣的事來，原因到底是什麼呢？

錄影帶的內容就那麼一小段，它到底講述了什麼？一個失去意義的人偶，到底是對李瀚的挑戰，還是一種戲弄警方的行為？

她，到底是誰，埧在又在哪裡？

C大三一三寢室。

李瀚躺在床上，望著牆上老二的遺像，往事歷歷在目。狗兒威將午餐放在他的床前，臨走的時候說下午有成妍老師的課，記得要去，臨近期末應該是畫重點什麼的。

李瀚點頭。

蛋蛋若無其事地在每個床鋪上跳來跳去，最後落到李瀚懷裡，這裡最暖和，牠蹭了蹭李瀚，像是在告訴他挪進去一點，好給牠騰出足夠的空間。

下午兩點，李瀚準時邁進教室，這堂課是選修課，由他的學姐成妍講授。

不大的教室裡坐得滿滿的，成妍並不著急翻開書本畫重點，而是將書本放在一旁，饒有興致地說：「我這裡有五個問題，關於為人處世的，當然也涉及一些心理學上的知識，大家有興趣聽聽嗎？」

學生們將手裡翻開的書本放下，認真地看著成妍，一個個表現得格外興奮，要知道成妍老師上課的風格從來不是這樣的。

「第一題：一個餓得奄奄一息的人，跌跌撞撞地跑到一個農夫家，農夫給了他一個饅頭、一碗水，饑餓者得救了。得救者走到農夫家裡，發現農夫一無所有，他感動得熱淚盈眶，長跪不起。此後，他心懷感恩，把愛帶給他所遇到的所有需要幫助的人。同樣地，一個餓得奄奄一息的人，跌跌撞撞地跑到一個農夫家，農夫給了他一個饅頭、一碗水，饑餓者得救了。得救者走到農夫家裡，發現農夫家裡擺著很多好吃的，感恩很快被憤怒替代，他舉刀殺了農夫。因為，他發現農夫還有那麼多食物沒有給他。

「接下來是需要你們思考的：第一，同樣的行為會得到完全相反的結果，是因為看到自己得到的，會感恩；看到自己沒有得到的，會仇恨。第二，救人命的是農夫奉獻的饅頭和水，與農夫自身擁有的並無關係。但現實中，人們更注重農夫在一無所有的情況下的慷慨，那意味著更高尚。而實際上，愛心存在於生活中的每個點滴，每個人都可以貢獻愛心，這樣每個人都是自己的救世主，也可以力所能及地幫助身邊的人。第三，感恩或者仇恨，往往都由一些細節決定，而非本質決定。從本質上看，兩種情況下，結果都應該是感恩的，但只有正常而理性的人才能在兩種情況下都保持同樣的感恩心態。」

「問題和思考同為題目，我的問題是：在感恩和仇恨之外，是否還可以有另外一種心態存在？」

學生們大多聽過這個故事，結論大多也知道，雖然每個人的見解不同，卻也不會相差太遠。但成妍的問題讓所有人意外，大家紛紛討論起來，教室裡熱鬧得像是菜市場。沒人給出正確的答案，後來還是成妍揭開了：另一種心態是饑餓者離開了農夫家，從此相忘於江湖，也可以說是此生再無交集。原因很簡單，饑餓者想忘掉自己當年落魄的境地，至於原因需要學生們自己去探討。

「第二題：一個餓得奄奄一息的人，跌跌撞撞地跑到一個農夫家，農夫給了他一個饅頭、一碗水，饑餓者得救了。但後來，人們發現這個被救者是個被通緝的貪官。於是，很多人仇恨農夫，認為他助紂為虐。同樣的一個餓得奄奄一息的人，跌跌撞撞地跑到一個農夫家，農夫給了他一個饅頭、一碗水，饑餓者得救了。但後來，人們發現這個被救者是個曾經多次助人的善人，於是，很多人稱讚農夫做了一件大功德的事。

「思考一：當救人於難，要視身份而救，每個人都會根據自己的標準決定應該去救什麼人、不救什麼人，於是，很多人多一事不如少一事，見什麼人都不救了。思考二：如果人們在兩種情況下，都能對農夫心懷敬意，愛心或許會茁壯成長。反之，則在勢利、戒心等的影響下，喪失愛心。」

「問題是：貪官和善人的區別以及輿論壓力的不確定性作用。」

學生們熱烈討論著，成妍拿著水杯在教室裡悠然地走來走去，不時給學生們一些提示，最後一個女生答對了這道題目：貪官和善人沒有本質區別，人生來平等，特別是在饑餓者的這個角色中，他們沒有區別，都應該被救。至於輿論的壓力是每個人內心不夠強大，容易受人影響，這樣的情況其實和貪官、善人一樣，皆在一念之間。

「很好，平時成績加十分。」成妍帶頭鼓掌，這下子學生們的積極性全被鼓動起來。六十分的及格線一下子變成了五十分，答對的女生激動得紅了臉，眼巴巴地望著成妍，繼續聽第三題。

「第三題：一個餓得奄奄一息的人，跌跌撞撞地跑到一個農夫家，而這個農夫指著另外一個農夫的家說：『看，那家就是曾施捨饅頭和水救人的人，你去求他吧。』饑餓者艱難地走到那個農夫家門口，農夫打開門，抱歉地說：『我沒有吃的了。』於是，全村的人都仇恨這位農夫，而沒有人指責那位從來不幫人的農夫。一個餓得奄奄一息的人，跌跌撞撞地跑到一個農夫家，這個農夫指著另外一個農夫的家說：『看，那家就是曾施捨饅頭和水救人的人，你去求他吧。』饑餓者艱難地走到那個農夫家門口，農夫開開門，說：『我只有半個饅頭了』。於是，全村的人都鄙視這位農夫，而沒有人指責那位從來不幫人的農夫。」

「思考一：對於有愛心者，人們的標準會不由自主地抬高。思考二：對於自私者，人們會把期望值降低到最小。思考三：『超道德』是驅逐愛心的強大力量，直到所有的人在面對饑餓者時都關上家門。」

「問題是：兩個農夫之間的愛心比較。」

答案是：不幫人的農夫不見得就有幫人的能力，而幫人的農夫也不見得有幫人的能力，他們之間沒有愛心存在。雖然幫人的農夫拿出了自己僅有的半塊饅頭，但這種行為並不是我們所提倡的，道德並不是半塊饅頭說了算，農夫給出半塊饅頭自己也會餓死，可他寧願給出去，這種在心理學上來說屬於一種病態。

有能力則幫，沒能力就不要勉強。

沒人答對。

「第四題：一個餓得奄奄一息的人，跌跌撞撞地跑到一個農夫家，農夫給了他一個饅頭、一碗水，饑餓者得救了。得救者走到農夫家裡，發現農夫一無所有，感動得熱淚盈眶，長跪不起。此後，他心懷感恩，報答農夫，同時對於農夫的任何行為，他都不問善惡，全力支持。久而久之，農夫認為自己一切都是對的，後來因犯大錯而破產。一個餓得奄奄一息的人，跌跌撞撞地跑到一個農夫家。農夫給了他一個饅頭、一碗水，饑餓者得救了。得救者走到農夫家裡，發現農夫一無所有，感動得熱淚盈眶，長跪不起。此後，他心懷感恩，報答農夫，但是，對於農夫的行為，支持其善，直言其錯。農夫辛勤耕耘，並不斷改進，漸漸興旺，廣施愛心。」

「思考一：感恩的方式不同，會導致不同的結果。思考二：任何時候都要保持正常的思維，直言、批評往往是更好的方式。思考三：其實，吃完饅頭、喝完水後，轉身離開，也是一種感恩。幫助人的人，只是懷著一顆平和、感恩的心在做，並不刻意希望得到讚美或者回報。」

「問題是：第二個農夫家裡一無所有，他是怎麼活到第二年的？」

答案被一個男生揭曉：農夫一定是有所隱瞞。

「第五題：一個餓得奄奄一息的人，跌跌撞撞地跑到一位農夫家，農夫給了他一個饅頭、一碗水，饑餓者得救了。村裡的人見到農夫就誇他，做了一件善事。後來，即使遇到自己力不能及的事情，農夫也主動伸手相助。一個餓得奄奄一息的人，跌跌撞撞地跑到一個農夫家，農夫給了他一個饅頭、一碗水，饑餓者得救了。有人懷疑農夫作秀，甚至懷疑這個饑餓者就是農夫自己找人扮演的。於是，農夫遇到求助者，就躲得遠遠的，深怕再遭詆毀。」

「思考一：讚美或者詆毀，往往會影響一些人的行為，一些心智不夠成熟者的行為。思考二：如果祈求某種行為得到一致的評價，只會讓自己走火入魔。思考三：遇到詆毀就逃避的人，永遠只能當懦夫。思考四：農夫應該迅速忘記那個饅頭和那碗水，並忘掉人們所說的話，平靜地做自己的事情，做一個快樂的農夫。」

「這個沒有問題，討論心理學上的讚美和詆毀是如何毀掉一個人的。」

沒有人答對，成妍也沒有說答案，這道題目當成了一個課外的討論。

李瀚將最後一題記在本子上，與此同時下課鈴也響了起來。成妍用了幾分鐘畫完重點，手一揮，笑著說：「下課！」

學生們一下子走得乾乾淨淨，等李瀚起身的時候才發現成妍依舊站在講臺上，一動不動地望著他。

「學姐，這題到底是考什麼？」

「嗯？」李瀚愣了一下，將目光移向成妍。「學姐，這題到底是考什麼？」

「考你的。」

成妍說完這三個字，轉身出了教室，留下李瀚一臉茫然地站著。

暗夜，大雪，寒風。

雪花精靈般地飛舞著，落到地上，像是要在水泥路上開出嬌豔的花來。

黑色的羽絨外套已經有些被浸濕了，李瀚轉過頭，身後的腳印深刻在雪地上，歪歪扭扭。凜冽的風時刻在提醒著李瀚的來路，向前看是一片雪白，帶著些窸窸窣窣的聲響，向後看也是白茫茫的一片，毫無蹤跡可尋。

董青、李媛、趙勇，無論你們在哪裡，我一定會找到你們，我知道你們一定都在看著我。

李瀚握緊了拳頭。

請給我多一點的時間。

請給我多一點的提示。

請給我多一點的靈感。

三一三寢室。

李瀚一邊看著白紙上記錄著的第五個問題，一邊往嘴裡塞飯菜，他不時地在白紙上寫寫畫畫，抬頭時看到了王允憔悴的臉。

「這麼悠閒？」李瀚嚥下最後一口飯菜，遞了一根煙過去，盯著王允的眼睛問：「案子怎麼樣了？」

王允接過煙，搖搖頭：「知道偷走指紋鑑定結果的人是誰了，其他還是老樣子。」說完這些，他將李瀚寫寫畫畫的東西轉到自己面前，饒有興致地問：「怎麼還研究起這些無聊的問題了？」

「學姐留的問題，點名是要考我。」

李瀚說完這句話的時候，兩個人愣住了。他們從彼此的眼睛裡能看出震驚，從彼此臉上能看出不可思議。一刻鐘後，王允幾乎是從凳子上跳了起來，拍著桌子大喊著：「是她？」

李瀚將他重新按回椅子上，大聲說：「你別這麼激動！」

「你是不是也想到什麼了？」王允極力控制著自己的情緒，但他腦門上的青筋暴起，顯然已經快壓抑不住了。

「這只是巧合，而且兇手並不是想要考我，我們已經說清楚這個問題了。」

「你怎麼知道不是？你自己想想，第一個是脖頸，第二個是黑色的西服，第三個是赤裸的雙腿，第四個是燒焦的腳部，那麼第五個呢？人偶上沒有！這只是巧合？」王允激動地猛吸一口煙，接著說：「你記不記得你說過，她也是懂心理學的，這樣的一個人在C市怕是找不出幾個了！」

「你太捕風捉影了！」李瀚駁斥道。

「你怎麼知道不是她？」王允反問，他一臉嚴肅地盯著李瀚。

「第一，我學姐名叫成妍，而不是陳開慧。第二，她根本沒有作案的動機。我要是沒記錯的話，她應該是學校教職員工子弟出身，沒有做探勘的父親。第三，也是最重要的一點，她是我學姐，她懂心理學是不假，但越是懂得這些，越是難以越出雷池半步。」李瀚夾著煙的手忽然一抖，接著說：「夠不夠？」

「不夠！身份是可以作假的！『五』這個數字絕不會只有這麼簡單的意義，恰巧又出現在這個時候！」王允將手裡的煙掐滅，表情由嚴肅轉而變得驚喜。

「可是你有什麼證據？」李瀚知道說不過他，反問道。

「證據？證據是找出來的，董青失蹤不就跟她有關嗎？」王允起身準備離開。「你待著別動，我先去查查她的身份資訊，有沒作假一查就知道！」

「別……」

沒等李瀚說完，王允已經下了樓。李瀚做夢也沒想到一道課外作業題竟然牽扯到了自己的學姐成妍。如果真的是她，他該怎麼做呢？如果不是她，他又該如何面對自己的學姐？

兩難的境地讓李瀚欲哭無淚，第五題真的就是第五個線索嗎？「考你的」這句話難道真的是提示？

王允一去就是三個小時，期間沒有傳回任何消息。

臨近晚上七點，李瀚有些坐不住了，他起身出門下樓又折返回來，將一直放在行李箱裡的一把水果刀放進了羽絨外套的口袋裡。這把水果刀還是那個雨夜他從周月的手裡拿過來的，他一直沒還給她，是怕她做出什麼傷害自己的事來，現在竟成為自衛的工具了。

計程車不急不緩地前進，李瀚回想著這整個事件，他開始動搖了。董青通過便利商店的員工通道，按理說應該在一條小巷子裡停留或走出才對，可是她並沒有，而是人間蒸發了。而這家便利商店的老闆正是自己的學姐成妍。這一瞬間，李瀚感覺所有的矛頭都直指成妍——他應該早些想到才對。

李瀚用力撕扯著自己的頭髮，頭皮傳來的刺痛感讓他更加清醒，他暗自悔恨又祈禱著——一定不要是她！

「五？脖頸、黑色的西服、赤裸的雙腿、燒焦的腳部，第五個？不對，是第五個、第六個、第七個！」

「考你的。」

「考你的。」

成妍的聲音不斷在李瀚的耳邊迴響著，他感覺腦子裡嗡嗡的，頭皮傳來的痛感已經有些麻木，口袋裡的水果刀很可能成為他傷害自己的工具，這些舉動全都落到了計程車司機的眼裡：「小夥子，有什麼心事說出來就沒事了。」

「沒……沒事！能開快點嗎？」李瀚壓抑著情緒。

「沒問題！」司機一腳油門下去，車子一下衝了出去。

半個小時後，小巷口。

賣冰棒的小車已經改成賣滷味，老頭抬起頭來看著急匆匆從車上跳下來的李瀚，又低下頭繼續看著報紙。他身邊的小狗已經長大，警惕地望著不遠處的李瀚，喉嚨裡隱約傳出一些低叫聲。

李瀚丟下一張大鈔，疾步朝著小巷深處走去。

老舊大樓裡宛若蟄伏著一隻兇猛的鋼鐵怪物，使得整棟樓裡沒有一絲動靜。成妍家的門緊閉著，李瀚小心翼翼地走近，抬手敲門，沒有任何回應。

「您所撥打的用戶已關機。」

李瀚嘆了口氣，從樓上下來，經過賣滷味的小攤時被老頭叫住了：「小夥子，來找人？」

「對，找我學姐。」

「你學姐？」老頭放下報紙，拿起一邊的紙杯盛了一些滷味遞給李瀚。「這大樓裡就住著一個年輕女生，好像姓成，是你學姐嗎？」

「是是是，您知道她在哪？」

老頭一抬眼，換了種語氣：「不知道。」

李瀚一愣，從口袋裡掏出錢來準備給他，被老頭攔了下來：「不用給錢，自己做的，拿著吃吧。」

「這怎麼好意思……」

「我賣東西是賣開心的，不為錢。」老頭重新坐下說：「你學姐我今天應該是看見過，記不清楚了，她好像抱著一個遺像框，坐計程車走了。」

「遺像框？」

「應該是，我當時心裡還奇怪，這麼年輕的女生家裡竟然死了人，你說奇怪不奇怪？」

東郊公墓——C市唯一的一處公墓。

大雪早已經停了，踩在雪地上發出窸窣的聲響，周圍更是靜得可怕，不遠處偶爾閃爍著一些微弱的燈光。

李瀚小心翼翼地往前走著，前方的黑暗和未知給他帶來極大的心理恐懼。即使他知道這裡並沒有想像中的那麼可怕，但他還是覺得不安。

整個公墓的範圍實在太大了，要是一一走完，怕是要到後半夜的光景了，李瀚決定一路小跑著前進。她一定在這裡才對，抱著的遺像很可能就是陳平，那個在三十二年前唯一的死者。

錄影帶的內容李瀚已經猜到了一點，但他並不確定，那沒有任何提示和文字的東西想要說明什麼呢？

時間是晚上九點。

李瀚站在一段廢棄的地下通道前，借著外面投進的微光，他看到腳下是一段通往地下的水泥臺階。他小心翼翼地往下面走去，才走幾步，腳下的路便看不清了。他回頭時，通道口的微光已經變成微弱的光線，他猶豫了幾秒，咬咬牙，用腳尖一點點地試探前方的路，決定繼續向前走。

足足兩分鐘後，他終於走下臺階，來到平坦的地面。周圍一片死寂，偶爾有兩、三滴水滴聲傳來，李瀚停下腳步，向四處張望，無奈四周一片不見底的黑暗。它像是一層層的薄霧，將這個闖入者層層包裹，然後侵入他的內心，讓他雙腿發軟，幾欲逃走。

恐懼和寒冷挑戰著李瀚的身心，他知道自己後背的肌肉已經開始打顫，前面會是什麼樣子呢？她會在這裡嗎？

手機的光芒驅逐著周圍的黑暗，只一瞬間又被黑暗所籠罩，李瀚暗罵了一聲，將電量耗盡的手機放進口袋。順手摸到打火機的時候，他心裡總算是有了點安慰。扳開機蓋，一簇火苗躥出，來回搖曳著。

這是一段水泥澆築的地下通道，除了爬滿牆壁的枯萎藤蔓外，什麼都沒有，正前方還是一片黑暗，看不到底。李瀚將水果刀摸在手裡，深吸一口氣後繼續向前走。

水泥地板逐漸變成泥地，遠處的水聲也越來越響。那是一條不大的溝壑，流淌著一些已經發臭的污水。一米來寬的距離對李瀚來說只需要輕輕一躍，但他停了下來，因為他看到了一些拉痕。不久前，這裡肯定有人來過，而且拉著很沉的東西，她是怎麼越過臭水溝的呢？

疑問拋之腦後，李瀚越過水溝，面前已經是一面石壁，看樣子通道已經到底。拉痕也在這裡終止，但這裡應該還有路才對。石壁的顏色似乎跟前面的石壁不同，這裡的石壁顏色更新，像是有人在不久前刻意澆築而成。搖曳的火光中，李瀚終於在石壁上找到一個不大不小的拉環，它只能容納李瀚的小指通過。他重重地一拉，牆體並沒有任何動靜，反而把拉環拽了出來，拉環原本的位置露出一個方形的圓洞來，他舉著火光湊近一看，原來是一個鑰匙孔。

李瀚將拉環放到地上，他看著圓洞中的鑰匙孔，有些不解，裡面難不成有一道門？但門在水泥裡，即便自己有鑰匙也進不去。

他知道自己肯定弄錯了，那鑰匙孔都在水泥裡了，不管有沒有門，自己都進不去。

李瀚扒開右邊的藤蔓，一扇鐵門出現在他眼前，上面鏽跡斑斑。他將手放在門把上，除了冰冷和粗糙，他沒有任何的感覺。他用力一拉一推，鐵門依舊紋絲不動，門上甚至連鑰匙孔也沒有，只是徒有門的形狀罷了。李瀚嘆了口氣，剛想退出通道找人來開門的時候，腳下傳來一聲清脆的聲音，那是鑰匙。

李瀚喜出望外。

兩把嶄新的鑰匙插在門下邊角的位置，在火光中閃爍著金屬的光澤。他知道這是有人故意留下來的，猶豫了一下之後，他還是扭動鑰匙，輕輕將門一拉，鐵門發出「嘎吱嘎吱」的聲音，居然開了。

一股濃烈的霉臭味道撲面而來，嗆得李瀚連忙捂住口鼻，退後兩步。

此時，出現在他面前的是一個空曠的地下室，天花板上的燈忽明忽暗，在門口處堆放著一些塑膠袋、幾個一次性的針管，還有一層厚厚的鐵鏽。內側的門往裡面凹進去，顯然是有人狠狠踢過門之後留下來的。

李瀚定定神，竭力調節自己的呼吸。他抽出一根煙，在快要熄滅的打火機上點燃，深吸一口，而後將自己的目光移向地板，他不敢往前看一眼。對，他有點怕。

少年懦弱的一面。

他腳下的地板已經不是泥地，也不是水泥，而是整齊卻骯髒的地磚。地磚的紋路看著讓人有些目眩，牆壁上滿是不知用意的塗鴉，偶爾能看到一些血跡和粉筆字，分不清寫的是什麼。

李瀚將水果刀從口袋裡拿出來握在手裡，又覺得不妥，索性將它縮進袖管裡。

他活動了一下手腳，收起打火機，將煙熄滅，繼續往前。

地磚漸漸變得濕滑起來，中間的幾根柱子後面隱約能看到一些不同的事物了，像是人，仔細看又覺得不像，更像是……一個浴缸？

一瞬間，李瀚感到呼吸都要停止了，心臟劇烈地跳動著。正對他的位置怎麼會出現一個浴缸，這到底是個什麼地方？他定了定神，握緊拳頭，小心翼翼地往浴缸旁邊走去。

一個浴缸孤零零地靠在柱子上，上面滿是污垢，浴缸裡還有一些水，不過已經變得墨綠而腥臭，上面漂浮著一些油污，看上去極為噁心。

失落。

李瀚長出一口氣，抬眼望瞭望四周，他試著叫了一聲：「喂？」

他的聲音在地下室裡不斷迴蕩著，他的眼角餘光發現在角落位置竟然還有一個浴缸，浴缸旁邊似乎躺著一個人！

他是誰？還活著？

李瀚猶豫了一下，他借著燈光一步步朝那個浴缸走去，那裡確實躺著一個人。

李瀚一邊緊盯著地上的人，一邊小心翼翼地走近。距離越來越近，他終於看清了，那是個女人。她蜷縮在浴缸旁邊，背對著李瀚，只是那件紅色外套看上去有些眼熟……

搖曳的燈光落到女人的臉上，李瀚的眼睛頓時瞪大了，是董青。

一時間，李瀚也不知道是驚還是喜，他連忙將董青從地上抱起來，用力搖晃著她，大聲喊著：「董青阿姨，董青阿姨！」

頭髮蓬亂、衣衫不整的董青隨著李瀚的動作前後搖晃，緊閉的雙眼卻依舊沒有睜開。她死了嗎？李瀚顫顫巍巍地伸出手，放在董青的鼻下，還好，有鼻息！李瀚毫不猶豫地掐住董青的人中，但就在這個時候，他看到了令他更為絕望的畫面，李媛、趙勇都在這裡！

不知過了多久，董青的手抖了一下，她嘴裡「嚶嚶」地想要說話。李瀚欣喜若狂，他托住董青的頭，想盡力將她從地上扶起來，但董青只能半坐著，再往下看，她的腿上滿是傷痕，血跡斑斑。

幾分鐘後，董青終於勉強能開口說話了，眼睛也漸漸睜開了。她呆呆看著眼前的李瀚許久，好一會兒才認出他來。

「是你？」話到一半，董青忽然環視著四周，急切地說：「快，快走！」

「是我，是我！」李瀚頓了頓，繼續說：「您怎麼會在這？」

董青的眼神裡有說不出的複雜，她盯著李瀚看了許久之後才緩緩地說：「唉，我們都糊塗了，以為可以讓她停手，以為她還是當年那個弱不禁風的孩子，誰知道……」

「真的是她？」李瀚緊咬著牙。「學姐？」

「成，陳，我們早該想到的。」

「別說話了，我帶妳出去！」李瀚抱緊了董青，試圖從地上站起來，可剛一動他就發現憑自己的力量根本難以移動董青分毫。她腳上的鐵鍊和雜亂的鐵絲再加上董青自身的重量，足足有一百公斤重，想要抱起來談何容易。

「別浪費力氣了，你快走吧，她……她還在這裡的。」

「妳等我一下，我找東西把鏈子解開！」

話音剛落，天花板上的燈管瞬間熄滅，另一束光打了下來，照在李瀚臉上。李瀚只感覺眼睛一陣眩暈，他連忙用手擋住眼睛，他朝上看去，那裡有一個高臺，一隻手電筒正照向自己。

地下室裡真的還有人！

儘管眼睛被照得發花，李瀚還是依稀能看出對方是個女人。他知道她是誰，但心裡還存著一絲絲的僥倖，或者已經不能說是僥倖，而是逃避。

「你是誰！」這不是問句，而是一種憤怒情緒的表達。

那人並不理會李瀚，而是揚了揚手裡的瓶子，像是在炫耀一般，最後將它丟到李瀚面前。頃刻，一股刺鼻的氣味蔓延開來，李瀚本能地躲到一邊，但腳上還是被濺上了一些液體，身後的董青更是被濺了全身。

李瀚吸了吸鼻子，頓時渾身的寒毛都豎了起來，是汽油！

高臺上的女人消失了，只留下一隻手電筒，橫著照在牆上，像是最後的一絲曙光。

「你快走！別管我了！」董青拼盡力氣喊了一句。

「你別過來！」

李瀚站在原地不動，看著不遠處黑暗裡的董青。與此同時，接連兩聲響動，又有兩個裝著汽油的瓶子被丟了下來，女人的身影再次一閃而過。

「她隨時可能會再回來，你快走，怎麼來的就怎麼出去，告訴月兒，是媽媽對不起她！」

低低的啜泣開始在地下室裡傳開，李瀚忍不住衝到董青面前，他奮不顧身地一把抱起董青。但剛走了一步，他整個人一個踉蹌就倒在了地上，他又站了起來，再次抱起董青，又走了一步，再次摔倒！

「啊——」

李瀚的眼淚跟著流了下來：「我一定要救妳，一定！」

「你這孩子。」董青接連地摔倒，整個臉已經疼得有些扭曲，她用很是溫柔的聲音對李瀚說：「你可是答應我要照顧好月兒的，不能食言。」

一隻沾滿血的手打在李瀚臉上。

「死並不可怕，況且我們是咎由自取，」董青低聲說：「世間最可怕的，一是仇恨，二是沒有靈魂的人。這兩點她都有。你應該做你自己該做的，離開這裡，用你自己的方式。」

「嘿嘿。」一聲冷笑在他們頭頂響起。李瀚抬起頭，手電筒已經又被女人拿在手裡，而她另一隻手裡拿著一個點燃的打火機。

「不——」

「上次沒用完的汽油，這次倒是派上了用場。」女人輕笑著，隨手將打火機丟了下來。

忽然，李瀚感覺自己被一隻手猛地一推，力量之大，應是將他推出兩米開外。

火光衝天。

地下室被火光照得透亮。大火中，董青的身體不斷地抽搐、痙攣著，陣陣的煙霧不斷冒出，帶著瘋狂的味道……

許久，李瀚呆坐在地上，眼淚已經流乾。面前的三個人都不再動彈，他緊握著袖管裡的水果刀，隨時準備將它抽出，刺進她的心臟。

「歡迎光臨，小學弟。」冰冷的聲音再次在他頭頂上響起。

成妍背對著李瀚，慢慢轉過身來，她面帶微笑，手裡拿著一卷錄影帶。

「你正看到最精彩的部分，所有的惡魔都葬身在這地下室裡，這裡是他們的煉獄。怎麼樣，小學弟？」

「看來你心情似乎不怎麼好啊，要不要跟你的老朋友打個招呼呢？」成妍嘿嘿地笑起來，她一把從地上提起一個人來，他嘴上封著透明膠帶，嗚嗚地說不出話來。

「怎麼樣，你認識他嗎？」成妍做出一副疑惑的語氣。「他是誰呢？王大隊長，哦，不，是小學弟的朋友。」

她將目光移向李瀚：「剛才的葬禮還喜歡嗎？」

李瀚盯著成妍，他手裡的水果刀已經將羽絨外套割破。他在計算著距離和位置，怎麼樣才能最快將她制伏。

「起初我是想考考你的，不過有人想要我停手，我生氣了。」成妍輕輕嘆氣，做出一副惋惜的樣子。「小學弟，我本來不打算殺你，只是想讓你歷練一下，畢竟師父他老人家就我們兩個徒弟，要是都死了，該怎麼辦呢？」

「從一到五，還有六七八，妳還記得妳到底殺了幾個人嗎？瘋子！」

王允拼命扭動起來，被成妍踢了一腳之後，他整個人又不動了。

「瘋子？誰知道呢，重要嗎？」

「可是，為什麼呢？」

「為什麼？看來小學弟還真是差勁呢，到現在還不明白嗎？」

「他們都是魔鬼，你知道什麼是魔鬼嗎？哦，對，就是我現在這個樣子，哈哈。」

李瀚點頭。

「好，那你現在想怎麼樣？」

「怎麼樣？」成妍像是聽到了什麼可笑的事。「你說呢？」

「隔著這麼遠的距離，你殺不了我。」李瀚再次握緊水果刀，接著說：「我完全可以逃走，甚至反殺你。」

成妍笑著從口袋裡拿出一把手槍來，六四式，槍口正對著李瀚：「現在知道了？」
說完這些，成妍一腳將王允踢下高臺，後者在一聲沉悶的叫聲中落地，最後蜷縮成一團。

李瀚急忙往王允身邊跑去，剛一動身，「砰」的一聲，一顆子彈貼著他的身體飛了過去，撞到地面，火花四濺後彈射到浴缸上，將浴缸擊穿。

李瀚的心幾乎要從喉嚨裡跳出來了，他跑到王允身邊，根本來不及替王允解開身上的繩子和嘴上的膠帶，只能拖著他躲到柱子後面。

急促的腳步聲從不遠處傳來，跑到門口的位置又忽然停止，慢慢折返回來。

「你在哪呢？小學弟，快出來啊。」成妍用手電筒不斷掃射四周。「別像個老鼠一樣躲著啊。」

李瀚在黑暗中拖著王允往最後面的柱子跑去，「砰」的一聲槍響，手電筒從後面照到李瀚的身後，子彈貼著他的手臂飛了過去：「找到你了。」

李瀚下意識地舉起手，低下頭，用唇語對王允說：「滾到柱子後面去。」

「怎麼不跑了，小學弟？」成妍話鋒一轉。「對了，周月那丫頭現在應該已經死了吧？」

「她在警局，死不了！」

「我給她打了電話，讓她到我的住所去，你們的人已經放行了。她現在應該到了，只要一開門，『砰』！她整個人都會化成血霧，哈哈！」

「你！」李瀚咬著牙，想罵卻沒罵出來。

「生氣了？那就過來啊，看能不能為她報仇。」

扣動扳機的聲音響起。

李瀚身子一蹲，翻滾到右邊的柱子後，成妍手裡的手電筒緊跟著照了過來。緊要時刻，李瀚將手裡的水果刀拿了出來，心想：「還有五發，她最多還有五發子彈！」

「啪！」

「砰！」

水果刀滾到李瀚進來時見到的第一個浴缸旁邊，緊跟著是一聲槍響。四發，她最多還有四發子彈！

趁著成妍將手裡的手電筒移開時，李瀚起身跑到別的柱子後面，但他發現王允根本不能動彈。他可以跑，王允只能滾，速度實在太慢，慌亂中他只能撕下王允嘴上的膠帶，又迅速躲進黑暗中。

「貓捉老鼠嗎？小學弟，你好調皮呢。」成妍盯著在地上躺著的王允，快步走過去，一腳踏在王允的手掌上，劇烈的疼痛瞬間讓王允叫出聲來。

「我數到三，你再不出來，我就先讓王隊長下地獄去！」

「一」

「二」

「三！」

「我在這！」

李瀚舉著手慢慢往成妍身邊走。

「很好。」成妍笑著，鬆開了踩住王允手掌的腳。

等李瀚走到近前，王允忽然大叫一聲：「動手！」

成妍以最快的速度轉過身，發現王允的腳已經抬起來準備踢自己，她頓時惱羞成怒，對著他的腿部就是一槍。王允牙齒緊咬，腿慢慢地放了下來，掙扎著說：「趁現在！」

李瀚回過神，對著成妍手裡的手槍一腳踢了過去，手槍飛出幾米遠的距離。李瀚撲上去將成妍按在地上，誰知道成妍力氣更大，直接將他反撲在地上。

「真是沒用呢，小學弟。」成妍騎在李瀚身上，笑著說。

李瀚拼命反抗著，但奈何力氣實在沒有成妍大，這個平時看上去柔弱的女人，力氣竟然這麼大！

緊要關頭，王允忍著疼痛，雙腳對著成妍的側面踢了過去，成妍頓時倒地。李瀚沒起來，而是連滾帶爬地往手槍掉落的位置去。成妍站起身，對著王允又打又踢，嘴裡不乾不淨地罵著。

忽然，黑暗中閃爍起一絲金屬光澤，李瀚摸到了手槍！

「住手！」李瀚大吼。

成妍身子一愣，怪笑起來：「你也要我停手嗎？好啊，我偏不！」

她又踢了王允兩腳。

「砰！」

子彈貫穿了成妍的腿部，她整個人瞬間栽倒在地上。

成妍倒地後沒有呻吟，她匍匐著往浴缸旁邊爬去，落在地上的手電筒指引著她前進的路。李瀚衝過去解開王允腳上的繩子：「怎麼樣？」

「沒死。」王允咬著牙說：「去把她捆起來。」

「我先叫救護車！」

「先捆人！」王允大叫著說。

等李瀚轉過身去找成妍的時候，後者已經躺在浴缸裡，只露出一個頭，搭在浴缸邊緣上。李瀚撿起地上的手電筒，握在左手；他右手緊握著槍，一步步朝浴缸走去。這是自己剛進來時看到的第一個浴缸，位置離出口已經很近了，她為什麼沒逃走？

李瀚想著想著已經到了浴缸前，只看一眼，又發現那把被他丟出來滑到浴缸旁邊的水果刀沒了蹤影。他生怕等自己走近了，成妍偷襲自己，讓自己一刀斃命。李瀚不能再開一槍，也不敢走近，他只能退後幾步，遠遠地看著成妍。偶爾有一些嘆息聲和水聲響起，她應該是不行了。

救她，她難逃死刑；不救她，她將流血過多而亡。

「你讓我流血了，」成妍勉強笑著說：「還好我不是吳離，不會像個瘋子一樣殺人。」

李瀚心裡一驚，不由得失聲道：「吳離？」

「你很驚訝嗎？他是我的病人，就像周桐一樣，是個很值得研究的素材。可惜他不願意再幫我做事，我只能殺了他。哦，對了，還有周桐，到底是什麼力量能讓一個人選擇死亡呢？我可沒推他下去，只是告訴了他，我是誰罷了。他可真是不堪一擊呢。

「起初我是想殺了他們之後自首的，但趙勇找到我的時候，我知道我不能自首，他已經認出我了，還幫我偷走我的指紋鑑定。真是個好人呢。」成妍的語氣變得怨毒起來。「難道他以為這樣做就能贖罪嗎？他可是殺害我爸爸的兇手之一。他們都該死！」

「仇恨？」

「對啊，我從小就知道我爸爸是怎麼死的。那個時候，我隱忍著，直到有一天，我聽到了他們的談話，是賈旭跟張衛國。賈旭要張衛國殺了我，以絕後患。斬草除根嗎？真是狠心呢。」

成妍頓了頓，繼續說：「那個時候我就知道，他們是一群魔鬼，我要是不殺他們，他們遲早會殺了我。」

「啪。」黑暗中亮起一團小火苗，一根香煙被成妍點燃，放在嘴邊，煙霧跟著繚繞起來。

「你知道嗎？師父他老人家很看重你的。他知道我性子怪，執拗，本想著幫我進入學校做老師，慢慢修身養性，但我辜負了他。都要怪吳離，這個蠢貨，他竟然一眼認出我，還要我跟他離開C市，說會替他們來贖罪。仇恨終於再次起了波瀾。」

「妳可以收手的，為什麼不呢？」李瀚收起槍，拿出煙點燃，坐在地上。「還有老二、周月、蔡玲，你們的恩怨為什麼還要牽扯下一代？」

「你怎麼不問問他們為什麼要殺了我爸爸，為什麼又要殺了我？」成妍說。

「你不是說了嗎？仇恨。」

「說得容易，換作是你，你來試試。折磨你三十年的心結，根本不可能再解開了，不是他們死，就是我死，總要有個結果的。」

「還重要嗎？」成妍不知從哪裡拿出一把細長的短刀，她抬起頭，將目光移向李瀚。「現在該怎麼辦才好呢？周月快要死了呢，哦不，已經死了才對。小學弟，你是要繼續跟我在這裡耗著還是去救人，或者一槍打死我？」

成妍用短刀對著自己的太陽穴，做出開槍的姿勢：「砰！」

李瀚的手已經出汗了，他嚥下一些口水後，說：「妳還是不肯放棄嗎？」

「放棄？」成妍忽然笑了。「我可不知道什麼是放棄，你要嘛開槍打死我，要嘛就等著被我殺死吧。」

李瀚的心一沉。

「你別以為將我送進警局一切就會結束，那幫蠢貨奈何不了我的，你應該知道。」成妍笑著的臉忽然有些扭曲，應該是腿上的傷口傳來了劇痛。「我是個精神病人，一個瘋子，即便進了警局也不會有事。」

「你別做夢了！你以為員警都是傻子嗎？」一旁的王允厲聲呵斥道。

成妍全然不理會他，自顧自地說：「一個研究心理學的教授由於受到仇恨的誤導，心智失常，終於精神分裂，鑄成大錯，哈哈！」

李瀚面色鐵青，他死死盯著成妍。這個距離，他只要稍不注意，對方完全可能衝過來反制住自己，他必須保持清醒的頭腦和敏銳的觀察力。但一想到此時的周月血肉分崩離析的情景，他又忍不住怒氣上湧，渾身有些發抖。

「怎麼樣，我的台詞還滿意嗎？」成妍接著說：「歡迎你們到時候來精神病院看我啊，我可以陪你們聊聊，順便吃個飯什麼的。」

李瀚的食指已經放在扳機上，這個動作顯然是成妍願意看見的，她激動地低喝道：「開槍啊，殺了我，了結這一切，來啊，開槍啊！」

李瀚臉上的肌肉不住地顫抖著，他死死盯著成妍，只要一下，輕輕扣動扳機就能送這個惡魔下地獄，對，只需要一下……

「別開槍！」王允在地上掙扎著大喊：「她是在引你上當，別把自己賠進去，殺了她，你也要進去！」

李瀚渾身一震，食指還在扳機的位置。

「你把槍給我，你去救周月，快！」

李瀚猶豫了足足十來分鐘，終於將手槍遞給王允。王允由於被捆綁的時間過長以及寒冷的天氣，雙腿早已經麻木，只大腿還有些知覺，手雖然能動，但顯然也不靈活。

「還想著救人嗎？」成妍冰冷的聲音再次傳來：「你知道現在幾點了嗎？她應該已經死了一個小時了吧，哈哈。」

李瀚沒有理會成妍，而是對著王允說：「別殺她，讓她『自生自滅』吧。」

王允愣了一下，狡黠一笑，他明白了李瀚的意思。

半個小時後，成妍依舊坐在浴缸裡，只不過浴缸裡已經被注滿了水。血液源源不斷地從她的大腿流出，她沒有掙扎，也沒有叫囂，只安靜地躺著，閉著眼睛，等待死神降臨。

「走吧，我們離開這。」李瀚說。

C市第一醫院。

李瀚將王允送進醫院後一個人往成妍家走去，一會兒匆匆地奔跑，一會兒又停滯不前。他有點害怕去成妍家，又急切地想去成妍家，他想去救周月，又怕看到的是周月的屍體。他在半路遇到匆忙趕來的法醫小陳……

當車開到成妍住處的樓下時已經是凌晨一點，安靜祥和的氣氛讓人有些難受。

小巷口的老頭已經開始收拾面前的報紙，旁邊臥著的一條狗慵懶地將自己的前腿伸直，張大嘴巴，打了個哈欠。

不是應該有爆炸發生嗎？

李瀚呆呆地望著二樓的位置，拿出手機準備打給周月，一按才發現手機早已經關機了……

兩個人你看看我，我看看你，均是摸不著頭腦。李瀚順著小巷子往裡走，寒風忽然起了，狹管效應讓它更加肆虐起來，遍地的紙屑揚起，風沙迷眼。李瀚走走停停，一會兒拼命地往前跑，一會兒又猶豫著躊躇不前，原本就單薄的身體在寒風中顯得更加不堪重負。

「怎麼回事？」小陳是什麼都不知道的，直到躺在病床上的王允給他發了一封簡訊。內容很短，大致的意思是照顧李瀚的情緒，周月死了，這片區域有爆炸發生，就沒了下文，更沒有提及需不需要叫防爆組的人來處理現場。現在又看到這個平時分析起案情來頭頭是道的李瀚竟然像是瘋魔一般，讓他也不禁感到害怕。

「小心點，這樓裡的某個地方肯定是有炸彈的，她不可能在死前跟我開玩笑！」李瀚這會兒冷靜得可怕。原本他的內心是急切的，想著周月可能還有活著的機會，不過當他看到成妍家虛掩的門時，就感覺寒氣一下子從腳底升到頭頂，他覺得周月已經不太可能還在人世了。

就在幾個小時前，他來過這裡，門還是關著的，現在門卻是開著的，還開得這樣詭異。

他不敢上前，更不敢衝進去，有些畫面已經在他腦海裡想過無數遍，他沒有勇氣面對那樣殘酷的畫面。這幾個月來，他所遇見的生離死別已經夠多了，好不容易喜歡上一個明媚的笑容，現在這個笑容卻又即將消失。他不敢想像，不敢推門，彷彿只要不推門進去，那個明媚的笑容就依然還在。

「進去看看？」小陳已經站到門口，手指著門內，轉過頭來詢問李瀚。

「看看？」

「對，看看。」李瀚說完這句話，立刻又拉住小陳，說：「別動那扇門！」

「嗯？」小陳疑惑著問：「什麼意思？難不成又要進去看看又不走正門嗎？」

說完這句話，小陳又覺得這種語氣容易影響李瀚的情緒，接著說：「我不是這個意思，我的意思是到底進去還是不進去，你是怕屋內還有她的同夥，或者……有炸彈什麼的？」

「不……不是，你覺得她在屋內嗎？」

「她？成妍不是已經死了嗎？你是說周月？」

李瀚點頭。

小陳頓了頓，他不知該怎樣回答這個問題。李瀚明顯情緒不對。他怕自己一句話不小心就會刺激到李瀚，他猶豫了很久，勉強擠出一句話：「這個……這個我也不知道。」

「那是生是死呢？」

「要不……我們還是進去看看吧，說不定周月，周月不在這呢？」小陳提議。

就在這時，樓梯間傳來腳步聲，顯然是有人正慢慢地從一樓樓梯上來，略顯緩慢的腳步聲在這樣昏暗的走廊裡竟生出一種詭異感。

會是誰呢？

兩個人都暗暗警惕起來，小陳的手下意識地往腰間一摸，很快又意識到自己的配槍早就被收了，只能乾等著。他揮手示意李瀚到自己身邊來，免得到時候出了狀況不好處理。

這本是一棟老房子，樓梯間的燈壞了很長時間也沒人來修。

此時，一點亮光慢慢出現在兩個人面前。

「你怎麼在這？」

是周月的聲音。

李瀚毫不顧忌地衝過去，緊緊抱住她，眼淚在眼睛裡打轉。

「你怎麼了？」周月有些欣喜，李瀚還是喜歡自己的，可是她此時更多的是疑惑和擔心，李瀚這是怎麼了？

十分鐘後，李瀚慢慢將手鬆開，靜靜地看著周月，輕聲說：「你來找成妍學姐？」

「對啊，我本來早該過來了，不過我離開警局，怕你因為找不到我而擔心，所以想著應該給你打個電話或者當面說一聲的。我就一直在警局等你，結果電話打不通，人也見不著。我又打給成妍姐姐，她也不接電話。我就有點猶豫，一耗就到現在這個時間了。」

周月一邊說著，一邊觀察李瀚。

「你還沒說你怎麼在這呢？」

「不重要，都不重要，只要你沒事就好，沒事就好。以前是我錯了，我不該因為擔心兇手報復，就把你推開，我不該讓妳一個人去面對那麼多事情的，是我沒有照顧好妳。如果我現在說，我想保護妳一生，不知道還來不來得及？」李瀚的聲音還有些顫抖和不安。

「以前聽過這樣一句話，不管你曾經受過多少委屈和磨難，總會有一個人的出現，會讓你原諒之前生活對你所有的刁難。」周月輕輕地笑了，還是那樣明媚的笑容，偷走了對面男孩的心神。

李瀚輕輕拉起周月的手，慢慢地走下樓梯……

警察機關在成妍家中成功取出一枚自製炸彈，並發現大量罪證，證實成妍是連環殺人案的兇手。王允將開槍者說成自己，而李瀚扮演了協助的角色，隨後為「因公殉職」的趙局長舉行追悼儀式。李瀚去了周校長家裡，幫助周月辦完董青的後事。

那是一個冬日少見的豔陽天，李瀚頂著太陽，感覺渾身被曬得懶洋洋的，很是舒服。車開出C大的校門又停下來，王允想起了一件重要的事——水果刀。

這只是一把很普通的刀子而已，卻在那個黑暗的地下室裡給了李瀚極大的鼓舞。若不是它躺在他的手心裡，他怕是連邁出第一步的勇氣都沒了，年少的懦弱本就來得猶如洪水猛獸。

王允將車停在路邊，拿著水果刀下車，遞給李瀚。

「我走了。」李瀚一把抓過水果刀，轉身，走了幾步聽到王允「喂」了一聲。

「去哪裡啊？」

「回家。」

「然後呢？」

「上學啊。」

李瀚繼續往前走。

「再然後呢？」

「工作、娶妻、生子、終老。」李瀚再次停下來，不過這次他轉過身來看著王允，說：「滿意嗎？」

「畢了業，做個員警吧。」王允笑著說：「你這種今天能看到明天的生活，早晚會覺得無趣，當員警多好啊，最起碼刺激。」

「不，我只想要這樣的生活，平淡，也平靜。」

仇恨是一種類似中藥材的東西，性寒、極苦，沉澱在人體中，散發著植物的幽香。

但等天長日久，卻總是能催生一場又一場血肉橫飛的爆炸，變成刀具、槍械、炸藥，當然有時也只是你手中的溫水瓶，它們都是由仇恨贈送的禮品盒。

所謂復仇，不過是走不出這座由仇恨搭建的迷宮罷了。

兜兜轉轉，因果輪迴，一個錯誤連著一個錯誤，一宗罪孽隨著一宗罪孽。

人生如戲，你方唱罷我登場，到最後，早已分不清是非對錯，辨不明悲歡喜樂。

追心者　346

番外篇

此去經年

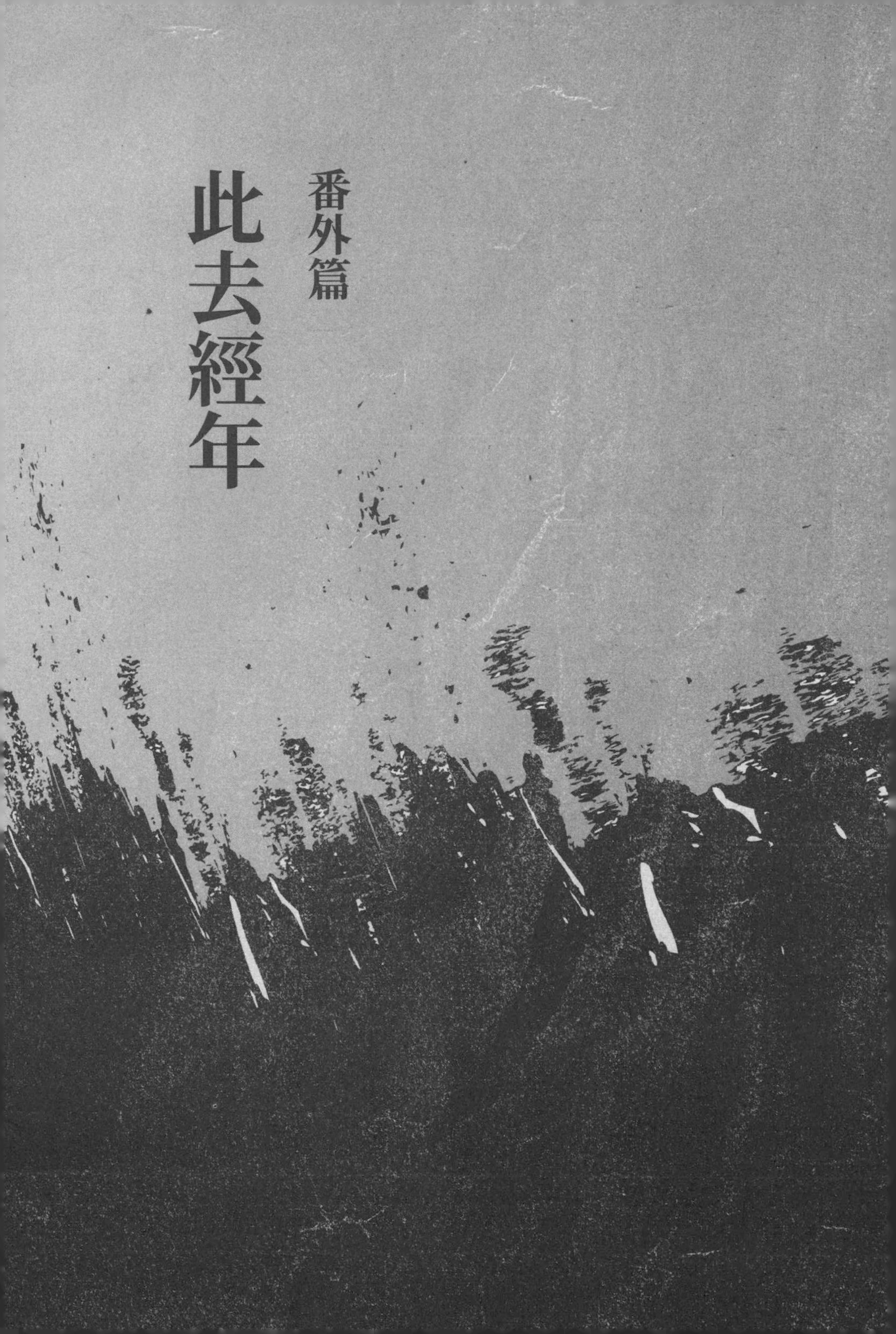

一、三十二年前的地質探勘隊

三十二年前，X市雪山深處。

九個地質探勘員和幾個嚮導正望著眼前的深淵，所有人都不說話，直勾勾地看著眼前的儀器。

儀器外蒙著一層薄冰，奇怪的是原本灰黑的礦石分佈圖一下子變成紅色，就像剛剛在血水裡沾過一樣。

「這是什麼意思？」陳隊長把儀器放到地上，用手敲了敲，薄冰一下子就碎了。「下面全是石油嗎？搞不好我們歪打正著，發現了石油？」

「下不下去啊？不要猜來猜去的。」一人在一旁說道：「你這個老人家行動不方便，就不要下去了，我一個人下去看看，管他什麼東西，弄點上來不就知道了？」

陳隊長不怒反笑，對著帶路的嚮導紮西桑吉說：「這個小子好衝動，要多教育一下，說不定哪天就出事了，我們這行的，不是光有膽子就行的哦。」

桑吉瞪了一眼：「臭小子，怎麼這麼跟陳隊長說話？陳隊長出來探礦的時候，你還不知道在哪裡玩泥巴咧。」

「我怎麼……說錯了嗎？陳隊長不是說了嗎，石油是好東西，我去給你們舀一瓢上來。」

「你屁孩還敢頂嘴？」桑吉抬手就打，被陳隊長攔了下來。

「你這個當大人的也是，就知道打，也不看看什麼時候。」陳隊長頓了頓，又補了一句：「這個是上樑不正下樑歪，也不怪他。」

「上次探勘到石油也是在深淵裡頭，結果十個人下去，回來了六個，六個裡頭還瘋了一個，有個屁孩在下面點了火準備抽煙，結果炸了。」陳隊長頓了頓，繼續道：「你屁孩嘴上毛都沒有，怕是辦事不牢哦。」

「那我們下不下去？」旁邊一個身穿軍裝大衣的女人問道。

陳隊長點了根煙，坐到一旁的石頭上，看了半天，對著女人說道：「下去肯定是要下去的，桑吉跟我下去，你們就別下去了，免得到時候想退都來不及哦。」

「你就跟張豁牙拉著繩結，我們在裡面朝上打手電筒，你就幫著把我們拉上來。」

九伢子有點不服氣：「我不幹，我就要下去，你們就知道欺負我這個小孩。」

「你看看，小孩脾氣，別鬧，等等給你看真的油氣。」

「我不要你給我看，我自己下去看。」

桑吉一下就發火了，揪著九伢子的耳朵，罵道：「你給老子安分點，不然回去老子就揍你！」

九伢子一看他爸脾氣上來了，低著頭不吭聲了。

一個小時以後，繩子已經放下去幾十米了，除了偶爾閃爍的手電筒光，裡面連聲音都聽不清楚了，九伢子等得不耐煩了，就衝著下面大聲喊：「你們找到沒嘛，不行就上來，我下去！」

隔了好一會兒，裡面才傳來一陣模糊的聲音：「不知道……你待在上面別亂動……」然後是一片死寂。

九伢子知道下面肯定出了變故，他嚇得不敢說話了。他看了看身邊穿著軍裝大衣的女人，又看了看其他六個人，都是一副書生的氣質，大概是指望不上了。

倒是那個蘇聯人，雖然戴著圓框眼鏡，但是那手臂比九伢子大腿還粗，力氣應該不小。陳隊長說他是臨時抽調過來的，蘇聯的地質專家，名叫謝蓋爾・克格莫夫，中文肯定是寫不好，不過說普通話倒是學了七、八成。

「我們下去看看嗎？」九伢子對著克格莫夫說道。

他看了九伢子一眼，然後抬了抬眼鏡框：「再等等。」

九伢子頓時喪了氣，坐在旁邊，手裡拉著繩子，等下面的人回話。

也不知過了多久，九伢子忽然聽到一陣令人毛骨悚然的聲音，好像有人故意磨牙一樣的聲音從下面傳了上來，然後九伢子就聽到下面大吼了一聲：「九伢子，拉！」

九伢子也不敢怠慢，拿著手裡的繩結就開始拉。這個時候，剩下的八個人也一同拉住繩子，剛拉了幾下，突然就感覺下面被什麼東西抓住了，竟然有一股反力將繩子朝著下面拉。

九伢子沒想到還會有這種情況，他腳下一個踉蹌，差點就跌進深淵裡去。他急中生智，順手把手裡的繩結丟了，跑到後面，直接把繩子拴在了自己腰間，猛地朝外面拉，後背幾乎都要貼著地面了。

果然這樣一拉就跟下面杠上了。

這個時候陳隊長已經快要被拉出來了，但是桑吉還在下面，兩根繩子，就拉上來一根！

陳隊長身子都沒站穩，對著九伢子和其他八個人大喊道：「快跑！」

還沒來得及細想，幾個人中，穿著軍裝大衣的女人第一個衝了出去，九伢子翻滾著從地上爬起來，往深淵邊緣一看，有個人影上來了。他似乎在攀爬著岩壁，速度很慢。

陳隊長拉了九伢子一把，吼道：「九伢子，快跑！」

九伢子一把將他推開，也吼道：「我爸還沒上來，為什麼要跑？」

陳隊長急得直跺腳，一把將九伢子從地上拎起來，喊道：「你爸死了！死了！下面有瓦斯！」

九伢子張牙舞爪地想去抓他，但陳隊長力氣太大，他將九伢子遠遠地拎著，九伢子根本碰不到他的身體，只能掙扎。

「你放開我，放開我！」

「你這個渾小子，怎麼就不信邪呢？」陳隊長真動了氣。

就在這時候，九伢子用餘光看到深淵下面的那個身影慢慢近了，眼看就要上來了，陳隊長似乎也看到了，一把將他甩到身後，扛起他起身準備跑。

九伢子認出了那是桑吉的身形，他掙扎著想要下來，他一把抱住陳隊長的腿，將陳隊長撲倒在地上。而在這個時候，深淵下的身影也越來越近，距離卻足足有十幾米遠。

「九伢子，你闖大禍了，我們都得死！」

九伢子完全不知道陳隊長在說些什麼，他忍著身上的疼痛，爬到深淵邊緣，看著眼前的身影，是桑吉！他的臉、衣服、手腳都被黑色的液體覆蓋了，一雙眼睛盯著九伢子，看不出任何異樣來。

「桑吉？」

「紮西桑吉？」

九伢子連著叫了兩聲，他似乎沒有聽到，愣在原處一動不動。九伢子伸手想要去拉他，但桑吉一味地搖頭。

「是我，是我，九伢子啊。」

「嘎嘎。」

在聽到這尖叫聲的時候，九伢子心都涼了。陳隊長衝上來，抱著他就往遠處跑。剛跑出幾十米遠，原本寂靜的深淵裡傳出轟隆隆的巨響，整片雪山開始劇烈震動，大片的積雪滑落而下，夾雜著衝天的火光將整個雪山都映紅了。

陳隊長一個踉蹌，抱著九伢子一同摔在地上。他只覺得耳邊一會兒冷一會兒熱，風呼呼地刮著，什麼也聽不見，他拼命地站起來抱著九伢子繼續跑。足足跑了半個小時之後，他才感覺筋疲力盡，一頭栽倒在雪地裡。剩下的幾個人也散落在一旁，大口喘著氣，全都是一副虛脫的樣子。

一個小時後，陳隊長掙扎著想從雪地裡站起來，剛一動身才發現九伢子還躺在他身下。他仔細一看，發現九伢子的腦袋竟然撞到了雪地裡的石頭上，鮮紅的血早已經凝固。雖然血不多，但還是讓陳隊長心裡一緊。他試了試九伢子的鼻息，還活著！他趕緊將自己的衣服解開，試圖用自己的體溫去溫暖九伢子。沒一會兒，九伢子醒了，看到陳隊長的第一眼，問的是：「我爸呢？」

陳隊長愣了一下，支支吾吾地不知道該怎麼說，他避開九伢子的問題，說：「你看看你身上還有其他傷口沒有，有的話趕緊處理一下，免得……」

「我爸呢？」沒等陳隊長說完，九伢子又問。

陳隊長還沒開口，纏繞在九伢子身上的繩子一鬆，九伢子一屁股從地上坐起來，將繩子往跟前一拉——繩子的另一頭拴著一個東西，長條形、黑黑的，不知道是什麼。

九伢子拉近了一看，頓時一屁股坐到地上哭天搶地，繩子的另一頭拴著的竟然是一隻人的手臂！

周圍幾個人都過來勸九伢子想開些，這種事遇上了誰也沒辦法，又轉而問陳隊長，深淵下面到底是什麼情況。陳隊長說他跟桑吉下去之後發現下面並不是他們想像的石油，而是一處露天的煤田。誰知道桑吉忽然拿出一個火摺子說要照明，他當時就知道出事了，拉過桑吉，一把將火摺子丟出去，然後讓九伢子拉他們上去，但終究還是遲了，深淵下面果然有瓦斯存在，最後爆炸開來，桑吉就這麼沒了……

說完這些，九伢子死死地盯著陳隊長，陳隊長知道他在想什麼：為什麼不讓他爸先上來？

對於這個問題，陳隊長沒有解釋，做地質探勘這一行的人身手都不會太差，攀緣絕壁也不是什麼新鮮事，九伢子的爸後上來是在情理之中，而且當時那種情況，自保都是問題，哪裡還顧得上別人？

很顯然，九伢子不懂這個道理，即便陳隊長解釋了，他依舊不會明白。

九伢子低著頭，起身拍了拍身上的血就往回走，看樣子是準備回去找他爸。陳隊長將他攔住了，說現在爆炸加上雪崩，桑吉一定找不到了，但九伢子偏偏不聽，繞過陳隊長繼續往回走。陳隊長看著九伢子的後腦上有一個血痂，應該是自己的昏倒時候讓九伢子撞到石頭才導致的，他心裡一軟，看了看剩下的幾個人，說他跟著去看看，一會兒就回來，讓他們在原地等待。

這一去就是三個小時，陳隊長跟九伢子回來的時候已經是傍晚，他們什麼都沒有帶回來。九伢子臉上掛著淚，誰也不理，一個人蹲到一邊的雪地裡發呆。

等大家都定了心神才想起自身的處境來，由於雪崩以及爆炸，出雪山的路已經被封死，現在唯一的辦法就是翻越另外一座雪山。雖然大部分的儀器在方才那場災難中已經遺失，食物和生活必需品所剩也不多，但陳隊長依舊在給大家加油打氣。很快，他們啟程了。途中的艱辛可想而知，一路上狀況不斷，有人摔下雪坑，有人餓暈過去，也有人想要放棄，但最後都在陳隊長的堅持下走了過來。

迎接眾人的不是山外的小村莊，而是另一座雪山。雖然一個山洞的出現解決了所有人禦寒的問題，冰雪也可以提供必要的水源，食物卻成為最為困難的問題。起初他們是用草根和一些冰雪充饑，可這些僅僅只夠維持一週，接下來的時間該怎麼度過？

陳隊長組織起兩、三個體力還算保持得較好的人開始遠走，希望能找到村莊或者食物，最後還是無功而返。救援隊應該在路上，這是所有人堅持到現在的原因。當然，所有人裡面不包括九伢子，他失去了往日的活潑，帶著憤怒和仇怨才走到現在。

他在等，等一個機會——殺死陳隊長的機會。

兩週後的某天。

整個隊伍出現了嚴重的分歧，有人想要獨自求生——離開隊伍，有人想要輕生——

這樣來得沒有痛苦，有的人還在苦苦堅持——勝利就在眼前。

噩耗頻傳，首先是謝東升出現了嚴重的雪盲，其次是隊裡唯一的女人開始全身水腫，伴隨著嚴重的凍傷，最後是陳隊長的死。

冰冷不帶一絲感情，這是所有人眼睛裡透露出的東西。

九伢子高興了好幾天，歇斯底里，最後癱倒在洞穴深處，沒人理會他的死活。

又是漫長的兩天過去。

九伢子有了一個瘋狂的想法——他想活下去，但沒有食物，他將視線投向了洞口的陳隊長……沒有人反對，也沒有人同意，到最後一擁而上。

金黃的火焰從石頭間迸發而出，伴隨著微弱的「吱吱」聲，錄影機記錄下了這一刻……

二、舊日成妍

C市的秋天不期而至，枯黃的樹葉走完了一生的歲月，搖曳著身姿，輕飄飄地落到小女孩的頭髮上，穩穩地貼在小女孩的頭髮上，像是個調皮的精靈。

遠遠的，一個人影逐漸變得清晰起來，小女孩將手裡剛剛撿起來的小樹葉扔到地上，迎上去。

「媽媽。」小女孩將手背在身後，將身子站直，因為奔跑的緣故，滿是笑意的小臉有些紅通通的。

女人蹲下身子，將小女孩頭上的落葉清理乾淨，帶著些許責備的語氣說：「不是告訴妳不能出來玩嗎，怎麼不聽話呢？」

「我……」小女孩扭捏著低下頭，嘴裡支支吾吾。

「跟我回去。」

女人不由分說，拉著小女孩往樓梯間走去。

幾分鐘後，兩個人已經回到家。熱烘烘的暖氣縈繞在四周，讓人很舒坦。小女孩悄悄往茶几邊緣靠，她想拿些紙巾擦拭自己的小手，因為剛剛撿過落葉的手上沾了些泥土。

她不能讓媽媽看見，這樣會惹她不高興的。

臨近茶几，小女孩剛伸手去拿紙巾，忽然感覺自己的肩膀被人拉住，她回頭一看，媽媽已經拿著熱騰騰的毛巾站在她的身後。她趕緊轉過身來，將小手再次縮回背後，裝出一副沒事的樣子。

「跟他真像。」女人嘀咕了一句，將小女孩的手拉到面前，用熱毛巾擦拭起來。

等女人清理乾淨小女孩手上的水漬，轉身準備回廚房的時候，小女孩在她身後低著頭低聲說：「媽媽，慧兒知道錯了。」

女人站在原地，怔怔地出神。

深夜，整棟大樓的燈一盞接一盞地熄滅了，最後只剩下五樓的白熾燈還亮著。

黑夜的面紗後是無盡的黑暗，有的人在黑暗裡掙扎著，有的人在黑暗裡放縱著，有的人在黑暗裡恐懼著，而她卻在光明裡啜泣。

桌上擺著的「死亡通知單」已經被她揉成一團，再看一眼上面的文字，只會讓她更加難受。她的淚順著臉頰流下，像是決堤的水。當著女兒的面，她極力表現得鎮靜和平靜，但夜深人靜的時候，她終究是忍不住了。

其他人都活著回來了，他怎麼就沒了呢？明明走之前說好回來之後帶著慧兒一起出去玩的，明明他從來都言而有信的，明明都說好的……

可是如今，只有他一個人沒有回來，連屍骨都未見。

門「吱呀」一聲開了。

小女孩乖巧地站在門口。

女人慌忙抹抹臉上的淚水，從地上站起來，裝出一副沒事的樣子：「怎麼……還沒睡？」

「媽媽，我想跟妳睡。」

女人擠出一絲微笑，說：「好，去把妳的被子抱過來吧。」

小女孩站著沒動，問：「媽媽，妳是不是哭了？」

「沒……妳看錯了，去，去抱被子過來吧。」

「好。」小女孩乖巧地點點頭。

女人起身將桌上的紙團扔進垃圾桶裡，又拿紙巾出來擦擦眼角的淚痕。這件事她得瞞著，一個人傷心好過兩個人抱頭痛哭，她要好好地活下去，好好地將慧兒撫養長大，慧兒那麼像他。她捺著性子整理好床鋪，將他的東西都放到衣櫃裡。所謂睹物思人，她現在不想看到關於他的任何東西，除了徒增傷悲，沒有任何用處。

小女孩靜靜地躺著。

小女孩心裡很疑惑，現在已經快凌晨一點了，媽媽卻絲毫沒有要關燈睡覺的意思。她忙碌著，翻箱倒櫃地找東西，找到以後就放進牆角的櫃子裡。小女孩不明白她這麼做的意義何在，也或許是出於好奇，她出聲問：「媽媽，妳在幹什麼，是丟了什麼東西還是什麼東西找不到了？」

女人停下手裡的動作，回過身來，借著燈光仔細打量小女孩。忽然，女人眼神變得溫柔起來，她走過去坐在床邊，將小女孩身上蓋著的被子往上拉了拉，輕聲說：「乖，快睡覺吧，明天妳還要上學呢。」

「嗯。」小女孩應聲，隨即閉上眼睛。

整個晚上，女人都在翻翻找找，小女孩一直沒睡著，但小女孩也並沒有再出聲說話，只是瞇著眼睛看著自己的媽媽。她知道，媽媽一定是丟了什麼極為重要的東西，她能做的就是不搗亂。

清晨的第一抹陽光照進窗戶的時候，女人停了下來。經過一夜的整理，她將他的東西以及自己的東西都分開了。

她的頭髮蓬亂著，若是換作以前，她肯定會將自己收拾得極為整潔。但現在，她並沒有心思關心這些。她關掉屋子裡的燈，輕手輕腳地拉開門往廚房走去，沒一會兒，廚房裡就飄出一些清粥的香味以及煎蛋的焦味。

一週後的清晨，女人衣衫襤褸地推門而入，屋子裡沒有人，顯得極為冷清。她將一週前丟進垃圾桶裡的紙團翻出來，展開，放在桌子上。不知怎麼的，眼淚又跟著往下掉，她自言自語地說：「我該怎麼做，你跟我說，我真的忍不下去了，我想好好將慧兒撫養成人的，可是這些日子以來，每天都像是煎熬，一週就像過了一個世紀那麼長，你告訴我，我該怎麼辦？你平時不是想法挺多的嗎，怎麼現在不說話，啞巴了？」

「慧兒還這麼小，你讓我們母女倆以後怎麼辦？」女人的淚滴落到褲腿上。「你倒好，也不說一聲就走了，連最後一面都不讓我見。我今天遇見老吳了，他跟我一樣紅著眼，大概也是想你想的。他跟我說，以後家裡的生活費他負責，慧兒上小學的事他也幫忙聯繫好了。老吳是個好人，可是再好的人又能如何，你不在了，我的整個世界都塌了，我該如何給慧兒撐起一片天啊？」

良久，女人漸漸冷靜下來，不知從哪裡摸出一包煙來，她抽出一根，想點燃，但找了一圈，家裡根本沒有火柴，她索性將煙直接含在嘴邊，似哭非笑地說：「我今早買的，原本想著給你燒過去，現在看來是不行了。」

「你就看著它，過過嘴癮吧。」

「局裡的主管前幾天找我，說是會給一筆撫恤金。」

「我沒拒絕，慧兒以後的開銷會很大。你還不知道吧，小丫頭現在認字可認真了，剛沒學幾個字就嚷著要看書，我隨手給了她一張報紙，她竟然有模有樣地開始讀，一讀到不認識的字就去查字典，有時候也會來問我。」

「她像你，聰明，以後肯定能上大學，你別不信。」

女人起身往廚房走去，她關好門窗，一個人靜靜坐在地板上。

「你還記得我們結婚時候說過的話嗎？」

「你肯定忘了。我的出身不好，能有今天全是因為你，該死的人是我，要不是我這個出身不好的人拖累著你，你現在應該已經當上局裡的長官了吧？你是個優秀的人。」

「我的話是不是多了點？你覺得我煩了嗎？」

「慧兒上學去了，這兩天她的問題越來越多，問我出什麼事了，問爸爸什麼時候回來，問她什麼時候才能長大，我不想讓她再看見我現在這個樣子。你知道的，我原本就不是一個會說謊的人。」

「我累了，不想說了，你想我嗎？」

女人靜靜盯著黑白相片，臉上掛著淡淡的笑容，她也不再說話了，漸漸地又開始流淚……

窗外的天色漸漸暗了下來，屋內只能模模糊糊地看得到女人仍舊保持著那個姿勢看相片。終於，女人緩緩起身，慢慢走到瓦斯桶旁邊，輕輕將手放到閥門上面。她的肩膀因為哭泣而微微顫抖，不知過了多久，她漸漸平靜下來，緩緩地將瓦斯的閥門打開……

幾個月後。

希望孤兒院的門口。

吳離站在這裡已經足足一個小時，儘管院長一再要求他離開，他還是堅持站在門口——為的只是將她接走。

雪越下越大，院子裡玩鬧的孩子也越來越少。看著那一張張稚嫩的臉，吳離心痛如絞。

她原本應該是個快樂、幸福的孩子，有疼愛自己的爸爸媽媽，有一群小夥伴，有這個年紀該有的天真爛漫。她就坐在孤兒院的臺階上，靜靜地看著其他小朋友，一動不動的，彷彿一個雕塑，只有眼睛時不時地會看吳離兩下，只不過那雙小眼睛裡沒有任何情緒。吳離感覺心裡一陣刺痛，這樣的年紀，怎麼會有這樣的眼神？那雙眼睛本該是充滿活力的，如今卻只覺得死氣沉沉。

「你這人怎麼還不走？」院長走過來，隔著院門說：「都跟你說了，你不符合領養條件，況且她也不願意跟你走，你還是死了這條心吧。」

「院長，她真的是我同事的女兒，您就同意我帶她走吧，我不會傷害她，我會好好地照顧她。」吳離懇求著說。

「你說的倒是容易，違法的事我可不敢做，到時候上面查下來，我可是要進監獄的。」

「院長，我求求你！」吳離拿出一個紅布包來，遞過去。

「你這是害我！」院長嚴詞拒絕，轉身離開。

三個月後的某一天，吳離拿著一張紙條再次來到希望孤兒院的門口。在辦完領養手續以後，小女孩跟著吳離走了。

一路上，小女孩都不說話，任憑吳離如何逗她，給她買好吃的糖葫蘆，小女孩始終不理會，只用一雙眼睛望著他。最終，吳離只得將她帶到商場，買了幾件乾淨漂亮的衣服換上回了家。

當天夜裡，小女孩就出了意外。她用廚房的刀子刺進自己的手臂，所幸吳離及時將她送到醫院。

「你這是做什麼，不想活了？」吳離並不想喝斥她，只是覺得心驚，這孩子才這麼小，怎麼就有了自殘行為呢？

小女孩不答話。

「我是老吳啊，吳叔叔，你的吳叔叔啊？怎麼，不記得了？慧兒，妳別這樣，別怕，妳爸媽不在了，還有吳叔叔呢。吳叔叔會照顧好妳的，會把妳當作親生女兒一樣來疼愛，絕不會讓妳受半點委屈，以後別再做這樣的事情了，聽話，慧兒。」

小女孩仍舊沉默著。

小女孩手臂上的傷口縫了幾針之後，吳離將她帶回了家。這一次，吳離將家裡任何刀具以及尖銳器皿都丟了，甚至是幾根繡花針，窗戶也被封住，只留下一個通風的縫。

晚餐時間。

小女孩低著頭，手臂上還纏著繃帶。

「吳叔叔，你說我爸爸媽媽去哪了？他們什麼時候才回來？他們還會不會回來？他們是不是不要慧兒了？」

吳離完全沒想到小女孩會忽然問這種問題，情急之下他也不知道該怎麼回答。他愣了愣，又勉強擠出一絲笑容，溫聲說：「你爸爸媽媽在天上看著妳呢，他們不是不要妳，他們還是像以前一樣疼慧兒，他們希望妳能讀大學，希望妳能有出息，希望妳將來可以幸福快樂地生活。」

「我問的是他們去哪了，是天上嗎？」

吳離一愣：「是……他們都是好人。」

「你呢？」

「我？」吳離放下碗筷，眼睛看著小女孩。「我怎麼了？」

「你是個什麼樣的人？」

「我？我就是個普通人。」

「是好人還是壞人？」

「好……不，我不是好人，但也不是壞人。」

「那你會說謊嗎？」

「不會。」吳離斬釘截鐵地說。

「好，那你告訴我，我爸爸是怎麼死的？」

「妳爸爸……」

「說啊。」小女孩有點著急。

「意外，是意外。」

「那為什麼只有我爸爸出了意外，你們卻沒出意外？媽媽說，你們是跟爸爸一起出去的，最後只有爸爸不見了，你們都回來了，只有爸爸再也回不來了。」

吳離不知道該怎麼說下去，謊話一旦出口，接下來只能再編織一個謊話來圓上一個謊話，這是他不能接受的，他也並不擅長撒謊。

「是妳爸爸救了我們。」

「哦。」

小女孩沒有繼續問下去，她大口將碗裡的飯吃完，然後拿著碗進了廚房。吳離鬆了口氣，慧兒能跟他說話，在他看來，這是一種進步，至少慧兒開始接納他了。只是這樣的問題讓他的心裡更加愧疚了，悶悶的，喘不過氣來。

時間轉眼便是兩年。

慧兒上小學了，老師來家訪，吳離顯得手足無措。老師高興地說慧兒的成績優異，就是在跟同學相處中有些困難，每天一個人吃飯、一個人上學，很少跟其他同學交流。按照老師的原話說，慧兒有點特立獨行，意思其實是慧兒不合群。

關於這一點，吳離心裡比誰都清楚，但他能做的很有限。畢竟，他沒有結過婚，更不知道該如何開導慧兒接納身邊的其他人。更重要的是，只要一見到慧兒的眼睛，他就總覺得心裡堵著，一句話也說不上來。

吳離暗自下定決心，要找慧兒談一談。

晚飯過後，慧兒認真地看著書，是關於心理學上的一些知識。吳離努力讓自己鎮靜下來，他笑著問：「慧兒長大了想當個心理醫生嗎？」

慧兒搖頭。

「那慧兒是對這本書很有興趣？」

慧兒還是搖頭。

吳離有些納悶，他忽然覺得跟小孩子相處起來有點累。

「我想知道別人心裡在想些什麼。」慧兒開口道。

「嗯？」

「如果我知道他們在想些什麼，我就能知道他們有沒有騙我，知道你有沒有騙我。」

吳離愣了一下，這下更不知該說些什麼了，隨即他乾笑著說：「我……我怎麼會騙你呢？」

「老師來家訪了？」

「對，老師剛剛來過了，老師說妳……」

「說我不合群，不跟其他小朋友玩，對吧？」

「是。」

「這不關你的事。」慧兒說完，合上書，往廁所走去。

吳離看著慧兒的背影，怔怔地出神，這一刻他覺得自己像個孩子，而慧兒像個大人。

幾天後……

錄影帶還在播放著那些混亂的畫面。

慧兒已經沒有興趣再看下去，她已經把錄影帶看了好幾遍，看到爸爸已經餓到乾瘦的臉龐，看到那些瘋狂的隊員們猙獰的樣子……

慧兒將錄影帶拿出來，原樣包好，放回原本的位置。

她沒有哭，臉上也沒有任何表情，她轉身進了自己的房間，關好房門後，拿起那本關於心理學的書認真看了起來，只是拿著書的手有些顫抖。她迫切地想要懂得書中所寫的東西，比如從一個人的肢體動作去判斷他所處的狀態，從一個人的生活習慣去判斷一個人的性格，從一個人的說話方式去判斷他是否說謊，她想要懂得一切不知道的東西……

吳離回來了，帶著一隻烤鴨。

「慧兒，看我給你帶什麼好吃的回來了？」

「慧兒？」

「慧兒？」

吳離過來敲門，並沒有任何開門的跡象，也沒有人應答。吳離額頭上的汗珠滾落，他慌忙放下東西去找鑰匙，他怕慧兒像兩年前一樣做出傷害自己的事情。

半個小時後，吳離終於在衣櫃的夾層裡找到備用鑰匙，他匆忙打開慧兒的房間。只見慧兒趴在書桌上，吳離走過去叫她，卻怎麼叫都叫不醒，吳離一下子心慌了，想到了她自殺的可能，急忙送到醫院，經醫生檢查後確認為中暑。

吳離才鬆了口氣，回到病房，看著病床上的慧兒，心似針紮。

第二天，吳離拿著做好的飯菜到醫院去看望慧兒，病床上卻根本沒人。他又一次嚇壞了，瘋了似地在醫院尋找慧兒，一個病房接著一個病房地找，但找遍了整個醫院也不見慧兒的影子。所有人都說沒有見過這樣的小女孩，最後，他在病床下面找到一張紙。

這是一張「死亡通知單」，已經被揉得很爛，有些泛黃，上面的字跡已經模糊不清。但吳離還是勉強看出一些資訊，這是慧兒的父親陳平的「死亡通知單」。

他驚訝得說不出話，難怪慧兒會一直問關於她父親的事，難怪她對自己不信任，她應該是知道了什麼。

驚訝之餘，吳離猛地想起家裡的那卷錄影帶，他瘋狂地跑回家，將錄影帶拿出來，擺在桌上，仔細檢查之後，他在錄影帶的側面找到一個小手印。

她看過錄影帶了。

吳離整個人都傻了，錄影帶從他的手中滑落，落到發黃的桌子上。

他應該早點把這個東西銷毀，或者拿到別的地方存放才對，他不該這樣大意的。

可是他沒有。

現在的慧兒會是什麼樣子？

憤怒？恐懼？還是怨恨？

他現在該怎麼做？

他不敢細想下去，拿起電話報了警。

他必須盡快找到慧兒，他不能讓她再出事。

這些年他已經快要忘掉那件事了，但慧兒的離開和那卷被看過的錄影帶，讓他再次陷入恐懼和自責當中。他原本以為自己撫養慧兒，是一種贖罪的行為，但他沒想到自己會把慧兒弄丟，更沒有想到慧兒已看過那個錄影帶。

對於謊言的嘲笑、對於死亡的恐懼、對於自己的怨恨會將這個孩子毀了。

他拿起那張「死亡通知單」又看了一遍。

原來這張「死亡通知單」的背面還寫著幾個字——「我會回來復仇的」。

吳離並不怕所謂的復仇，相反，現在的他更希望慧兒平安無事地站在自己面前，可是一切都已經晚了。

追心者

老十三・著

作　　者　老十三
總 編 輯　于筱芬
副總編輯　謝穎昇
業務經理　陳順龍
美術設計　點點設計
製版／印刷／裝訂　皇甫彩藝印刷股份有限公司

原書名：《追心者：完美迷宮》
作 者：老十三
“本書繁體版由四川一覽文化傳播廣告有限公司代理，經北京新華先鋒出版科技有限公司授權出版”

編輯中心
橙實文化有限公司 CHENG SHI Publishing Co., Ltd
ADD／桃園市中壢區永昌路 147 號 2 樓
2F., No. 147, Yongchang Rd., Zhongli Dist., Taoyuan City 320014, Taiwan (R.O.C.)
TEL／（886）3-381-1618　FAX／（886）3-381-1620
MAIL: orangestylish@gmail.com
粉絲團 https://www.facebook.com/OrangeStylish/

全球總經銷
聯合發行股份有限公司
ADD／新北市新店區寶橋路 235 巷弄 6 弄 6 號 2 樓
TEL／（886）2-2917-8022　FAX／（886）2-2915-8614

初版日期 2024 年 3 月